Valentina Cebeni

L'ultimo battito del cuore

GIUNTI

Questa è un'opera di fantasia. Ogni riferimento a fatti e persone realmente esistiti è puramente casuale.

http://narrativa.giunti.it

Via Bolognese 165 – 50139 Firenze – Italia
Via Borgogna 5 – 20122 Milano – Italia
Prima edizione: ottobre 2013

Ristampa	Anno
6 5 4 3 2 1 0	2017 2016 2015 2014 2013

A mia sorella, che mi ha incoraggiata
a non smettere mai di lottare per questo sogno.
Grazie Monica, sei e sarai sempre
la parte migliore di me.

Prologo

Autunno 2008

L'odore dei fiori era dappertutto.

La seguiva in ogni angolo, come una oscura maledizione. Penelope si ritrovava aggrappato ai vestiti l'odore pastoso dei gigli in fiore. Seguiva ogni suo passo come gli invitati alla funzione. Il funerale di Adam.

Era da poco calato il sole, eppure avrebbe giurato di aver stretto più mani lei in quella giornata che in tutta la sua vita.

Tutti, del resto, amavano Adam Spencer, ma a differenza di Isabel, che con il figlio aveva condiviso una vita intera, a lei erano spettate le briciole.

La loro vita insieme, tutti i progetti per il futuro, si erano liquefatti nella carcassa della loro auto, travolta da un camionista sorpreso da un colpo di sonno. Dopo lo schianto c'era stata la corsa in ospedale, la constatazione della morte, la benedizione di un prete e un amen su un'esistenza interrotta troppo in fretta.

E ora lei se ne stava seduta su una sedia a rotelle nel bel mezzo del giardino degli Spencer.

Si era svegliata dal coma qualche settimana prima, ma nella sua testa era ancora tutto confuso.

La sola cosa che le appariva chiara era la morte di Adam. Lui non ce l'aveva fatta, non l'aveva aspettata. Aveva avuto fretta di andarsene, non le aveva nemmeno permesso di salutarlo come si deve.

Non appena riacquistato l'uso della parola, Penelope aveva subito chiesto di lui, ma era troppo tardi, e i suoi organi erano già stati trapiantati in corpi sconosciuti.

Dell'uomo che amava non le era rimasto niente. Nemmeno quel cuore che aveva giurato essere suo. Seduta davanti alla sua tomba Penelope avrebbe voluto gridare, ma nessuno si sarebbe mai precipitato a soccorrerla.

Nessuno poteva, né si sforzava di capire.

Adam le aveva promesso una vita insieme, le aveva giurato che quando fodssero stati anziani e malandati si sarebbero ricordati le pillole l'un l'altro, ma quel sogno era durato appena qualche settimana.

Non ci sarebbero state più lavatrici, camicie da stirare o il secondo spazzolino nel bicchiere accanto al lavandino. Niente. Soltanto distese di solitudine, una lanugine che difficilmente avrebbe potuto spazzare via dal cuore.

Penelope sentiva ancora nelle orecchie l'eco della sua risata, quell'ottimismo incrollabile, ma nelle mani aveva solo il vuoto di un addio consumato.

«Va' avanti», «lui non vorrebbe saperti infelice» continuavano a ripeterle una serie di facce spiegazzate dal pianto sopra lugubri abiti neri.

Avanti però Penelope non riusciva proprio a guardare, e il presente era già un fardello pesante per le sue gambe instabili.

Si guardò le ginocchia ossute fare capolino dai pantaloni. Era stato un inferno indossarli, i muscoli erano ancora intorpiditi dalla lunga immobilità, ma non avrebbe accettato nessun'altra soluzione. Le gonne non le erano mai andate a genio, così come non aveva mai amato le rose che invece Adam adorava, e che si intrecciavano sulla sua tomba. Penelope le trovava di una bellezza troppo semplice, scontata, invece Adam impazziva per loro al punto di voler mettere in salotto la riproduzione gigante di una Baltimore Belle che aveva fotografato durante una passeggiata. Aveva scattato quella foto in primavera, appena qualche mese prima.

Prima.

D'ora in avanti la sua vita si sarebbe per sempre divisa tra un prima e un dopo Adam.

La sua assenza sarebbe stata lo spartiacque di un'esistenza che Penelope faticava a vivere, a dispetto delle tante pacche sulle spalle e dei buoni consigli ricevuti.

Ogni volta che lei chiudeva gli occhi sentiva di nuovo le loro mani molli che la toccavano, e quelle parole bisbigliate che sapevano di compassione.

Penelope però non voleva né vederli né sentirli, mai più. Non avrebbe più messo piede a casa Spencer né pregato sulla tomba di Adam. Lei non sentiva alcun bisogno di passare il tempo a fissare la sua foto porcellanata, perché il dolore per la sua perdita le era già entrato nel sangue, infettandola di un veleno per il quale non esiste antidoto. Durante la degenza in ospedale si era detta che se non era riuscita a morire con lui, allora sarebbe semplicemente sopravvissuta.

Chiuse gli occhi, godendosi il silenzio perfetto del parco; gli ospiti erano rientrati in casa per rinnovare le condoglianze alla famiglia e ascoltare il discorso di George, il padre. Quindi, poteva rimanere a godersi la bellezza vergine della sera.

Solo un lontano chiacchiericcio proveniente dalla villa le ricordava la vita che nonostante tutto le camminava accanto, ma a lei bastava il tepore dell'ultimo raggio di sole a scaldarle le guance per dimenticarsene.

Provò a sorridere, ma sul suo viso affiorò solo una smorfia. Aveva appena immaginato che sarebbe stato grandioso condividere quel momento con Adam. Si sarebbero sdraiati sul prato umido, le mani a cercarsi nell'erba e gli occhi chiusi, con i sensi all'erta. Sarebbero rimasti in ascolto degli alberi che frusciavano sulle loro teste, del ronzio degli insetti che succhiavano l'ultimo polline, poi lei si sarebbe stufata e avrebbe cominciato a parlare. Lo faceva ogni volta, detestava le pause. Le sembrava di sprecare del tempo prezioso e preferiva dirgli tutto quello che le passava per la testa; eppure proprio ora che aveva più voglia di parlare con lui non aveva che silenzio dentro.

Era successo e non poteva tornare indietro, doveva farsene una ragione. Nessuno era tornato dall'altro mondo e Adam non avrebbe fatto eccezione, ma pur di smetterla di continuare a torturarsi con quel pensiero preferì spostare l'attenzione sulle aiuole fiorite intorno a lei; tutto era perfetto, un addio in pieno stile Adam Spencer: romantico e decadente, impossibile da dimenticare. Tuttavia molto presto l'autunno avrebbe strappato agli alberi le ultime foglie: vite strappate, recise come le montagne di fiori che continuavano ad arrivare alla villa da ogni angolo d'Inghilterra.

Alle spalle la raggiunse un applauso lontano, smorzato dal vento. Era l'eco di una vita sempre più distante da lei, la cui presenza era tuttavia consolatoria. George doveva aver finito il suo discorso, a momenti sarebbe iniziato il ricevimento funebre.

Il catering era pronto, bastava un gesto dei padroni di casa per dare inizio al servizio, ma per quanto si sforzasse, Penelope proprio non capiva il senso di tutto quel viavai di camerieri in guanti bianchi. La sola spiegazione che riusciva a darsi era che George e Isabel avevano bisogno di aggrapparsi a qualcosa di solido, per quanto frivolo potesse sembrare, per superare la morte del loro unico figlio.

Probabilmente era il loro modo per "elaborare il lutto", secondo la teoria della psicologa che l'aveva in terapia una volta uscita dal coma, ma quella spiegazione non la convinceva granché. Per lei un lutto non era il genere di dolore che si affronta o si supera, e tantomeno si accetta; davanti alla morte di Adam lei era rimasta come un bambino cui d'improvviso viene portato via il compagno di giochi preferito, confusa e arrabbiata, e di certo un paio di sandwich e una fetta di torta al cioccolato non avrebbero sistemato le cose.

Scosse la testa, tornando a immergersi nella pace del giardino; era tutto così assurdo, insensato.

Dei tacchi risuonarono sul lastricato della terrazza che si affacciava sul parco. Una donna, con indosso un elegante tubino nero e un bicchiere di vino in mano, se ne stava appoggiata al parapetto: Addison, sua sorella.

Penelope non si accorse di quegli occhi affilati dal mascara che la studiavano dall'alto. Non immaginava che la sorella l'avesse cercata per tutta la villa, ma intuiva la ragione per cui si era tenuta a distanza. Lei e Addison erano fatte così; il loro era il più classico dei rapporti di amore-odio.

In quel momento poi aveva tutt'altro per la testa. Non riusciva a smettere di pensare che solo qualche settimana prima avrebbe potuto avere tutto; avrebbe potuto avere Adam e il sole. Ma ora, guardando a quello che rimaneva di quel sogno, ne vedeva appena la metà.

Quella di cui avrebbe fatto a meno.

1

Inverno 2009

Pile di piatti sporchi nel lavandino e briciole sulla tovaglia dimenticata sul tavolo, la stessa delle ultime tre settimane.

Penelope, avvolta nel maglione di Adam, stava seduta a guardare il posto vuoto davanti al suo.

Avrebbe lasciato il lavoro, ormai aveva deciso. Aveva denaro a sufficienza per un altro mese, poi chissà.

Si girò verso la finestra, rivolgendo gli occhi al sole radente che la salutava oltre il vetro. Sui tetti lo sbuffare bianco dei comignoli sembrava scaldare il cielo grigio, mentre il gelo di un inverno senza fine graffiava le pareti. Penelope si strinse nel maglione, sognando Adam.

Dal fondo della strada provenivano voci, e il rumore delle auto che scivolavano sul ghiaccio.

Penelope lottò contro le immagini ancora fresche che continuavano ad assediare le sue giornate; anche Londra era sfiorita, sepolta da uno strato di neve ingrigita dallo smog.

Eppure c'era stato un tempo in cui aveva amato quella città, i suoi odori, persino il traffico snervante; quella dei suoi ricordi con Adam era una Londra piena di sole. Ogni domenica mattina lui la trascinava giù dal letto all'alba e insieme andavano al mercato dei fiori, lui con la Nikon appesa al collo e l'indice pronto a scattare mentre lei lo aspettava nel piccolo bar davanti al banco delle rose. Arrivavano sempre troppo presto, gli diceva, quando i fioristi stavano ancora finendo di allestire i banchi, ma nonostante le sue proteste lui le ripeteva che era quello il momento migliore per le fotografie.

Giornate di sole travolte dal freddo dell'inverno sporco di fuliggine.

Un paio di settimane dopo il funerale era tornata al mercato, a cercare una traccia di lui, ma non aveva trovato niente. I fiori sui banchi le sembravano avvizziti, nell'aria non c'era più traccia del loro profumo allegro; anche i venditori sembravano di cattivo umore, ma forse era solo per via della pioggia che non voleva saperne di smettere. La signora delle marmellate l'aveva fermata per chiederle notizie di Adam, tutti lo conoscevano, ma lei aveva finto di non sapere chi fosse ed era andata a casa correndo.

2

Estate 2009

Il SUV era imbottigliato nel traffico del fine settimana. Penelope se ne stava rannicchiata di lato, il piede premuto sul tappetino come se volesse frenare ogni volta che un'auto le affiancava.

Seduta accanto a lei Addison non la smetteva di parlare.

Penelope si calò il cappuccio della felpa di Adam sulla testa e si girò di lato, intirizzita per il vento che continuava a batterle addosso.

Come al solito, Addison teneva il finestrino abbassato per far circolare l'aria, sia che fuori ci fossero tre o trenta gradi, ignorando l'esistenza dell'aria condizionata e delle bocchette di ventilazione.

Penelope tirò giù le maniche sino a coprirsi le mani, gli occhi incollati al finestrino mentre Addison continuava imperterrita il suo monologo sul tempo che guarisce ogni ferita, sul dovere di andare avanti sempre, nonostante tutto, e lasciarsi avvolgere dagli affetti famigliari.

Era piombata all'improvviso nel suo appartamento, con la pretesa che la seguisse chissà dove a casa del suo amato marito e di suo figlio, e non c'era stato modo di farle capire che lei voleva solo pace e solitudine. Addison era testarda, e Penelope tremendamente stanca.

«Guardati!» le aveva detto accennando ai capelli spettinati con la stessa tenerezza con cui si guarda ai vagabondi nelle stazioni della metropolitana. «Non puoi andare avanti così. Vieni con me. Rimarrai da noi il tempo necessario» le aveva detto. Poi era andata in camera, aveva aperto la valigia rossa che aveva portato con sé e l'aveva riempita pescando a caso nell'armadio.

Penelope l'aveva lasciata fare. Si era seduta sul letto ed era rimasta a guardarla, gli occhi rivolti a un altrove che vedeva solo lei, che era soltanto suo, chiudendosi in un ostinato silenzio.

Rimase muta per tutto il viaggio, la mente che girava a vuoto, cullata dalla voce monotona di Addison in sottofondo.

«Mi stai ascoltando o no?» protestò sua sorella quando per la terza volta Penelope ignorò le sue domande, girandosi dall'altra parte. Certo che la ascoltava, ma non aveva voglia di parlarle.

La luce rossa di un semaforo la costrinse a sopportare di nuovo lo sguardo di Addison, che ne approfittò per tentare un nuovo approccio. Piantò un gomito nel sedile, le labbra piegate in un sorriso intriso di compassione. «Senti, lo so che mi odi per averti costretta a lasciare la casa che avevi comprato con Adam, ma quando mi ha chiamato la tua banca ho avuto paura per te; non paghi le rate del mutuo da mesi, non potevo starmene con le mani in mano mentre ti sbattevano in strada.» Una pausa. Ancora silenzio. «Il tuo consulente mi ha avvertita che presto ti avrebbero pignorato l'appartamento perciò, dato che fra poco non avrai più un tetto e hai perso il lavoro, trasferirti da me mi è sembrata la soluzione migliore.»

«Come no» ribatté Penelope a mezza bocca.

«Invece è così» rimarcò Addison. «Non guadagno abbastanza da poter coprire anche i tuoi debiti. Sono stata costretta a chiedere alla banca di mettere in vendita la casa, come tuo garante non avevo scelta.»

«Ah-ah» rispose. Tentare di convincere Addison del contrario era fiato sprecato.

«Be' è la verità. Garantisco io per te, purtroppo Claire non può più aiutarti. Lei non c'è più.»

«Lo so» ribatté Penelope con la voce scheggiata di rabbia.

Da quel momento nemmeno una parola. La morte improvvisa di sua madre, scomparsa qualche settimana dopo Adam, era un'altra profonda ferita. Ma nonostante fosse già trascorso un anno, portava quelle due date ancora incise nella carne: era un dolore che non aveva fretta di scordare.

Addison guardò con la coda dell'occhio il suo viso scuro; era più prudente smettere di stuzzicarla, almeno per il momento. Strinse le mani sul volante e mise la freccia, augurandosi di riuscire ad attraversare indenne il fiume di lamiera in cui navigavano. Odiava il traffico, quel caos disordinato di vetture era una tortura per lei.

Addison girò in una via laterale e subito iniziò la campagna. La stradina era una lingua d'asfalto divorata dalle intemperie, costeggiata da reti sbilenche e muretti a secco che separavano i campi. Intorno a loro solo il frusciare del vento, e il canto degli uccelli notturni.

Proseguirono con gli abbaglianti accesi e a velocità ridotta, tanto che quando Addison sterzò per evitare una volpe sbucata all'improvviso, Penelope quasi non se ne accorse.

«Ci siamo» l'avvertì spegnendo la radio, infastidita dal continuo gracchiare. Svoltò in un secondo vialetto, ritrovandosi pochi metri più avanti ai piedi di una enorme sagoma scura.

«Eccoci.»

Un giro di chiave e il motore dell'Audi si ammansì in un miagolio.

Addison prese dal sedile posteriore la sua Marc Jacobs con la ventiquattrore e scese dall'auto, in attesa che la sorella facesse lo stesso. Da quando le aveva nominato Claire, Penelope era tornata nel suo mondo. Finalmente scese e le sbarrò la strada, negli occhi arrossati dalle lenti a contatto tutta la stanchezza di una giornata cui voleva solo mettere fine.

«Hai già un piano per farmi saltare i nervi?» la provocò, ma Penelope si guardò intorno con l'aria di chi viene accusato ingiustamente; aveva obbedito a tutto quello che le aveva detto di fare, perciò non capiva di cosa si stesse lamentando. Abbozzò un sorriso, sgranando gli occhi chiari ereditati dalla madre.

«Non capisco.»

«Invece capisci» l'accusò Addison con le braccia incollate ai fianchi.

Penelope sbuffò e aprì il bagagliaio. Detestava che Addison decidesse per lei, detestava il modo in cui riusciva a risolvere i problemi di tutti e a condurre la sua vita perfetta mentre lei di perfetto non aveva niente, anzi; era svuotata dentro, e Addison lo sapeva.

Prese la valigia e richiuse il bagagliaio, lo sguardo ipnotizzato dalla targa gialla.

«Non ha senso litigare, ma devi ammettere che è strano cambiare vita in un pomeriggio» spiegò a testa bassa.

Sul viso di Addison affiorò un sorriso cauto. Penelope iniziava a cedere, finalmente. Le appoggiò la mano sulla spalla e le prese la valigia, facendole strada. «Lo so, tesoro. Lo so» ripeté.

Camminavano nel buio, mentre Penelope si lasciava guidare da nuovi odori e nuovi profumi, una specie di sentiero invisibile ma forte, insolito per il suo spirito cittadino.

All'improvviso un lampione rischiarò la notte, e le due sorelle approdarono davanti alla casa in stile georgiano, con i mattoni rossi e le inglesine bianche, e l'impeccabile simmetria dei camini agli estremi del tetto; il ritratto di Addison. Rigore, linearità, purezza delle forme.

«Al piano terra ci sono la sala da pranzo, il salotto, la cucina, lo studio di Ryan e i bagni per gli ospiti; al piano superiore le camere. La casa è circondata da un parco secolare, un capanno per gli attrezzi e i parcheggi. Ci piacerebbe una piscina, ma per il momento è solo un'idea» continuò Addison.

Penelope raggiunse le due colonne bianche che incorniciavano la porta a vetri circondata da intrecci di glicine, ma non resistette alla tentazione di lanciare lo sguardo oltre. C'era qualcosa al di là del confine delineato dalla notte stellata; un giardino apparentemente sconfinato che respirava piano, seguendo la brezza leggera del sud.

Sentì nell'aria lo scricchiolio degli alberi finché un rettangolo di luce le accarezzò la guancia; in casa c'era qualcuno ad aspettarle.

Addison la invitò a entrare, ma all'improvviso Penelope ebbe freddo, quel freddo che attanaglia le ginocchia e blocca il respiro.

Fu allora, per la prima volta in quella giornata, che si risvegliò da quel torpore durato un anno intero. Il sangue ricominciò lento a pompare nelle vene, e le gambe a riprendere forza.

Era viva, la luce fioca oltre la finestra non doveva spaventarla. Addison non sarebbe riuscita a soffocarla, questa volta avrebbe lottato.

«Vuoi rimanere lì impalata o entri con me?» insisté Addison dall'ingresso.

Penelope seguì la sorella docilmente.

«Tu vai avanti, io arrivo tra un attimo» le disse Addison rovistando nella ventiquattrore.

Penelope obbedì entrando in punta di piedi.

«La famosa Penelope? Ryan Walker» disse una voce calda e profonda. La luce proveniente da un'altra stanza illuminò la figura di un uomo e di una sedia a rotelle. Ryan, il marito di Addison. Suo cognato.

Le braccia toniche e il torace ampio erano quelle di uno sportivo, ma nei suoi occhi Penelope trovò la sua stessa solitudine. Le sorridevano, certo, ma raccontavano solo metà della storia.

Le gambe non si vedevano, nascoste da uno di quei plaid patchwork. Penelope rimase intrappolata fra le trame di quel tessuto, Ryan nel dolore della compassione per lei.

«Avevo camminato troppo e avevo bisogno di sedermi» disse lui con un mezzo sorriso. «A volte succede. Benvenuta Penelope, è bello averti qui.»

Il gelo invisibile tra loro a poco a poco si sciolse, e allora le venne naturale chiedersi cosa avessero in comune Addison e Ryan, così profondamente diversi.

«Piacere di conoscerti, sono Penelope» disse sporgendosi verso il cognato.

«Sarai stanca, avrai fame.» Addison irruppe nella stanza, annunciata dal ticchettio dei sandali.

«Di lei mi occupo io» disse abbandonando la borsa sulla poltrona. «Hai messo a letto Leonard?»

Ryan e Penelope si guardarono. «Sì, almeno da un'ora» rispose lui.

«Bene, Leonard ha bisogno di dormire, ma tu sei sempre troppo permissivo con lui» disse Addison mentre Penelope li osservava. Aveva la sensazione che quei due avessero tempi troppo diversi nella vita, e che lei stesse assistendo a uno spettacolo che si sarebbe risparmiata volentieri, catapultata suo malgrado nell'intimità del matrimonio della sorella.

3

Un rumore lontano e insistente s'insinuò nelle immagini confuse del dormiveglia.

Penelope scivolò sotto le coperte; era troppo presto per quell'inferno, in fondo non aveva dormito tanto.

Un urlo, seguito da un pianto acuto le fece spalancare gli occhi. Avrebbe giurato di essere nel suo letto, ma la carta da parati a fiori che correva lungo le pareti la smentì. Gli odori, poi; non c'era niente di familiare nel profumo d'erba bagnata che penetrava attraverso la finestra socchiusa.

Penelope affondò la testa nel cuscino. Le lancette della sveglia le indicavano che aveva dormito appena quattro ore. Era stato quasi impossibile addormentarsi sapendo di essere sotto lo stesso tetto di Addison. Nemmeno i sonniferi portati da Londra avevano potuto alleviare il suo disagio.

Dopo l'incontro con Ryan era salita nella sua nuova stanza, ma era rimasta sveglia per ore a chiedersi cosa dovesse aspettarsi da quella convivenza. Era sicura che Addison avesse qualcosa in mente per lei. E Ryan, poi; conoscerlo le aveva trasmesso una strana sensazione.

«Meglio lasciar stare» borbottò scalciando le coperte dopo l'ennesimo sbattere di posate proveniente dalla cucina.

S'infilò una vecchia maglia sformata e scese giù, dove trovò

Addison alle prese con la colazione di Leonard, che lanciava qualsiasi cosa gli capitasse a tiro.

«'Giorno» disse tirando indietro la sedia, gli occhi stretti ad arginare l'irritazione verso il nipote.

Addison, di spalle, le rispose con un cenno. Lasciò cadere le ultime rondelle di banana nella tazza, le ricoprì con fiocchi di soia e innaffiò il tutto con del latte vegetale.

Penelope passò in rassegna le buste sulla tavola infarcite di foglie verdi e messaggi ecologisti trattenendo una risata; la cucina di sua sorella era un supermercato biologico.

«Preparo il caffè?» propose, ma Addison la anticipò.

«Non ce n'è bisogno, l'ho già fatto io» ribatté indicandole il bollitore sul piano. «Serviti pure, non fare complimenti» continuò con tono fermo, troppo per non sembrare un ordine.

Penelope evitò di risponderle e se ne versò una tazza, ma il primo sorso le si bloccò in gola. «Che ci hai messo?» disse premendosi un fazzoletto sulla bocca.

«Perché, non ti piace?»

Penelope mandò giù due bicchieri d'acqua. «Troppo forte per me» disse mentre Addison raccoglieva per la decima volta il cucchiaio che Leonard aveva lanciato.

«Avanti tesoro, che la banana fa bene» lo supplicò, ma il piccolo tenne la bocca cucita.

Per un attimo Penelope si convinse che Addison avrebbe perso la pazienza, e fu sorpresa quando invece lei assunse un tono lacrimevole. Difficile riconoscere in quella madre apprensiva e premurosa la Addison con cui era cresciuta, ma la fame mise fine a ogni considerazione. Dimenticò il caffè e cercò qualcosa da mangiare nella credenza.

Il meglio che riuscì a trovare fu del pane nero e un barattolo di marmellata di more senza zucchero.

«Ottima scelta» approvò Addison.

«Unica scelta» la corresse Penelope attirando l'attenzione del piccolo. Leonard aveva occhi grandi, di un blu intenso e raro, la pelle diafana e le mani lunghe e sottili. Lo sguardo era quello di un furetto, di una bestiolina selvatica difficile da domare, attento e all'erta, e con l'aria di chi non ha nessuna intenzione di cedere. Notò anche la testa, di forma gentile ma leggermente allungata, e le orecchie perfette nascoste dietro i capelli biondo cenere.

«A quanto pare vorrebbe fare a cambio con te. Oggi il mio piccolino non vuol proprio fare il bravo» disse Addison.

«Chiunque lo farebbe, credimi» rispose Penelope riempiendosi il bicchiere di succo d'arancia. Osservando la dedizione con cui Addison affrontava i capricci del figlio immaginò che l'istinto materno fosse davvero una gran cosa.

«Fiocchi di soia, latte di riso. Cibo insolito per un bambino. Soffre di allergie?»

Addison schiuse le labbra per rispondere. A Penelope dispiaceva vederla consumarsi dietro le stranezze del figlio, ma a quanto pareva quella non era la sola all'interno della famiglia perfetta; anche gli orari non coincidevano. Il posto di Ryan era ancora vuoto.

«Sì e no» rispose Addison passandosi la mano fra i capelli. La stanchezza era svanita di colpo, all'improvviso aveva di nuovo indosso il suo sorriso vincente. «Leonard soffre di parecchi disturbi, alcuni dei quali legati al cibo, ma in ogni caso io e Ryan ci sforziamo di trasmettergli una buona educazione alimentare. Desideriamo che cresca sano.»

Penelope annuì, specchiandosi nella finestra sopra il lavello. Le lentiggini sul suo viso le raccontavano di una madre che aveva perso quando era ancora troppo fragile. «È giusto. Una madre vuole il bene di suo figlio, no?»

«Esatto, ma tu non puoi capire» ribatté Addison improvvisamente rigida. «Non hai figli, certe dinamiche ti sfuggono. Noi due siamo legati da un filo sottile; io so di cosa ha bisogno Leonard, e lui ha bisogno di me.»

«Ovviamente» rimarcò Penelope accarezzando con la punta delle dita le nodosità del tavolo. Detestava quando lei faceva la maestrina.

Addison alzò lo sguardo verso il grande orologio a muro che spiccava sulle pareti crema della cucina, e appena si rese conto dell'ora si ricompose e scattò. Nell'ordine, come un soldato ben addestrato, raccolse i giocattoli da terra, afferrò la giacca, la borsa e prese Leonard con sé, ma non poté fare a meno di notare l'ombra scura sul viso della sorella. Strinse la presa sul piccolo, aggrappato al suo petto. «Ho una proposta da farti.»

Penelope si voltò svogliata verso di lei, impeccabile nel suo tailleur Chanel. «Sentiamo.»

«Lasciamo stare il passato e concentriamoci sul presente, ti va?»

«Come vuoi.»

Addison incassò la risposta glaciale scuotendo la testa. Una seconda occhiata all'orologio e la speranza di riavvicinarsi a Penelope le morì sulle labbra. «Ne riparliamo stasera, ora devo correre al lavoro. La casa è tua.»

«E Ryan?» chiese lei di getto. Addison si bloccò sulla porta. Non si aspettava quella domanda, non da un tipo spigoloso come sua sorella.

«Mio marito ha imparato a badare a se stesso.» Rivolse uno sguardo impaziente alle lancette. «Piuttosto assicurati che Leonard mangi la macedonia, una volta tornato da scuola. Tutta quanta, mi raccomando» precisò. «Dorothy passerà a prenderlo e lo porterà qui. Dopo la merenda andate al parco, qui intorno ce n'è uno molto carino. Lì potrai leggere uno dei libri che ti ho lasciato sul tavolo in soggiorno; non conoscendo i tuoi gusti ho fatto da me.» Si fermò a riprendere fiato. «Io tornerò stasera, ma se dovessi avere bisogno di me chiamami. Tutti i numeri sono nell'agenda accanto al telefono. Lettera A, subito dopo Abot; ai primi cinque rispondo personalmente.»

«Ok» sussurrò Penelope, stordita da quella raffica di informazioni.

«Se Leonard dovesse fare i capricci nella cesta ci sono i suoi giochi, e se dovesse sentirsi poco bene...»

«Leonard starà benissimo, ma se dovessi avere bisogno di una mano chiederò aiuto a Ryan.»

Addison serrò la presa sul figlio, guardandola scettica. «Come vuoi. Comunque le sue cose...»

«Addison vai, è già tardi. Ti prometto che quando tornerai troverai Leonard ad aspettarti. Sano e salvo» aggiunse. Zittire Addison non era mai stato semplice. L'accompagnò alla porta e rimase sulla soglia finché non la vide scomparire nel viottolo bagnato. La nebbia aveva avvolto l'intero giardino fra le sue maglie, nascondendolo dietro uno spesso strato di vapore bianco.

Penelope attese qualche minuto prima di rientrare, il necessario per ripetersi ancora una volta che si trovava nel Kent, nella villa di sua sorella, fra le mura di una casa nuova. Di una nuova vita.

Si guardò intorno, cercando nella nebbia qualche traccia dei campi sconfinati che aveva intravisto la sera prima; quel posto poteva essere un paradiso per chiunque cercasse una via di fuga dalla città, ma per il suo cuore malato rischiava di trasformarsi in una prigione. La villa della famiglia perfetta sembrava nascondere dell'altro sotto la costosa carta da parati del soggiorno; labirinti di parole non dette, solitudini familiari in cui lei rischiava di sprofondare.

Si sfregò le braccia intirizzite e rientrò in casa, dove con la coda dell'occhio controllò le montagne di biglietti colorati che Addison aveva disseminato ovunque. Penelope li lesse tutti, ma non contenevano che ordini; nient'altro che istruzioni.

Li raccolse e li gettò nel cestino; non aveva voglia di uscire o leggere i manuali di auto-aiuto della sorella.

Mangiò l'ultima fetta di pane e lasciò la tavola apparecchiata per Ryan, e dopo aver spazzato tornò in camera. La consistenza ruvida delle lenzuola era il solo elemento ammesso nella sua prima mattinata nel Kent. Si sentiva sradicata laggiù, in un posto che non conosceva. Lei non sapeva nulla di quella casa, delle sue abitudini; l'unica certezza era la stanza che le era stata assegnata, di cui tuttavia non aveva preso possesso. Pile di vestiti sbucavano da ogni lato della valigia, mentre i cassetti aspettavano di essere riempiti di una vita di cui aveva perso il controllo.

Si liberò delle scarpe e si accoccolò sotto il piumone; non aveva nemmeno voglia di andarsene, solo di stare sotto le coperte, con gli occhi chiusi. Forse così la mente si sarebbe fermata e lei avrebbe avuto un po' di respiro, perché lo spazio vuoto che le gravitava intorno era l'unico di cui avvertisse il bisogno. Lì sarebbe stata libera, finalmente.

«Penelope?»

Un mugolio si sollevò dalle coperte.

«È pomeriggio, ormai» le disse Ryan sulla porta.

Era passato a controllare che stesse bene, ma trovare la cognata ancora a letto a un paio d'ore dalla cena lo disorientò.

Ricontrollò per la decima volta i bottoni dei polsini, sfregandosi le mani sulle gambe magre.

«Pensavo che forse ti andava di fare quattro passi. Fuori non è così male» disse accennando al panorama, impacciato.

Penelope alzò la testa e guardò il cognato; avrebbe preferito rimanere dov'era, ma la dolcezza di Ryan la convinse ad accettare. Appoggiò i piedi sul pavimento gelido, soffocando uno sbadiglio.

«Ok. Dammi dieci minuti» disse con la voce ancora impastata dal troppo sonno.

«Va bene» rispose lui. Fece marcia indietro con la sedia, ma quando si ritrovò nel corridoio si voltò di nuovo verso Penelope; non voleva che la conversazione finisse, non in quel modo. «Ti andrebbe di mangiare qualcosa, prima di uscire? Ci metto un attimo a prepararti un'omelette» le propose. Lei rifiutò, lo sguardo incollato alle sue ginocchia un tempo costrette alla medesima prigione in cui erano rinchiuse quelle di Ryan.

«No, meglio di no» disse con un filo di voce.

Un'ora più tardi Penelope e Ryan camminavano l'uno accanto all'altra, in silenzio. La strada per il paese era sconnessa e tortuosa, ma nonostante le difficoltà incontrate dal cognato lei si guardò dall'offrirsi di aiutarlo; spingere la sedia a rotelle era un gesto che presumeva un'intimità prematura per due che si conoscevano da meno di ventiquattro ore.

Penelope apprezzò che lui non facesse domande. Considerò la sua discrezione un gesto di affetto, un riconoscersi fra anime perse. Nei mesi dopo la scomparsa di Adam le parole si erano sprecate. In molti avevano voluto sapere, la interrogavano sui suoi sentimenti o semplicemente, spinti da quella morbosità insita nella gente, infierivano chiedendo dettagli e particolari, scatenando la scia dei ricordi.

Un silenzio santo scortò il loro passeggiare. Penelope poté

abbassare la guardia godendosi la maestosità della natura. Immaginò la cintura di pietra che un tempo abbracciava il paese. Di origini medievali, le aveva raccontato Ryan, ma di quegli anni bui restavano solo ruderi sparsi che i pastori avevano eletto come riparo per il loro gregge. In compenso, l'architettura del centro conservava intatta l'impronta originaria; dedali di viuzze si arroccavano intorno alla chiesa e all'antico palazzo signorile, aprendo scorci mozzafiato sulle campagne circostanti.

"Un paese da cartolina" pensò Penelope con il cuore scaldato dalla luce morbida del pomeriggio, colpita dall'immagine di due innamorati sulla vetrina di una pasticceria. Una dolcezza che faceva incredibilmente male. Si liberò alla svelta di quel pensiero, spostando lo sguardo sulle ampie spalle del cognato. «Come vi siete conosciuti tu e Addison?» gli domandò.

Ryan ci pensò su, lo sguardo perso fra i vicoli del centro. «A una festa. Il 31 dicembre 2008, per l'esattezza.»

«Colpo di fulmine?»

«Esatto» tagliò corto lui.

Penelope annuì, riprendendo a camminare con le mani in tasca e gli occhi socchiusi a difendersi dalle folate di vento che la sorprendevano dietro ogni angolo. Stentava a credere che quello fosse il caldo Kent della sua immaginazione, visto il clima rigido che l'aveva accolta. Nonostante fosse ancora estate le foglie avevano disegnato sul lungofiume una passerella dorata che odorava di funghi.

Svoltarono in una via interna inspirando l'aria profumata di brace che riempiva le strade; qualcuno stava preparando la cena, permeando di quegli odori l'intero paese.

Penelope chiuse gli occhi, immersa in ricordi lontani; i barbecue dai vicini americani, il sapore delle pannocchie arrostite e della torta di mele di Claire, le fette alte e morbide bagnate di dolce succo alla cannella. Ricordava ogni particolare di quelle domeniche; nemmeno il fazzoletto che suo padre usava per l'occasione, quello con le iniziali cucite a mezzo punto, se n'era andato dalla sua mente.

«Perché sono qui?» disse a un tratto, spezzando il silenzio immobile della sera. «Fino a ieri vivevo a Londra, avevo una vita mia, e ora eccomi qui, a decine di chilometri dalla mia casa, in un posto che non so nemmeno indicare su una mappa.»

Ryan, accanto a lei, frenò di colpo. «Addison a volte è un po' brusca, ma sono sicuro che le sue intenzioni sono buone.»

«Tu credi? Perché non è sempre facile capire quello che le passa per la testa.»

Ryan sorrise, ma i suoi occhi non ridevano affatto. «Addison vuole solo aiutarti a riprendere il controllo della tua vita; vorrebbe che trovassi un uomo e dimenticassi il passato, tutto qui.»

«Mia sorella vuole troppe cose» ribatté lei brusca. Silenzio intorno a lei e alla sua vita: Penelope non desiderava altro. «Mi è venuta fame; ti va un tè?» propose. Aveva bisogno di tempo per riflettere, per smettere di pensare, per togliersi Adam dalla testa.

«Solo un tè?»

«Sì, perché?»

«Perché non hai mangiato niente da stamattina, e sei pelle e ossa!» la riprese Ryan.

Penelope non poté far altro che constatarlo; con i jeans e il pullover di Adam indosso sembrava uno spaventapasseri.

HENRIETTE, diceva la scritta sulla vetrina della pasticceria. Si sedettero in fondo alla saletta, decorata di glicini e rose gialle e rosse, una preziosa collezione di teiere sugli scaffali della credenza fine ottocento, e un candelabro dalla luce soffusa che regalava intimità. La tovaglia era bianca, di un lino spesso e raro da trovare. Penelope sorrise di fronte alla doppia porzione di torta al cioccolato che aveva ordinato pescando a caso nel menù.

«La mangi tutta?» le chiese Ryan con il gomito appoggiato sul tavolo, ma Penelope aveva già affondato la forchetta nel dolce. Era andata avanti per mesi a cereali e noodles, ma la genuina pastosità del dessert la riappacificò con i sapori veri.

«Perché, dovrei mangiare fiocchi di soia e banane come tuo figlio?» rispose, assaporando il gusto antico della cioccolato. «È normale che il povero Leonard faccia i capricci.» Prese un sorso di tè, mentre il viso di suo nipote riemergeva dai ricordi di quelle prime ore vissute nel Kent. «Quando si è bambini si ha il diritto di mangiare schifezze. È sacrosanto» riprese mentre Ryan la guardava gustarsi la torta, ma Penelope era giovane, troppo per capire cosa volesse dire essere un genitore. Lei stessa, con lo sbaffo di panna sulla guancia, sembrava poco più di una bambina.

«Lasciatelo dire: se tutti i bambini crescessero mangiando schifezze saremmo circondati da adulti obesi, predisposti al diabete e alle cardiopatie.»

«Adesso parli come uno di quei medici che si vedono in televisione nei programmi del mattino. Quelli che non guarda mai nessuno» aggiunse mentre Ryan si schiariva la voce, a disagio.

«Ero un medico anch'io, prima di questa» disse accarezzando il bracciolo della sedia a rotelle.

Penelope arrossì. «Mi dispiace.»

«Nessun problema.»

Lei riprese la forchetta, disegnando nel piatto piste di cioccolato sciolto.

«Non ero né un nutrizionista né un dietologo; non hai fatto una gaffe così terribile» minimizzò.

«Mi dispiace però; a volte parlo senza pensare, ma la vostra dispensa è piena di cibi insoliti per un adulto, figuriamoci per un bambino. Trovo difficile credere che Leonard mangi volentieri biscotti di crusca e latte di riso, perché qualunque suo coetaneo vorrebbe rimpinzarsi di cereali zuccherosi e muffin» concluse mentre Ryan continuava a fissare il suo tè.

«Hai ragione, ma su questo Addison è molto rigida. Vuole che Leonard cresca sano, in fondo lo fa per il suo bene.»

Penelope si tamponò le labbra con il tovagliolo dubbiosa. «Se lo dici tu» si arrese. «A me basta sapere che qui posso trovare dei veri dolci fatti con burro e zucchero in grado di mandarmi il colesterolo alle stelle» scherzò sotto lo sguardo spento di Ryan.

«Addison è solo preoccupata per Leonard» riprese, titubante.

«Lo immagino, ma a volte esagera.»

«È complicato capire quale sia il confine fra la preoccupazione e l'esasperazione, se un figlio si rifiuta di parlare con i suoi genitori.»

Gli occhi di Penelope guizzarono verso Ryan. Inclinò la testa, sul viso un'ombra scura. «Che cos'ha Leonard?» chiese preoccupata, e il profondo sospiro di Ryan non la tranquillizzò. Lui raccolse le mani sulle gambe, sul viso l'espressione seria del medico che era stato.

«Mutismo selettivo» rispose. «Al momento la sua insegnante è la sola a cui Leonard rivolge la parola. Per non parlare delle intolleranze.» S'interruppe, provato da un peso che per troppo tempo aveva custodito nel cuore. «Leonard ne ha sviluppate a decine da quando Addison ha divorziato dal suo primo marito. È stato molto difficile per lui, e il suo corpo ha reagito di conseguenza. Per questo lei è così attenta alla sua alimentazione, ma sono ottimista. Sono convinto che tutto si sistemerà non appena Leonard lascerà la scuola materna. Cambiare gli farà bene.»

Penelope si abbandonò sullo schienale imbottito, gli occhi fissi sul cognato. Invidiava il suo ottimismo, avrebbe voluto avere qualcuno come lui accanto quando tutto era andato storto. «Speriamo valga anche per Addison. Mia sorella ha un bisogno disperato di rilassarsi.»

Ryan sorrise, ma quando si scontrò con gli occhi di Penelope ricordò che le nevrosi di sua moglie erano qualcosa di serio.

«Ho detto qualcosa che non va?» gli domandò lei vedendolo ammutolire.

«Nient'affatto» la rassicurò lui scuotendo la testa. «Stavo riflettendo sul fatto che ormai Addison è così, e io non ci posso fare niente. Il suo passatempo preferito è pianificare. Lei non muove un passo senza il suo appoggio» precisò.

Penelope aggrottò la fronte. Una folata di vento sbatté sulla vetrina un foglio di giornale, il termometro di un presente da cui aveva preso le distanze. «Ti riferisci al terapeuta di Leonard, immagino» azzardò, ma Ryan reagì di scatto.

«Chi altri?» ribatté. «Tutto quello che esce dalla sua bocca è legge.» Chiese il conto, svuotando sul tavolo una manciata di monete. «Forse è lui che avrebbe dovuto sposarla; tua sorella passa più tempo nel suo studio che a casa con la sua famiglia.»

Penelope si strinse nelle spalle, a disagio; l'ultima cosa in cui voleva essere coinvolta era una crisi di coppia. «In effetti non sembra un quadretto esaltante.» Si scambiarono un'occhiata, e per la prima volta lei si immerse negli occhi scuri del cognato; avrebbe giurato che fossero marroni, ma intorno alla pupilla c'era solo la notte.

«Per quanto ne so la felicità è sopravvalutata» disse lui abbottonandosi la giacca.

Penelope si sentì mancare, le gambe di burro; non si aspettava il tono scoraggiato di chi non ha più voglia di lottare.

Un tono pericolosamente vicino al suo.

Si voltò a guardare i passanti; sembravano rilassati, lontani anni luce dalle facce scure di Londra. La vita pareva così diversa eppure uguale, in quell'angolo di paradiso. Appallottolò il tovagliolo, mentre nella testa continuava a sentire le parole del cognato. Ryan aveva bisogno di aiuto, ma lei era troppo stanca anche solo per ascoltare i suoi sfoghi. Aveva accettato di seguire Addison per guarire dal lutto che si trascinava nel cuore, non per medicare le ferite altrui.

Ryan lanciò un'occhiata furtiva all'orologio e serrò i pugni sui braccioli. «Dobbiamo andare, e alla svelta. Dorothy ci starà già aspettando, e se tra dieci minuti Leonard non ci vede arrivare darà in escandescenze.» Si voltò con la carrozzina in direzione della porta, mentre Penelope lo seguiva in strada; detestava vivere ai ritmi di Addison.

«Spero che i cavoletti di Bruxelles ti piacciano» disse Addison versandone due cucchiai nel piatto della sorella. «Noi ne andiamo matti, vero tesoro?» continuò con una vocina artefatta dando un buffetto sulla guancia del figlio.

Penelope lanciò un'occhiata a Ryan e si versò del vino. L'aria in casa era stranamente tesa.

Tutto era andato per il meglio sino al ritorno di Leonard, poi erano iniziati i capricci, le urla, e la voce spazientita di Ryan. Un'ora più tardi, poi, era stato il turno di Addison; da quando le sue decolleté erano riapparse in casa, Penelope non aveva avuto un attimo per sé, al punto che si era dovuta rifugiare nella doccia per avere un po' di pace, ma anche lì lei aveva sentito Ryan e sua sorella discutere animatamente. Addison farneticava di una telefonata di Dorothy e di Leonard abbandonato dal padre dalla vicina, per giunta senza merenda.

«Possibile che non ti importi di tuo figlio sino a questo punto?» lo rimproverò, infastidita al pensiero che Penelope li ascoltasse litigare; non era necessario che sua sorella sapesse, e non lo erano nemmeno le spiegazioni di Ryan, così deboli.

"Litigano per una macedonia" aveva pensato Penelope richiudendo la porta della sua stanza. Era davvero poco per una scenata simile ma si limitò a scuotere la testa.

Rimase in silenzio fino a quando Addison non tornò alla carica, tra il contorno e l'arrosto.

«Hai iniziato a leggere qualcuno dei testi che ti ho indicato?» le domandò Addison, senza perdere di vista Leonard.

Penelope all'improvviso si sentì tremendamente stanca. «No» rispose titubante.

«Come mai?»

Penelope mandò giù il boccone. «Non ho potuto.»

«Perché?» insisté Addison, sgranando i suoi gelidi occhi chiari.

Ryan vuotò il bicchiere, lo sguardo fisso sulla cognata che stringeva il tovagliolo tra le mani.

«Non ne ho avuto il tempo» rispose, ma la sorella batté le ciglia, in mano la paletta dell'arrosto e indosso il grembiule da casalinga anni cinquanta.

«Perché, che hai combinato tutto il giorno?»

Penelope si voltò a guardarla, sfinita. Addison non voleva saperne di lasciarla respirare. «Ho dormito» disse secca. «Mi ha svegliato Ryan qualche ora fa; se fosse dipeso da me avrei continuato a dormire.» Soffiò via le parole, gettandole senza energia sulla tovaglia ricamata.

«Una giornata impegnativa» commentò Addison glaciale.

«In realtà Penelope e io abbiamo fatto una lunga passeggiata in paese» intervenne Ryan in sua difesa, ma Addison lo ignorò. I suoi occhi erano puntati su quelli apatici della sorella. La squadrò dall'alto in basso, poi prese le posate e iniziò a tagliare la carne di Leonard. «Domenica ci sarà una festa. Ho invitato i vicini per il brunch.»

Penelope sgranò gli occhi. «Come?»

«Ho invitato i vicini per il brunch» scandì Addison. «Sarà una cosa informale, per presentarti alla comunità. Niente di cui spaventarti.»

«Per presentarmi alla comunità?» le fece eco, disorientata. Si era trasferita da un giorno appena e Addison dettava già la sua agenda.

«Esattamente. Non sei più a Londra, tesoro; la gente del posto si conosce, organizza bruch, feste per i bambini, lascia che i figli giochino fra loro e facciano i compiti insieme. Siamo una comunità» ribadì.

Penelope era scioccata. Non poteva credere che la donna che parlava di condivisione con tanta leggerezza fosse sua sorella, la stessa che viveva immersa negli stereotipi alto borghesi. Ma fu in Leonard, nel bambino che litigava ogni giorno con il cibo che Addison preparava appositamente per lui che lei trovò la risposta.

Sua sorella avrebbe fatto qualsiasi cosa per lui, persino snaturare se stessa.

Lei però non era come Addison e non desiderava diventarlo.

«Preferisco non partecipare» disse, ma la sorella le rifilò un'occhiata severa.

«Non fare la difficile, per favore. Ho detto che darò una festa, non che inviterò la regina.»

«Ok, ma non voglio esserci. Lasciami fuori da questa faccenda, per favore».

Addison si slacciò il grembiule, contrariata. «Mi dispiace, ma non posso accontentarti.»

«Perché?»

«Perché tu sarai l'ospite d'onore.»

Le posate di Penelope si incrociarono sulla porcellana francese. «No.»

«Comportati da persona adulta, Penelope» la ammonì Addison, ma gli occhi della sorella erano già diventati lame scure.

«Organizza pure il tuo brunch, se ti fa piacere, ma non contare su di me, perché non ci sarò» tagliò corto mentre Addison la guardava con occhi di fuoco.

«Io ti sto aiutando come posso, Penelope. Non puoi farmi questo.» Addison era sul punto di perdere la calma, perciò a quel punto Ryan decise di intervenire.

«Perché non ne riparliamo in un altro momento?» propose, a disagio nel clima teso della sala. Addison gli aveva promesso che il trasferimento di sua sorella sarebbe stato un sollievo per la loro famiglia, ma a quanto pareva non era così.

«Hai ragione» concordò Penelope, invitando anche Addison a deporre le armi. Arrancò sino alla fine della cena, barcollando fra parole non dette e occhiate taglienti, e quando finalmente raggiunse la sua stanza si lasciò cadere a peso morto sul letto. Ci aveva provato, ma proprio non capiva cosa ci facesse in quella casa, dato che lei di quella famiglia non ne faceva nemmeno parte.

Lei era una McNamara; era quella la sua famiglia, altre non ce ne sarebbero state. Mai.

4

Penelope aprì gli occhi, e subito percepì nell'aria la scia di fumo del barbecue. Per un momento aveva creduto di essere tornata bambina, alle domeniche con i vicini americani e le torte di Claire, ma una volta nella doccia aveva capito che non c'era speranza di evitare il brunch di Addison.

Dopo varie insistenze Ryan era riuscito a convincerla a parteciparvi, ma non era certa che fosse la scelta giusta. Si era presentata in veranda con i jeans e un vecchio maglione di Adam, appositamente spettinata e struccata, ma quando si era vista circondare da un esercito di sconosciuti venuti apposta per incontrarla se ne era pentita. In quel modo non avrebbe fatto altro che attirare l'attenzione su di sé, l'eterna vedova.

Da parte sua era pronta a sopportare le pacche sulle spalle e gli sguardi intrisi di compassione degli invitati, ma per farlo avrebbe dovuto prima ammorbidire gli spigoli dei ricordi con del vino. Tutti volevano sapere di lei, di Adam, di Londra; Addison aveva sbandierato all'intero vicinato della tragedia che l'aveva investita, una ferita che Penelope non poteva sopportare. Voltò le spalle alla festa, cercando rifugio fra le ortensie della sorella. Nascosta fra quei petali colorati si sentiva al sicuro, protetta da una bolla di profumi che la riportarono alle domeniche nell'East End, al mercato di fiori. Appoggiò il bicchiere vuoto nell'erba. Leonard la guardava con le manine nelle tasche degli shorts griffati, già macchiati di terra, un particolare che la fece sorridere. Il piccolo aveva preso il meglio dai genitori, ma le sue stranezze e lo spirito ribelle ricordavano piuttosto il clan McNamara. Per qualche ragione che sfuggiva alla logica, lei aveva stabilito da subito un'intesa con lui: le bastava un'occhiata per capire di cosa avesse bisogno. Ma ogni volta che lo guardava vedeva in lui un fiume di angoscia. Penelope gli leggeva negli occhi la stessa paura di non essere amati delle McNamara, la solitudine che aveva scavato talmente a fondo nella vita di sua madre da portargliela via a meno di quarant'anni, ma tutta quella malinconia era un insulto sul viso innocente di un bambino.

«Come va, campione?» gli domandò. Tese la mano verso quella del nipote, che avanzò a piccoli passi sino a sfiorarla. Le sue dita si perdevano nel palmo di Penelope, ma si ritrassero spaventate non appena captarono un fruscio dietro le ortensie. Leonard scappò subito in casa, mentre lei tornò alla recita messa su da Addison. Afferrò il bicchiere vuoto e si alzò in piedi, avanzando verso il viso tondeggiante della sconosciuta che aveva messo in fuga suo nipote.

Penelope ascoltò anche lei, annuì contrita quando la donna le mostrò la foto del figlio morto ad appena diciassette anni, ma il cammeo che portava al collo con incise le date di nascita e di morte del ragazzo la colpì come una pugnalata.

Penelope non aveva idea di quanti anni avesse Adam al momento dello schianto. Lui detestava i compleanni; era convinto che l'età non fosse rilevante. Persino gli Spencer non avevano voluto date sulla lapide, perché Adam era un regalo senza tempo, da serbare per l'eternità.

Penelope abbassò lo sguardo. Di colpo si sentì catapultata al funerale, un anno prima; di nuovo l'odore pastoso dei fiori a serrarle la gola. Non poteva restare, non riusciva più a respirare tra quella gente.

Aspettò che Addison facesse il suo ingresso in veranda con indosso il vestito cipria e un nastro di raso fra i capelli chiari, impeccabile come sempre, e abbandonò la festa. Ancora un minuto e sarebbe impazzita.

Attraversò il vialetto correndo, sorda al frusciare della siepe dietro cui si nascondeva il vociare degli ospiti, e una volta in strada ripercorse a memoria il tragitto fatto insieme alla sorella. Di nuovo i campi illuminati da un sole tiepido, le reti sbilenche ai lati della strada e i cespugli di eriche a tracciare il cammino. Oltre i muretti a secco un piccolo gregge candido pascolava nei prati inverditi dalle piogge, sotto la guida di un cane dal pelo scuro. Penelope lo sentì abbaiare furioso a un pick up che si inerpicava per i campi, ma ignorò le proteste del cane e riprese a correre lungo l'asfalto. La strada si innestò quasi subito su quella principale, e di lì Penelope svoltò in direzione del paese. Ancora case in pietra ai lati della strada e vasi fioriti sui balconi, e ancora il profumo di brace nell'aria. A passo svelto oltrepassò il centro impigrito dal sole domenicale, superò le finestre decorate con le tendine di pizzo, i portoni colorati e quello austero della chiesa, e si fermò di fronte a un cancello arrugginito stretto fra due torrette di pietra.

Il cimitero del paese.

Penelope era bloccata. Sapeva cosa c'era oltre quel cancello, e sapeva che entrando avrebbe rischiato di sgretolare quel briciolo di autocontrollo che la teneva in piedi, eppure lo spinse, attratta dalla voce del vento.

Costeggiò i vialetti deserti, dissolvendo in un sospiro un coagulo di amarezza; finalmente in pace. Attraversò i campi con le croci sbilenche e le date incise a penna e si diresse verso l'ala più antica, lì dove sentiva forte la spinta del vento. Tagliò per un vialetto ricoperto di foglie, lacrime di un platano che già si preparava all'autunno, studiando le foto di ceramica che incontrava lungo la strada; lesse le date di morte raffrontandole con quelle di nascita, ripensando alla lapide spoglia del suo Adam. Per sé Adam non aveva voluto nemmeno quella minuscola manciata di numeri.

Nemmeno i suoi organi.

Quando lei aveva riaperto gli occhi dopo il coma, in ospedale, il medico cui era stato affidato il cuore di Adam aveva scosso la testa di fronte alle sue insistenze. La dottoressa le aveva detto solo che la sorte di quegli organi rientrava tra le informazioni riservate, e che non la riguardava.

Adam però, lui la riguardava eccome; loro due si sarebbero dovuti sposare. Penelope avrebbe acquisito il suo cognome e partorito i suoi figli, ma tutto quello che si sentì dire fu un laconico «mi dispiace», «dimentichi questa storia e vada avanti, la vita ha ancora molto da offrirle».

«Stronzate» borbottò, lasciandosi cadere su una panchina davanti alla tomba di una donna.

Un angelo triste vegliava sulle sue spoglie, incorniciate da un arco di rose sfiorite. L'intera struttura soffocava nell'abbraccio del muschio risalito lungo la pietra, a ricordarle i monumenti funebri nei cimiteri storici delle grandi città.

Penelope rivolse uno sguardo pieno di compassione al volto della sconosciuta, ma quando lesse le poche righe a custodia del suo epitaffio, le stesse di Sandor Petofi che un giorno di novembre Adam le aveva letto mentre fuori pioveva a dirotto, sentì il cuore sbriciolarsi.

Cadde in ginocchio ai piedi della lapide, la mano tesa a sfiorarle con un filo di voce; un po' di più e si sarebbe spezzata anche lei.

Tu eri il mio unico fiore:
sei stato reciso e la mia vita è deserta.
Tu eri il mio sole raggiante:
sei tramontato e intorno ho la notte.
Tu eri l'ala della fantasia:
sei stata spezzata e io non posso volare.
Tu eri l'ardore dentro il mio sangue:
ti sei spento e io sono di gelo.

Penelope abbassò la testa, il pugno chiuso sulla pietra.

Il tempo non era il medico pietoso di cui le avevano parlato, solo un disgustoso palliativo. Il dolore si attenuava, sì, ma rimaneva la seconda tazza di caffè da riempire la mattina, il bacio prima di spegnere la luce la sera. Un vuoto che le ore non sapevano colmare.

Si accucciò ai piedi dell'angelo, i capelli che le cadevano scomposti sul viso pallido; non aveva idea di cosa ci facesse sulla tomba di una sconosciuta, ma non voleva andarsene.

Chiuse gli occhi, appena il tempo di realizzare che qualcuno si stava avvicinando. Un ragazzo, forse, Penelope lo intuì dalla camminata sicura, ma subito scattò in piedi e corse verso il vialetto più esterno, il più lontano possibile dal nuovo arrivato, dal rumore di una vita che tornava a tormentarla, sempre.

Rientrò a casa dopo aver girato per ore senza meta, e quando si ritrovò nel vialetto notò con sollievo che la festa era finita da un pezzo. La veranda era deserta, nell'erba nemmeno un tovagliolo dimenticato da un ospite distratto. Tutto era stato accuratamente ripulito.

Penelope attraversò la porta, subito accolta da una fresca nota di limone. I pavimenti erano ancora umidi, in casa non sembrava esserci più alcuna traccia del brunch domenicale.

Addison aveva riordinato ogni angolo; persino i piatti erano asciutti e impilati, pronti per essere riposti nella credenza, e gli avanzi ordinatamente sistemati in vaschette di alluminio.

«Addison?» la chiamò, ma nessuno le rispose. Si fece largo nel silenzio surreale che regnava in casa, strisciando in punta di piedi verso la cucina avvolta nel buio, ma balzò indietro non appena vide le luci della stanza accendersi di colpo.

«Ah, eccoti. Iniziavo a dubitare che saresti tornata.» Addison stava con le mani appoggiate al lavello, fissando la sorella come i giudici scrutano i colpevoli sottoposti al loro giudizio: rigida e implacabile.

Penelope infilò le mani nelle tasche dei jeans. «Preferivi che non tornassi?»

«Questa è casa tua, lo sai» rispose allargando le braccia. «Però avrei preferito che non mi avessi piantato nel bel mezzo della festa che ho dato per te.»

«Non volevo che ne organizzassi una.»

Addison incrociò le braccia; avrebbe preferito masticare sassi piuttosto che sopportare le stoccate della sorella, ma era troppo stanca per discutere. «Fa' come ti pare, tanto è inutile parlare con te.» Le voltò le spalle, la mente già rivolta ad altre cose.

«Buonanotte» aggiunse ripiegando inutilmente uno strofinaccio, ma la vista di Ryan sulla porta la bloccò. Salutò Penelope con un cenno e si rivolse alla moglie.

«Leonard ha fame. Vorrebbe il budino che avevi preparato, ce ne dovrebbe essere ancora un po' in frigorifero» disse avvicinandosi a Addison, che ruppe in una risata sarcastica.

«Davvero ha fame?»

«È quello che ho detto, sì» rispose lui, confuso.

«E come fai a saperlo, te lo ha detto lui?»

Ryan si passò la mano fra i capelli. Era esausto anche lui;

voleva solo andare a dormire. Si voltò verso Penelope in cerca di un'alleata, ma lei rimase zitta. «Possiamo parlarne in un altro momento?»

«Perché?» rispose Addison. «Penelope fa parte di questa famiglia, ma fa di tutto per negarlo» rispose indicando la sorella che se ne stava con le braccia incrociate sulla porta.

Penelope ebbe di nuovo la sensazione di stare in qualche modo spiando il matrimonio di sua sorella dal buco della serratura; sulla pelle percepì lo stesso disagio di quando era arrivata.

«Se vuoi glielo porto io, il budino» propose, ma Addison la fulminò con un'occhiata.

«Evita di fingere che ti importi di questa famiglia, per favore.»

«Addison, guarda che io non volevo...»

«A mio figlio ci penso da sola, grazie» concluse con un sorriso velenoso. Aprì il frigorifero con uno strattone, afferrò il budino e uscì a grandi passi dalla cucina sotto lo sguardo impotente dei due cognati.

Penelope seguì la scia di profumo di fresia della sorella, ascoltando i piccoli tacchi che affrontavano la scala; era senza parole.

Almeno quanto Ryan, col medesimo sconcerto impresso sul viso.

5

Una tregua armata non era esattamente quello in cui aveva sperato Penelope, ma imparò a conviverci. Evitava il più possibile i contatti con Addison, preferendole la compagnia della sconosciuta al cimitero, e sporadicamente quella di Ryan.

Addison invece non aveva alcuna intenzione di cedere con lei; ogni mattina le lasciava un biglietto con i compiti della giornata, e quando la sera rientrava dallo studio sottoponeva la sorella a un lungo interrogatorio.

La maggior parte delle volte lei lasciava cadere gli ordini della sorella nel vuoto, ma i rimproveri che doveva sopportare erano di gran lunga peggiori e sfociavano in discussioni che avevano come unico risultato l'allontanamento di Leonard dalla pessima influenza della zia.

«Litigare con Addison non è il modo migliore per riempire le giornate» le fece notare Ryan durante la loro passeggiata mattutina, un'abitudine che avevano preso in fretta.

Era iniziato tutto per caso. Una mattina Penelope era scesa in cucina e aveva visto appiccicato sul frigorifero il lungo elenco dei compiti che Addison aveva pensato per lei: andare a ritirare le analisi di Leonard al laboratorio, consegnare i libri stipati nelle scatole in soggiorno alla parrocchia, stendere il bucato, ordinare la spesa online. Aveva scorso la lista con attenzione, appena il tempo necessario per decidere di averne abbastanza di essere trattata come un soldatino e di gettarla nella spazzatura, che Ryan si era materializzato al suo fianco. Aveva lanciato anche lui un'occhiata alla lista di Addison e poi, senza aggiungere una parola, le aveva fatto cenno di seguirlo fuori. Una volta oltrepassata la soglia le aveva chiesto se le sarebbe dispiaciuto accompagnarlo a comprare il giornale in paese, e lei aveva accettato.

Fu così che iniziò tutto. Un semplice pretesto si era trasformato in una piacevole abitudine di cui nessuno dei due, ormai, avrebbe più fatto a meno.

Lui e Penelope uscivano sempre dopo Addison, costeggiando il muretto a secco sino in paese, dove si concedevano un caffè e una sosta sul lungofiume. A lei piaceva quella nuova abitudine, camminare immersa nel verde e osservare i campi vestirsi lentamente d'autunno; l'erba prosciugata dal sole estivo era tornata smeraldina dopo le ultime piogge, così come quella ai margini delle strade, manciate di muschio e minuscoli fiori selvatici. Non avrebbe mai creduto di riuscire ad adattarsi così rapidamente ai ritmi del Kent, eppure il caos londinese le mancava ogni giorno di meno. In quel lembo di terra verdeggiante aveva scoperto il fascino del silenzio; amava stare seduta su una panchina per ore a guardare il fiume senza altro nella testa che lo scrosciare dell'acqua. Camminare per le stradine di campagna la faceva sentire parte del paesaggio, una zolla di terra pronta ad affrontare i primi freddi.

Alzò lo sguardo sul paesaggio che li circondava, negli occhi la promessa del mattino. La nebbia che aveva avvolto le campagne di vapore bianco si andava diradando, lasciando sulla terra le sue impronte umide. L'orologio di Ryan segnava quasi mezzogiorno.

Penelope affondò le esili mani nelle tasche del cardigan che le cadeva floscio sulle spalle. «In effetti l'idea di trascorre il tempo a litigare con Addison non è un granché.»

Ryan superò una buca a bordo strada spingendo con forza le ruote. «È un inizio.»

«Lo so che è stupido continuare a battibeccare, ma detesto il modo che ha di trattare le persone; tutti devono fare quello che dice lei, quando lo stabilisce lei. È snervante» continuò arrotolando un filo d'erba intorno all'indice mentre Ryan guardava distratto la monotonia dell'orizzonte.

«Lo so.»

«A volte mi chiedo come tu riesca a resistere.»

«In effetti Addison può essere difficile» concordò Ryan.

«Soltanto difficile?» ribatté. Si piegò per togliere un ramo secco dalle ruote della carrozzina, ripensando all'ultima discussione avuta con la sorella. «Addison ci tratta come degli idioti.»

«Dai, non esagerare» l'ammonì lui. Sfregò le mani sulle cosce intirizzite; gli occhi scivolarono sulla magrezza delle gambe. Erano immobili da mesi, a dispetto delle sedute di fisioterapia.

Penelope intercettò lo sguardo di Ryan fisso sulle ginocchia ammutinate. Addison le aveva raccontato solo vagamente del suo incidente, quando ormai la fase critica era finita, ma per lei rimaneva ancora un mistero capire cosa fosse accaduto realmente quella sera.

A giudicare dalle sue spalle curve, tuttavia immaginò che la sua prigionia durasse da più di quanto potesse sopportare. Ryan si sentiva uno sconfitto, ce l'aveva scritto in faccia.

Lei avrebbe voluto cullarsi ancora un po' nel silenzio, ma la coscienza la spinse ad avvicinarsi al cognato, un passo alla volta, e sfiorargli la spalla. I muscoli di Ryan si tesero sotto i suoi polpastrelli, il collo immediatamente rigido. Era difficile per lei toccare un altro essere umano, ristabilire con un corpo estraneo un'intimità che si era vietata, ma quello era il solo modo che aveva per ringraziarlo delle tante volte in cui lui aveva fatto da cuscinetto fra lei e Addison.

«Tu non sei affatto un'idiota.»

L'accenno di un sorriso si affacciò sulle labbra di Ryan. «Solo un fallito, infatti. È per questo che Addison ci tratta così.»

«Soltanto perché ai suoi occhi sembriamo annoiati e sporchi?» provò a minimizzare indicando il suo cardigan macchiato d'erba, ma quella volta Ryan rise sul serio. Una risata che saliva dal cuore, genuina come Penelope non ne udiva da tempo.

Ripresero il cammino in silenzio, costeggiando le strade che si inerpicavano fra i campi, e rientrarono a casa. Di nuovo la strada martoriata da buche, il vialetto e la porta d'ingresso con il glicine ormai sfiorito davanti al quale si fermarono entrambi: Penelope calciando sassolini, Ryan con le mani salde sulle ruote, lo sguardo inchiodato alle spalle strette della cognata.

«Il punto è che non abbiamo niente che ci tenga impegnati» disse sottovoce, di nuovo serio.

Gli occhi chiari di Penelope si riempirono di nuvole. «Lo so, ed è snervante, deprimente stare tutto il giorno chiusa in casa.»

«Dovremmo inventarci qualcosa da fare che sia duraturo ma non troppo impegnativo fisicamente, almeno per me. Purtroppo non ho una grande resistenza.»

«Se è per questo nemmeno io» rispose facendo spallucce. «Però sono sicura che qualcosa riusciremo a inventarci» continuò assorta. Incrociò le braccia valutando con attenzione le parole del cognato e lanciò un'occhiata all'interno, dove Rosalie, la donna delle pulizie, stava radunando le sue cose. Penelope si offrì di accompagnarla alla macchina; quando tornò indietro si fermò a una manciata di passi da Ryan, davanti alla facciata di una casa che le ricordava continuamente sua sorella.

«Lì dentro casa non riesco a pensare liberamente, perciò che ne dici di continuare a parlarne davanti a un piatto di qualcosa di veramente commestibile?» rispose, ma prima che Ryan aprisse bocca lei alzò l'indice. «Stavolta però offro io, non si discute.»

Lui alzò le mani, di colpo sorridente. «Come vuoi, cognata.»

«Perfetto; prendo le chiavi della macchina e andiamo.»

«Lascia perdere, andiamo a piedi.»

«Ma io sto morendo di fame, non voglio aspettare» protestò Penelope mentre Ryan puntava la sedia verso la strada.

«Meglio così; camminerai più veloce e ti calmerai» ribatté.

Poco dopo Ryan e Penelope erano seduti davanti al miglior fish&chips della zona. Il cameriere aveva portato loro una doppia razione di patatine fritte, ma Penelope non faceva che smuoverle svogliata da un lato all'altro del piatto. Pensava continuamente alle parole di Ryan e ai brontolii del suo stomaco all'idea di rientrare in casa, dove avrebbe trovato ad aspettarla le solite lenzuola spiegazzate. Era stanca di tutto quel far niente, e lo era anche Ryan, che beveva silenzioso la sua birra all'altro capo del tavolo.

«Così non può andare. Dobbiamo trovare il modo di riempire le giornate» disse Penelope ricoprendo di ketchup le sue patatine. «Non ne posso più di stare tutto il giorno chiusa in casa a guardare le pareti.»

Ryan scansò di lato le briciole nel piatto, lo sguardo vigile sulle mani affusolate della cognata. Penelope avrebbe dovuto mettere su un po' di peso, perché nessuno dei vestiti che aveva portato da Londra sapeva rendere giustizia al suo fisico minuto; a una prima occhiata aveva l'aspetto di una ragazzina che gioca a indossare gli abiti della madre, piuttosto che quello di una donna.

«Se tu volessi avresti qualcosa da fare ogni giorno, basta chiedere a Addison» azzardò.

Penelope gli lanciò subito un'occhiataccia. «Non è divertente. Essere alle dipendenze di mia sorella non è uno scherzo» brontolò, mentre sul viso di Ryan affiorava un sorriso rassegnato.

«Nessuno lo sa meglio di me, purtroppo.»

«Allora che aspettiamo? Ribelliamoci, facciamo qualcosa che sia solo nostro!» disse Penelope battendo i pugni sul tavolo sotto lo sguardo meravigliato di Ryan, colpito dall'energia di quel fagotto di dolore apparso nel cuore della notte solo qualche giorno prima. Voleva aiutarla, darle e darsi quella speranza che da tempo aveva abbandonato le sue giornate, ma era la paura a frenarlo, la possibilità di mettersi in gioco e fallire, di non essere all'altezza.

Penelope invece sembrava non desiderare altro; a dispetto del viso smagrito la sua pelle fremeva per avere una chance, solo una possibilità.

Tamburellò con le dita sul tavolo unto d'olio, combattuto, e mandò giù l'ultimo sorso di birra. La proposta di Penelope aveva appena risvegliato in lui vecchie speranze. Ci pensava da mesi, da quando si era trasferito nella nuova casa, ma aveva riposto il suo progetto segreto in un cassetto da troppo tempo perché pensasse di trasformarlo in realtà.

«Forse una cosa ci sarebbe, ma non ne sono tanto sicuro» bisbigliò rigirando il sottobicchiere tra le dita.

Penelope intercettò all'istante nella voce del cognato una possibilità. Appallottolò il tovagliolo con i resti del pesce e si sporse verso Ryan, gli occhi vispi. «Di cosa si tratta esattamente?»

Lui si grattò la fronte, indeciso. Stava per attraversare un terreno minato; un passo falso e tutti gli equilibri si sarebbero polverizzati nell'esplosione.

«In realtà è da un po' che ci penso, ma temo che non sia una buona idea...»

«Avanti, dì semplicemente quello che devi. Se sia o meno una buona idea possiamo deciderlo insieme, no?»

Il sorriso di Penelope, aperto e disarmante, fece breccia nell'anima di Ryan. Una scintilla di luce nella notte polare della sua esistenza.

«Non lo so, Addison potrebbe avere da ridire» sussurrò, Penelope però vide che lui stava per crollare, perciò scattò in avanti, la mano a sfiorare la sua.

«Senti Ryan, noi due dobbiamo trovarci qualcosa da fare o impazziremo» insisté.

«Lo so. Tu potresti lavorare. Il momento non è dei migliori, ma forse nei locali della zona qualcosa si riesce a trovare. Di camerieri siamo pieni, ma nelle cucine il personale serve sempre» suggerì, ma Penelope si strinse nelle spalle.

«Spiacente, ma sono pessima ai fornelli» rispose. «Ho lasciato i trofei culinari a Addison secoli fa. Da me puoi pretendere solo uova sode e hamburger bruciacchiati o al sangue. Io e la media cottura non siamo in sintonia» spiegò mentre le istantanee delle cene succulente che le preparava Adam le riempivano i respiri di malinconia. Si perse per un momento in quei ricordi, tornando alla realtà non appena notò l'espressione seria del cognato. «Allora, vuoi dirmi che ti passa per la testa? » lo spronò stringendosi nel suo cardigan; faceva davvero troppo freddo per essere ancora estate.

Ryan continuava a scuotere la testa indeciso. «Non lo so, una voce continua a ripetermi che non sarebbe una buona idea.»

«Va bene» tagliò corto lei, spazientita. «Vorrà dire che troveremo qualcos'altro.» Si voltò a guardare i clienti intorno, giovani coppie e gruppetti di studenti che con le mani unte navigavano in internet dai loro modernissimi iPhone. Penelope li fissò, sul viso una smorfia piena di compassione; quei ragazzini non avevano la minima idea di cosa avesse in serbo per loro la vita. Un'improvvisa folata di vento la riportò da Ryan, a quei pugni chiusi che spiccavano sul tavolo; anche lui aveva bisogno di dare un senso alle sue giornate, glielo leggeva in quello sguardo appassito. Tirò fuori dal portafogli un paio di banconote e gli fece cenno di andare, salutando il cameriere avvicinatosi al tavolo per ritirare il denaro.

Uscirono di nuovo in strada, camminando fianco a fianco in un silenzio che Penelope sopportava sempre meno.

«Potremmo fare come nei film, aggiustare qualcosa. Di solito funziona, è terapeutico.»

«Dici sul serio?» ribatté Ryan, scettico, mentre lei gli si parava di fronte.

«Perché no?» disse. «Tu non hai proprio niente da sistemare? Che so, una barca, un televisore; anche una macchina va bene.»

«Sfortunatamente non vivo in una discarica» rispose Ryan divertito dalla sua inventiva. «Addison e io ci siamo trasferiti da poco; abbiamo portato con noi solo oggetti funzionanti. Il resto lo abbiamo comprato, perciò in casa non c'è niente che cada a pezzi» continuò, ma appena passate le siepi che costeggiavano il vialetto tirò il freno della sedia a rotelle.

Mentiva, e lo sapeva. Doveva solo trovare il coraggio di dirlo a voce alta, di sfidare le critiche che immancabilmente gli sarebbero piovute addosso una volta che Addison ne fosse venuta a conoscenza, ma doveva farlo, ne aveva bisogno. Doveva provare a fare qualcosa solo per sé, proprio come aveva appena detto Penelope.

«Forse è un azzardo, ma quando Addison e io ci siamo trasferiti, intorno alla casa c'erano solo terra ed erbacce» disse sottovoce.

«Ora però mi sembra a posto.»

«Io non ne sarei tanto sicuro. Sei mai andata sul retro?»

Penelope scosse la testa. Era già molto se trovava la forza di affacciarsi alla finestra; non aveva sentito alcun bisogno di mettersi a esplorare i dintorni, lei in quella casa nemmeno ci voleva stare. «Avrei dovuto?»

«Forse è proprio il giardino la soluzione ai nostri problemi. È da un po' che penso di sistemarlo, Addison non fa che lamentarsene.»

Penelope si voltò, incuriosita. «Non capisco, che cosa c'è che non va nel giardino?»

«Non dirlo a tua sorella» rispose Ryan con un mezzo sorriso. «Se ti sentisse potrebbe sbranarti.»

«Temo che Addison mi ucciderebbe per molto meno» scherzò.

Seguirono il profilo regolare delle siepi, ognuno distratto dai propri pensieri. La voce acuta di uno stormo di rondini ruppe il silenzio, spingendoli a sollevare lo sguardo dalla strada.

«Credi davvero che il giardino sia la soluzione?» tornò a chiedergli Penelope.

Ryan annuì, la testa in fermento. Cercò disperatamente di afferrare i pensieri che correvano sciolti, mentre sul suo volto affiorava il bocciolo di un sorriso. «Addison e io abbiamo avuto delle difficoltà con la ditta che si occupava del verde, ma fra il trasloco e tutto il resto non abbiamo più trovato il tempo di cercarne un'altra» raccontò conducendola sul retro. Le spiegò che la sola zona bonificata era la parte antistante la casa, quella in cui si era tenuto il brunch di domenica, mentre il resto era rimasto incolto. «Addison ne usa una parte come parcheggio, ma sai meglio di me quanto detesti il caos.»

«Immagino» commentò Penelope dietro di lui. Ryan le aveva descritto il giardino come un prato incolto, un fazzoletto di terra da rimettere a nuovo senza investire troppe energie, ma quando vi giunsero lei rimase senza fiato; davanti ai suoi occhi si stagliava un muro di erbacce, piante infestanti e arbusti di ogni genere arrampicati fin sui tronchi degli unici due alberi presenti. Il prato, poi, non era altro che una serie di chiazze di terra bruna alternate a un verde sbiadito dal sole.

«Questo non è un giardino, è una giungla!» protestò con le braccia spalancate ad abbracciare quel disastro, ma Ryan sembrava immune al suo tono allarmato; si guardava intorno con aria sognante, sovrapponendo all'immagine del giardino attuale quello dell'Eden rigoglioso che aveva in mente.

Penelope, invece, era molto preoccupata; per sistemare tutto occorreva estirpare le erbacce, progettare le aiuole, piantare gli alberi e sistemare la staccionata perché era sicura che le erbacce l'avessero divorata, e ancora scegliere le piante da seminare in base alla fioritura stagionale, progettare un impianto di irrigazione e comprare il materiale necessario al mantenimento di tutto quanto.

Un lavoro titanico.

«Tu credi che sia una buona idea? Rimediare a questo disastro non sarà una passeggiata» continuò indicando le erbacce.

Ma Ryan non si lasciò abbattere dal suo tono allarmato. «So che non sarà semplice, ma secondo me dovremmo provarci. Per quanto mi riguarda posso occuparmi della parte organizzativa ed economica; fin dove arrivano le mie mani e internet sarò con te» le promise, ma Penelope non era ancora convinta della bontà del progetto, e tantomeno dell'improvviso ottimismo del cognato. Tutta la cupezza di Ryan era svanita di colpo, dissolta nell'odore pastoso della terra.

«Non lo so» farfugliò scuotendo la testa. Si allontanò da Ryan di qualche metro per osservare da vicino erbacce e piante secche. Sistemare un giardino in quelle condizioni avrebbe significato molto lavoro. Era un vero salto nel buio, e il successo dell'impresa era affidato quasi esclusivamente a lei.

"Una sfida" pensò. Si passò la mano fra i capelli, lo sguardo rapito dallo scintillio del laghetto al confine con la proprietà vicina. Adam adorava i giardini curati, e le rose sopra ogni cosa; se avesse potuto ne avrebbe tappezzato la casa, ma non c'era stato il tempo, non per loro.

Un raggio di sole le sfiorò le guance. Penelope si lasciò accarezzare da quel calore morbido, cercando con gli occhi socchiusi il viso di Adam; era lì con lei, sentiva il suo respiro caldo accarezzarla ancora, regalarle quel brivido che le era mancato così a lungo. Adam era lì, e le diceva di provarci, di mettersi in gioco. Poi un fruscio tra i cespugli, e il passato, il sorriso di Adam, svanì nel vento. Penelope riaprì gli occhi sul giardino immaginandolo trasformato dal suo tocco delicato. Per un istante vide quello che suo cognato aveva cercato di raccontarle; i fiori sbocciati e il ronzio delle api nei pomeriggi caldi di fine estate al tramonto; un bicchiere di limonata abbandonato nell'erba, un cappello di paglia e la promessa di giorni migliori.

I suoi giorni.

Penelope sorrise; forse il giardino era davvero quello di cui aveva bisogno. Per dimenticare, per andare avanti, per seppellire Adam e il suo ricordo una volta per tutte. Prese un bel respiro e con la mano tesa si girò verso Ryan, che non smetteva di guardarla.

«Ok, ci sto.»

6

Ryan stappò il Barolo scelto per la cena, trionfante.

«Oggi Penelope e io abbiamo preso una decisione importante» annunciò. Leonard, impegnato in una disputa con i piselli, lasciò cadere la forchetta nel piatto mentre Addison, di ritorno dalla cucina con il contorno, accennò un sorriso.

«Sembra interessante» disse servendo il marito, che annuì soddisfatto.

«Lo è, tesoro.»

Addison scostò una ciocca di capelli dalla fronte, sulle labbra la bugia di un sorriso. «Allora non tenermi sulle spine, parla.» Cercò una risposta sul viso della sorella, ma Penelope teneva lo sguardo incollato alla carne nel piatto; non poteva sopportare altre domande.

«Tua sorella e io abbiamo pensato di dedicarci a qualcosa che ci aiuti a passare il tempo. Le giornate qui rischiano di essere interminabili» intervenne Ryan rivolgendosi alla moglie, che ricambiò con un sorriso tirato.

Addison non sopportava che qualcuno tramasse alle sue spalle. Si riempì il bicchiere di vino e lo bevve tutto d'un fiato. «Allora dimmi; che cosa avreste escogitato, voi due, per tenervi impegnati?» domandò con un tono volutamente dolciastro.

Il viso di Ryan si colorò di orgoglio ed eccitazione. Dopo le prime ritrosie quel progetto lo aveva totalmente conquistato. «Rimettiamo a posto il giardino. C'è molto da fare, ma siamo ottimisti.»

Addison invece si tastò il collo; aveva la sensazione che qualcuno l'avesse appena colpita. «Il giardino» sussurrò. «Ma come farete a procurarvi il necessario?»

«Semplice» rispose Ryan posando il tovagliolo accanto al piatto. «Domani stesso passeremo in paese da Tristan, ma sono già riuscito a rimediare qualcosa.»

Penelope sollevò lo sguardo, la fronte un groviglio di rughe; quell'ultima trovata era nuova anche per lei.

«Ci sarà molto materiale da comprare, suppongo.»

«Sì, ma non spenderemo un patrimonio per una striscia d'erba. Ho fatto qualche telefonata ai vicini; Mike ci presta la carriola, Sam vanga e rastrello. Non è molto, ma meglio di niente, no?» disse rivolto alla cognata mentre Addison versava il vino. Non era la prima volta che sorprendeva suo marito a fissare sua sorella; la cena era stata un continuo cercarla, un rincorrerla fra le ortensie del centrotavola e la caraffa dell'acqua. Penelope ricambiava imbarazzata le sue attenzioni, quasi volesse nascondersi da lei, che fiutava nell'aria il seme di una complicità nuova, un legame da cui era stata estromessa.

«Penso sia una pessima idea» disse Addison lapidaria. Tamponò con il tovagliolo le labbra di Leonard, impermeabile agli sguardi attoniti di Penelope e Ryan. Li lasciò sobbollire nel loro stupore per un po', poi si girò verso il marito con il viso scolpito dall'ira. «Tesoro, sii realista; le tue condizioni non ti permettono di fare sforzi, e anche volendo non immagino come potresti renderti utile. Tu invece» continuò rivolta a Penelope «non hai esperienza in materia di giardinaggio. Siete una compagnia davvero male assortita, lasciatevelo dire. Fareste meglio ad affidare tutto a una ditta specializzata, sarebbe certamente più produttivo» continuò ripiegando il tovagliolo di Leonard.

«No» disse Penelope. Lo aveva fatto senza pensarci, ma quella volta non avrebbe permesso a sua sorella di fare a pezzi l'entusiasmo di Ryan, né avrebbe tollerato che lui accettasse la resa senza nemmeno provare a combattere. «Ryan e io rimetteremo a posto il giardino» ribadì. «Non siamo la squadra migliore del mondo, lo sappiamo, ma non siamo nemmeno degli stupidi.»

«Hai travisato il senso delle mie parole, come al solito» replicò Addison, sulla difensiva.

«Non credo, sai? A me sembrava che tentassi di convincere Ryan che la sua è una pessima idea, ma non è così» continuò, decisa ad andare fino in fondo. Era difficile persino per lei capire l'improvvisa rigidità nei confronti di Addison, ma era stanca di vedere come sua sorella manipolava le persone.

«Avanti, tesoro; rimettere a posto il giardino non è una cattiva idea. Che c'è che non ti convince?» le chiese Ryan, conciliante.

Addison reagì con un gesto stizzito a chiudere la questione. «Adesso non ho nessuna voglia di parlarne» rispose seccata mentre con la coda dell'occhio controllava la sorella a pochi passi da lei.

Penelope indietreggiò, colpita dagli occhi affilati della sorella. Cercò una via di fuga, una qualunque purché lontana da lì, dal principio di una lite ormai inevitabile. Non voleva rimanere a guardare, non più. Lo aveva fatto per anni, era esausta.

«Io vado in camera, sono molto stanca. Buonanotte» salutò indietreggiando dapprima lentamente, poi affrontando i gradini della scala due per volta. Si lasciò alle spalle gli scricchiolii del legno e gli sguardi di fuoco di Addison, chiudendosi nella sua stanza appena in tempo.

Il temporale era scoppiato in salotto, i primi tuoni già scuotevano le pareti. Addison aveva aspettato che Penelope salisse in camera e Leonard fosse a letto per tornare alla carica, e quando sentì le porte delle stanze al piano di sopra chiudersi, esplose. Rimproverò al marito l'insensatezza del suo progetto, rimarcando che lui non poteva pretendere che Penelope si sobbarcasse tutto quel lavoro da sola. Era troppo per chiunque, soprattutto per lei, così poco incline a sopportare la fatica, e si diceva meravigliata che lui non ci avesse pensato.

«Certe volte mi chiedo dove hai la testa» sbottò. «Sei su una sedia a rotelle; non puoi pensare di condurre una vita normale.» Fece una pausa, visibilmente contrariata. «Mi sembra che tu abbia perso completamente il senso della realtà» continuò con una risata isterica, mentre Ryan la ascoltava a testa bassa.

Un bambino. In quei momenti si sentiva trattato alla stregua di Leonard, che aveva quattro anni. Da parte sua avrebbe mandato volentieri all'aria il senso pratico dietro cui si arroccava sua moglie almeno una volta nella vita, ma di fronte all'ostinazione di Addison trovava più salutare arrendersi che incaponirsi. Era sempre stato disposto a cedere. Ma non quella sera. Questa volta voleva provare a vincere, a ritrovare la stessa forza che aveva scorto sul viso della cognata, e lasciarsi finalmente alle spalle le montagne di giorni trascorsi senza che nemmeno se ne accorgesse, perso nel limbo in cui Addison lo aveva abbandonato quando tutto era diventato complicato.

Ryan desiderava vincere, sì, ma non voleva farlo a discapito di sua moglie. Lui voleva farlo con lei, sentirla di nuovo accanto, come quando tutto era iniziato.

Le andò incontro, sul volto un sorriso caldo, di quelli che si scambiavano sempre più raramente. «Facci provare; se le cose non andranno, giuro che faremo a modo tuo, ma concedici il beneficio del dubbio. Dopotutto che ti costa? Al massimo avremo il prato tagliato, e visto come è ridotto il giardino sarebbe già un bel progresso.» Prese le mani curate di Addison tra le sue. Aveva amato quelle mani, e amava ancora la donna capace di catturare gli sguardi con il fascino delicato delle sue dita; gli ci erano volute meno di due ore per innamorarsi di lei, ma era sempre più difficile ritrovare nella donna che aveva di fronte la Addison con il vestito di seta e un fiore fra i capelli che ballava abbracciata a lui sulle note di una melodia hawaiana, durante la loro luna di miele. Quando Ryan pensava a quella ragazza, al suo sorriso dolce, alle ciocche bionde sfuggite dallo chignon che le ricadevano ribelli sulle spalle, aveva la sensazione che quella fosse la vita di un altro.

La moglie di un altro.

L'Addison del presente, quella con i capelli sempre in ordine e il trucco impeccabile, sembrava solo un'ombra se paragonata a quelle notti oltreoceano.

Ryan aveva impiegato meno di un paio di settimane per capire che quella era la donna della sua vita, ma ora, se ci ripensava, se pensava alle volte in cui dopo l'incidente lei gli aveva voltato le spalle nel letto, quei giorni gli sembravano ingiustamente lontani. Le strinse forte le mani, di nuovo come allora, ma Addison non gli concesse alcuno spiraglio.

«No, è assurdo» ripeté, di nuovo rigida. Si portò le mani al petto: sembrava contrariata con se stessa, più che con il marito. Guardò fuori dalla finestra, indifferente al fascino delle stelle che illuminavano il giardino. Il tempo era stato capriccioso da quando Penelope si era trasferita da loro, ma non in quel momento; la notte chiara era la perfetta uscita di scena di un'estate come solo il Kent sapeva regalarne, piena del profumo avvolgente delle sue ortensie e di speranze affidate al carattere mutevole dei gelsomini.

Addison non ricordava di aver mai visto tanti colori come nelle aiuole delle case circostanti. Sognava anche lei un giardino così, con piccole fontane e fiori che sbocciavano a ogni stagione, e aveva intenzione di contattare un garden designer che trasformasse le sue visioni in realtà. Tuttavia sapeva che se fosse stata sua sorella a occuparsene, quella Penelope con l'innata propensione al caos, avrebbe finito per uccidere il suo sogno.

Voltò le spalle alla finestra, i pugni stretti contro i fianchi. «Lasciate perdere. Penelope dovrebbe trovarsi un lavoro serio, e tu dedicarti a qualcosa che ti riempia le giornate. Questa storia è solo una perdita di tempo.»

Penelope, distesa nel letto con gli occhi puntati al soffitto, cercava in ogni modo di prendere sonno; aveva provato a rilassarsi, ma le voci di Addison e Ryan le rendevano il compito impossibile. Moglie e marito continuavano a rinfacciarsi mancanze, possibilità sfumate, intimandosi di abbassare la voce a turno per non farsi sentire da lei.

«Ridicolo» sussurrò avvolgendosi nel piumino. Trovava avvilente il modo in cui loro due vivevano il matrimonio, ma notò, con una punta di dolore, che in fondo le coppie si assomigliavano tutte nella loro infelicità.

Lei, dopotutto, le aveva sentite spesso quelle parole.

Ricordava nitidamente le notti trascorse sotto il letto, con le mani premute sulle orecchie per non sentire le urla dei suoi genitori, per non ascoltare il grido di un amore agonizzante; si teneva stretta Mr Pot, il suo coniglio di pezza, pregando che quel terremoto finisse in fretta e che non fosse costretta ancora una volta a spazzare l'indomani i cocci di un amore agli sgoccioli.

«Va tutto meravigliosamente, coniglietto» le ripeteva ogni

volta sua madre accendendosi una sigaretta, nonostante la voce incrinata dal pianto.

E ora, nella casa signorile di Addison, lo stesso rumore esasperante di qualcosa che andava in pezzi.

Penelope tirò un lungo sospiro. Quel matrimonio non era l'amore incantato che sua sorella andava sbandierando; la villa dei Walker era una nave che colava a picco, non il luogo in cui guarire. In quella casa Penelope non percepiva alcun calore, né pace, o silenzio.

La mattina seguente, non appena scese in cucina, Penelope si ritrovò circondata dagli strascichi della notte; Ryan beveva il suo caffè, da solo, pronto per uscire. Addison invece era già andata via; la borsa e la giacca di Leonard non erano più all'ingresso.

Fuori, il tempo era grigio e freddo.

«Probabilmente pioverà; alla radio hanno detto che sta arrivando un fronte nuvoloso proveniente dalla Germania» le annunciò Ryan con voce monocorde. «Nei prossimi giorni dovremmo aspettarci qualche temporale, e anche se non tutte le contee saranno colpite dal maltempo la terra ne risentirà.»

«Ascoltami» lo interruppe Penelope. Tergiversare non era mai stata una sua qualità, e non intendeva cominciare quella mattina. Prese delle fette di pane che mise su un piattino. «Vuoi davvero parlare del tempo dopo ieri sera?»

Lui la guardò sorpreso, scansando la tazza. «Perché, che cosa è successo?»

«Solo che tua moglie ha dato di matto quando le hai detto del giardino» ribatté stizzita di fronte alla passività del cognato.

Ryan intrecciò le dita, lo sguardo verso il basso. «Certo, lo so» ammise.

Penelope divorò il pane, spazzando via le briciole cadute sul suo petto. «Allora che cos'è questa pagliacciata?»

Ryan afferrò il manico della caffettiera e riempì una tazza anche per lei, facendola scivolare sul tavolo. «Il fatto che Addison sia contraria non vuol dire che l'accontenteremo.»

Penelope spalancò gli occhi; quello sì che era un bel colpo. «Credevo che...»

«Lasciassi perdere perché lei ha detto no?» disse guardandola di lato. Incrociò le braccia sul petto, abbandonandosi contro lo schienale della sedia. «Per una volta è il caso di fare di testa mia.»

«Ok» rispose Penelope prendendo un biscotto dal barattolo; la spavalderia di Ryan non la convinceva, ma voleva dargli fiducia.

Lui invece lanciò un'occhiata all'orologio e richiuse in una cartellina verde tutti i fogli sparsi sul tavolo. «Sbrigati; Tristan apre tra un quarto d'ora.»

«Chi?» Penelope era ancora in pigiama, spettinata e assonnata.

«Il vivaio, dai» tagliò corto lui, facendole segno di muoversi.

Penelope fece appena in tempo a finire il caffè e mettersi un paio di jeans che Ryan la trascinò in paese. Addison aveva preso l'altra macchina, perciò immaginò con un brivido le scenate isteriche della sorella nel momento in cui avesse scoperto che nel bagagliaio del SUV lei e Ryan avevano caricato terra e concime, ma non aveva scelta.

In dodici minuti raggiunsero le porte chiuse del vivaio, con il cielo sopra di loro che borbottava offeso. Si era alzato il vento dalla costa, le nuvole si rincorrevano per chiudere ogni spiraglio libero. Penelope sollevò il bavero della giacca, chiudendo gli occhi a ogni raffica; da quando aveva messo piede nel Kent, l'estate era impazzita.

Una donna anziana aprì il cancello, e non appena ci fu via libera, Ryan si precipitò all'interno. Penelope riusciva a stento a seguire il cognato, guardando spaesata gli scaffali pieni di utensili e prodotti di cui non sospettava nemmeno l'esistenza.

Il vivaio era più grande di quanto non immaginasse; dall'esterno le era sembrata una struttura di dimensioni modeste, ma dentro era un dedalo di corsie e scaffali tra i quali si sentiva persa. Penelope li ispezionò insieme a Ryan, fermandosi davanti a un bancone dietro cui c'era un ragazzo con gli occhi chiari e l'aria assonnata che il cognato investì con una raffica di domande.

«Tieni, questo ti servirà» le disse passandole un grosso scatolone, ma Penelope trovava difficile muoversi negli spazi angusti fra le corsie, e faticava a seguire i due che invece si muovevano rapidi. Da quando Ryan era entrato nel vivaio si comportava come un bambino. Prendeva tutto quello che gli capitava a tiro, pregustando il disappunto di Addison quando avrebbe visto quel materiale invaderle la casa.

Penelope invece partecipava con scarso entusiasmo alla caccia; era distratta, spesso doveva rimettere a posto gli acquisti folli di Ryan, e non riusciva a distogliere lo sguardo dal proprietario del negozio. Era per la sicurezza con cui lui si muoveva in quel caos di oggetti, per il sorriso aperto, genuino come raramente le era capitato di incontrarne. Era per le fossette ai lati della bocca leggermente storta, il suo sguardo magnetico, attento a ogni dettaglio.

Ma soprattutto gli occhi l'avevano colpita più di ogni altra cosa; trasmettevano una malinconia spiazzante nonostante quel colore a metà fra il grigio e l'azzurro facesse pensare a una diffidenza impossibile da forzare.

La stessa malinconia che Penelope aveva letto sul viso di

Adam, la prima volta che si erano incontrati. Una ferita tornata di colpo a sanguinare.

«Che ha di tanto affascinante Tristan? È quasi un'ora che lo mangi con gli occhi» la pungolò Ryan mentre erano in fila alla cassa. Nonostante un'occhiata di fuoco lui insisté. «Allora?»

«Smettila di dire idiozie e prendi le cesoie» lo zittì rifilandogli una gomitata, ma senza allontanare lo sguardo dal ragazzo al bancone; le sembrava di averlo già visto, anche se non ricordava dove, e tuttavia un attimo prima delle presentazioni ufficiali si defilò. Le era bastato intravedere una cicatrice affiorare dalla camicia semi aperta di Tristan per allontanarsene. Una ferita chirurgica, un passato che tornava a tormentarla.

Una volta qualcuno doveva aver inciso il suo petto, forse la stessa lama che era affondata in quello di Adam per rubargli il cuore un attimo prima che lui si spegnesse, e che quel pugno di carne e sangue trovasse un'altra casa in cui tornare a battere, lontano da lei.

Il cuore di Adam era lì, lo sentiva. Il suo ricordo viveva, ancora una volta, nel petto di uno sconosciuto.

Adam, sempre lui; giorni di sole che lei aveva perso in una manciata di secondi.

Una vertigine e un forte senso di nausea la assalirono, piegandole le ginocchia. Penelope corse fuori e appoggiò la schiena contro il muro, le mani aperte a tastare la solidità della parete. Era stato tutto improvviso, folle e crudele.

Prese un profondo respiro, sforzandosi di ignorare il profumo dei fiori che la circondavano. Erano ovunque, a centinaia. Boccheggiò; strinse i pugni, dando piccoli colpi con la testa contro la parete alle sue spalle; non poteva andare avanti in quel modo, prima o poi quella storia sarebbe dovuta finire.

Chiuse gli occhi, sforzandosi di calmare il battito folle del cuore. Ripescò dalla memoria gli esercizi contro l'ansia che le aveva insegnato la dottoressa Adams, e lentamente le mani tornarono asciutte.

«Si può sapere che ti è preso? Non è stato carino piantarmi lì dentro e sparire» la rimproverò Ryan non appena la scovò fuori.

Penelope si voltò, il respiro ancora affannato, e si strinse nelle spalle.

Non avrebbe mai voluto che il passato, che Adam, tornasse quando non era sola, perché non poteva lottare con il suo ricordo e fingere di stare bene, ma quando Ryan le passò la mano sulla schiena scattò.

«Va tutto bene?» le domandò preoccupato.

«Certo» rispose brusca. Lanciò un'occhiata al cielo grigio cenere; non c'era calore nemmeno lì, un po' di luce che le scrollasse il gelo nelle ossa. Si girò verso Ryan, che la fissava perplesso. «Andiamo, abbiamo parecchio da fare» disse buttando gli acquisti nel bagagliaio. Chiuse la portiera con un tonfo che le vibrò fin dentro l'anima, nel respiro di nuovo l'ombra di normalità. Adam era lontano, e lei al sicuro. Ma quanto sarebbe durato questa volta?

7

I lavori in giardino si dimostrarono da subito terribilmente faticosi.

Penelope non aveva alcuna manualità con il tagliaerba a filo, pesante e poco maneggevole per le sue piccole mani, ma fu una sorpresa per lei guardarsi indietro a fine giornata e vedere una lunga striscia di prato rasata; bisognava ancora raccogliere l'erba tagliata e insaccarla, ma quella piccola impresa aveva già il sapore della vittoria. Il prato era lì, non l'avrebbe abbandonata e ci sarebbe stato anche il giorno dopo.

Sorrise, le guance accese di calore.

Si asciugò la fronte, l'orecchio teso ai suoni che si sollevavano oltre i cespugli; il vicino che tagliava il prato, il belare lontano delle pecore nei campi.

Appoggiò il tagliaerba contro il tronco di un albero, le mani impastate di clorofilla. Le piaceva sentire sulla pelle l'odore dell'erba mescolato a quello denso dei fiori; le ricordava i giardini che aveva visitato con Adam, le sue mani che profumavano di primavera, la foto che le aveva scattato di nascosto nel roseto della zia a sud di Londra, dopo averle rubato un bacio. Penelope ricordava ancora il calore del suo abbraccio, così come non avrebbe mai potuto dimenticare quelle sue labbra morbide, che sapevano d'erba e polline. Lei aveva inseguito a lungo quell'odore, lo aveva fatto anche dopo la sua morte, ma inutilmente. Tutto era svanito, dissolto nella linea piatta di un elettrocardiografo.

La sua mente era svuotata, e il cuore ruvido come la terra che circondava la casa. Qualcosa però sarebbe cambiato, almeno lì. Quel terreno non poteva dirsi un giardino, non ancora, ma una voce nella testa le diceva che in un modo o nell'altro sarebbe riuscita a farlo rifiorire.

"In un modo o nell'altro" si ripeté.

Rivolse un'ultima occhiata al profilo del fiume che scivolava nell'erba alta e tornò in casa correndo, a dispetto del dolore alle gambe che chiedevano solo di starsene distese sul divano per un paio d'ore. Il tempo di una doccia, infilarsi un paio di jeans ed era di nuovo fuori.

Voleva correre da Adam, al cimitero. Sentiva nella pelle il bisogno di averlo vicino, di raccontargli che mentre rasava il prato si era sentita di nuovo come allora, quando insieme avevano tinteggiato casa.

Felice, seppure per un solo pomeriggio.

Varcò il cancello e marciò spedita verso l'ala più antica del cimitero, verso la sconosciuta; l'angelo triste sembrava la stesse aspettando.

Penelope fissò nervosa la lapide; all'improvviso aveva dimenticato per quale ragione fosse corsa fin laggiù, che cosa ci fosse di tanto importante in una tomba divorata dal muschio, ma quando abbassò lo sguardo sul volto di porcellana che le sorrideva dalla foto capì. Si sentiva una pazza a credere che Adam la ascoltasse, che quella lapide fosse il varco per ritrovarsi, ma aveva smesso da tempo di farsi domande. Desiderava raccontargli del giardino, della sensazione di aver fatto qualcosa di buono, finalmente, ma le parole volarono via.

Era stato stupido illudersi che Adam potesse sentirla; l'eco dei suoi passi, solo quello era reale. Le cose che poteva toccare e vedere, solo quelle esistevano, i ricordi erano solo proiezioni della mente, ma fra le sue c'era sempre Adam. Lui era il più caro, il più fragile.

Una lacrima le scivolò dagli occhi.

Penelope si coprì il viso con le mani e si accucciò sulla panchina, gli occhi fissi su quelli della foto. Emanavano luce persino attraverso la superficie opaca della foto porcellanata, ma non erano quelli che voleva vedere. In un angolo della mente cercò quelli di Adam, ma era un viaggio nella notte più cupa dell'anima. Penelope lo cercò a lungo fra le ombre di un dolore che non si affievoliva, e quando fu sul punto di desistere finalmente lo vide.

Adam era accanto a lei, privo di sensi. Nella testa rullavano ancora i rumori dello schianto, ma la vista di Adam svenuto a testa in giù fu quel pugno nello stomaco che non avrebbe mai dimenticato. Presa dal panico lo aveva chiamato, aveva afferrato la manica della camicia e lo aveva strattonato con tutte le sue forze. Voleva riportarlo da lei, gridava il suo nome, ma Adam era una bambola rotta, muta e immobile. Penelope aveva insistito, lo aveva implorato di risponderle fino a quando la luce si era spenta anche nei suoi occhi, e il buio l'aveva inghiottita. Era svenuta. Da lì il coma, e il risveglio senza di lui. Non lo avrebbe più rivisto, né avrebbe ritrovato il sapore delle sue labbra. Mai più.

Gemette.

Avevi detto «per sempre», era una promessa.

Non facevi che ripetere «quando ci sposeremo», «quando avremo dei bambini». Ma quando accadrà se il tuo corpo è freddo, lontano dal mio?

Avevi detto per sempre, e mi hai mentito.

Mi hai ingannato, Adam Spencer, e non posso perdonarti

per questo. Vorrei avere la forza di farlo, di smettere di cercarti dietro il mio riflesso nello specchio, ma non ci riesco.

I tuoi occhi, invece, dove sono adesso? A quale orizzonte sono rivolti? Chi guardano, ora?

Perché non sono più io la loro luce?

E il tuo cuore, il *mio* cuore, dov'è finito? La persona che lo ha ricevuto ne ha cura come dovrebbe?

Io ne avrei avuta, lo sai. Ne avrei avuta davvero, per quel per sempre che ti piaceva ripetere tanto, ma tu non me lo hai permesso.

Perché?

«Perché?» ripeté Penelope a bassa voce.

All'improvviso non aveva idea di dove si trovasse, né per quale ragione fosse in un cimitero a fissare la lapide di una donna che nemmeno conosceva. Poi le tornò tutto in mente.

Tastò i confini della panchina, la mano che tremava.

Si tirò su e si ravvivò i capelli, tra i piedi il mazzo di iris e tulipani bianchi che aveva comprato al vivaio; era stata Beth, la nonna di Tristan, a consigliarle quell'abbinamento insolito.

Sistemò i fiori nel vaso accanto alla foto, con cura.

Poi un rumore di passi, brevi e veloci.

Penelope si girò di scatto, riconoscendo nelle due figure sullo sfondo Tristan e Beth. Era di nuovo lì, quel ragazzo con la cicatrice così simile a quella di Adam era tornato sulle sue tracce, quasi fiutasse il suo dolore. La mano di Penelope allora corse subito al collo bianco, scivolando lungo lo sterno. La sentiva, persino la sua pelle si ribellava alla stretta immaginaria del filo da sutura, come se quella ferita le appartenesse.

Come se il petto non fosse altro che un tronco cavo, e il suo cuore fosse volato lontano.

Indietreggiò come un animale spaventato, osservando la

coppia avvicinarsi alla tomba della sconosciuta con il fiato sospeso. Trovandola lì, senza alcun motivo chiunque avrebbe pensato che era fuori di testa.

Posò di nuovo lo sguardo su Tristan, su quel mazzo di iris e tulipani che stringeva nella mano, sull'espressione seria del volto. Cercò riparo dietro una grande croce marmorea, ma sapeva di non poter rimanere lì ancora a lungo.

Fuggire era l'unica possibilità per evitare domande imbarazzanti, quindi strinse forte contro il petto i resti dei fiori che aveva avvolto in tutta fretta nella carta. Il tempo di un saluto all'angelo triste e un'ultima occhiata a Tristan, a quella ferita che la inseguiva incurante del tempo.

8

Lavorare. Penelope non pensava ad altro.

Tagliava, rastrellava e insaccava le erbacce. Dall'incontro con Beth e Tristan al cimitero si era rinchiusa in giardino, lontano anche da sua sorella.

Lasciò che fosse Ryan a sbrigarsela con Addison riguardo la "questione giardino", perché lei aveva altro per la testa; anzi, Penelope si sforzava di non avere proprio niente a cui pensare. Le bastava sentire il rastrello opporre resistenza ai suoi affondi, l'intorpidimento del corpo era tutto quello che cercava. Zappare, rastrellare, insaccare; una routine ben consolidata era la sua sola ambizione.

«Una volta finito sarà un giardino meraviglioso» le disse Ryan passandole una bottiglia d'acqua.

Lei gli sorrise riconoscente, prendendone un paio di sorsate. Stentava a spiegarsi come facesse suo cognato a materializzarsi al suo fianco ogni volta che aveva bisogno di lui. Mise le mani sulla fronte a mo' di visiera, lo sguardo rivolto alla grande finestra sul retro. «Adesso non avrò più scuse; mi toccherà mettermi al lavoro.»

Penelope bevve un altro paio di sorsi e mise la bottiglia da parte, dispiaciuta; Ryan le aveva raccontato di essere stato un medico, prima dell'incidente, ma nonostante gli sarebbe mancato averlo intorno, di tanto in tanto, era felice che lui intendesse riprendere in mano la sua vita professionale.

«Hai intenzione di tornare a lavorare in ospedale?» gli domandò rovistando nel sacchetto che le aveva portato, da cui tirò fuori una banana.

«Non nel senso convenzionale del termine» rispose Ryan, evasivo.

Il tempo di mandare giù un boccone e sul viso di Penelope comparve un enorme punto interrogativo. «Questa me la devi spiegare.»

Lui sorrise, le mani raccolte in grembo.

«Allora?» lo incalzò lei, sulle spine.

«Ho un progetto.»

Penelope alzò subito le mani. «Non un altro giardino, spero, perché non ce la farei.»

«No, niente giardini» la rassicurò drizzando la schiena. «Mi dedicherò a qualcosa di completamente diverso.»

«Interessante. Di che si tratta, esattamente?»

«Omicidi» rispose, curioso di vedere la reazione della cognata, che annuì divertita.

«Buona idea, ma sbarazzarti di Addison non è la soluzione migliore. Se le cose fra voi vanno male basta chiedere il divorzio, no?» scherzò strappandogli un sorriso.

Da giorni Ryan sopportava le pressioni di Addison, e lei temeva che prima o poi lui le avrebbe detto di lasciar perdere tutto.

Fortunatamente, però, Ryan sembrava sicuro delle sue decisioni. Si arrotolò le maniche della camicia, nello sguardo la promessa di un futuro finalmente suo. «Sto lavorando anche a quello, ma non è a questo che mi riferivo.»

«Peccato, sarebbe stato divertente.»

«Non per Addison.»

Penelope si stiracchiò come un gatto assonnato, massaggiandosi la schiena. «Allora, vuoi parlare? Sono curiosa.»

«Scrittura» confessò Ryan di getto. «Ho iniziato poco dopo l'incidente, quasi per gioco; una sorta di sfida con me stesso e con il tempo che non voleva saperne di passare, ma ci ho preso la mano. Mi piace sul serio e vorrei che diventasse la mia nuova professione.»

Penelope allargò le braccia, le guance scaldate da un sorriso sincero. «Mi sembra fantastico, Ryan. Coltivare una passione fa sentire vivi, dovresti ricominciare quanto prima.»

«Lo so, è da parecchio che penso di rimettermi alla scrivania.»

«Allora fallo, che aspetti?» lo spronò. Invidiava al cognato quel suo non volersi rassegnare, ed era pronta a riconoscere di aver espresso su di lui un giudizio affrettato: Ryan non era il marito succube che aveva creduto, aveva solo bisogno di tempo.

«Qual è il tuo genere letterario?» si informò.

«Medical thriller, è questo il genere di cui vorrei scrivere» precisò lui. «Ho una buona formazione medica, e grazie al lavoro di Addison ho imparato a districarmi con le questioni legali.»

«Un'ottima partenza, direi» commentò Penelope riacciuffando il rastrello da terra. «Hai già qualche idea?»

«Qualche idea?» le fece eco lui arrotolando una foglia intorno al dito, la voce improvvisamente scura. «A dire il vero ne avevo a decine, ma ho dovuto lasciar perdere. Attualmente le mie idee stanno ammuffendo in un cassetto.» Quella era una brutta novità.

«Perché?»

Lui alzò le spalle; approfondire l'argomento riapriva vecchie ferite, ma Penelope era determinata ad andare avanti, era inutile tergiversare. «Tempo fa Addison mi chiese di abbandonare la scrittura per prendermi cura di Leonard. Stava attraversando una fase complicata, il suo mutismo gli stava creando molti problemi a scuola, e lei voleva che io mi dedicassi tutto il giorno a lui. Non sai quante volte mi ha rinfacciato di non occuparmi di Leonard solo perché non ha il mio stesso DNA» raccontò cupo, senza alzare mai lo sguardo; quando parlava del suo sogno abbandonato le dita di Ryan correvano avanti e indietro sulla stoffa, sul viso, fra i capelli. Ovunque purché non immobili, paralizzate come le aveva volute Addison.

Penelope si schiarì la voce, a disagio: «Forse mia sorella ha voluto che ti occupassi di Leonard perché sei un medico» azzardò. «Tu hai le competenze giuste, sai come muoverti» continuò, ma quella tesi era fragile e lo sapeva. Ryan voleva scrivere per dimenticarsi del suo stato, eppure Addison glielo aveva negato.

«Lei non si fida granché del mio parere medico, per quello ha il terapeuta» precisò astioso. «Addison voleva solo che facessi quello che lei aveva pianificato per me: il babysitter.»

Penelope serrò la presa sul rastrello; quelle parole, il rancore che serpeggiava fra loro, erano un salto in un passato che avrebbe voluto dimenticare. «Mi sembri un po' duro con lei» sussurrò ammonticchiando l'erba accanto al sacco.

«Perché, ti sembra che le cose stiano diversamente?»

Penelope si girò a guardarlo, ma non le piacque quello che vide; un uomo costretto a guardare il mondo dal basso, con accanto una moglie che in basso voleva tenercelo a ogni costo.

Lasciò cadere il rastrello, sfregandosi le mani sui pantaloni sporchi. Aveva voglia di fare qualcosa, di tirare fuori Ryan dal buio prima che fosse troppo tardi, prima che terapeuti e psichiatri riempissero la sua vita di farmaci.

«Se sei d'accordo direi che una volta sistemato il prato potremmo mettere una panchina accanto a quel povero salice che presto libererò dalle erbacce, te lo giuro» disse con il dito puntato in direzione dell'albero. Aveva in mente di costruirgli intorno una piccola aiuola e dare vita a un angolo tutto per Ryan, soltanto per lui. «Mi sembra un bel posto per leggere un libro o scrivere al portatile; è fresco, riparato dal vento, e abbastanza vicino alla casa da permetterti di tornare dentro se dovesse sorprenderti un temporale» continuò dipingendo sicura quella nuova realtà.

Ryan seguì rapito le mani di Penelope tracciare nell'aria il suo futuro, raccontargli di una vita che ancora poteva essere sua, e sorrise al vento che le spettinò i capelli. Avrebbe voluto stringere le sue mani e baciarle, far sentire loro che non avrebbe dimenticato, che se ne sarebbe preso cura, ma rimase inchiodato sulla sua sedia a rotelle, lo sguardo puntato verso l'orizzonte. Penelope era la vita che tornava lentamente da lui dopo una lunga assenza, quella brezza fresca che spazza via nuvole e pensieri.

Lei era la forza, la vita che irrompe, che distrugge e ricrea.

Quella stessa vita che Ryan aveva sognato e sognava ancora di poter vivere accanto a Addison, la sola donna che avesse mai amato e che voleva ancora disperatamente amare.

«Sì, sarebbe bello» sussurrò.

9

Addison adorava ritirare la posta, sin da quando era bambina. Durante la settimana se ne occupava Ryan, ma il sabato il postino era solo per lei. Addison lo aspettava sulla porta, ogni volta con un dolce diverso con cui ricambiare il fascio di lettere intestato a lei.

Si trattava perlopiù di bollette e pagamenti, ma quel mattino Addison riconobbe fra la sua corrispondenza il nome di un altro destinatario. Quello di sua sorella.

Tre lettere, tutte con mittenti diversi: il St Thomas' Hospital, l'ospedale in cui Penelope e Adam erano stati ricoverati dopo l'incidente, una banca di cui non aveva mai sentito parlare e infine la compagnia assicurativa.

Le buste bianche scivolarono sul tavolo come piombo. Grazie alle sue cure Penelope si stava rimettendo, e Addison non avrebbe mai accettato che quella tragedia continuasse a tormentare la sua famiglia. Diede loro una seconda occhiata, l'indice premuto contro le labbra; aprire la posta altrui era un reato, certo, ma la curiosità era più forte.

Il processo contro il colpevole dell'incidente si trovava a un punto morto, e lei non era affatto sicura dell'operato dell'avvocato d'ufficio voluto dalla sorella. Nei giorni successivi al trasferimento di Penelope nel Kent aveva provato a parlargliene, ma lei si era mostrata reticente, perciò era quasi certa che il processo sarebbe finito in un disastro.

Controllò l'orologio, l'orecchio teso ai rumori provenienti dal retro; il tagliaerba era acceso, Penelope ne avrebbe avuto ancora per un po'. Alle sue famose meringhe invece restava ancora un quarto d'ora di cottura. Aveva il tempo, doveva solo decidersi. Tornò con lo sguardo alle lettere, affondando gli incisivi nelle labbra. Tamburellò con le dita sulla carta, indecisa, poi un altro scatto delle lancette e le aprì.

La prima lettera, quella dell'ospedale, arrivava direttamente dalla scrivania della dottoressa Adams, la psicologa che aveva in cura Penelope dopo l'incidente. In poche righe la donna chiedeva alla sua paziente quale fosse la ragione dei loro mancati appuntamenti, interrotti ormai da mesi, e le ricordava che era opportuno vedersi quanto prima per stabilire insieme una nuova terapia. Addison era sotto shock; non aveva idea che sua sorella avesse assunto farmaci, ma era convinta che Penelope continuasse a frequentare la dottoressa. Lei le aveva assicurato di non mancare un appuntamento, ma era fin troppo chiaro che quella era solo la prima di tante bugie.

Appoggiò la lettera sul tavolo e aprì la seconda, quella della banca. Una tabella di numeri e riferimenti a conti a lei sconosciuti la strattonò da un margine all'altro del foglio, spezzandole il fiato: Penelope era un castello di menzogne.

Tutti i suoi drammi finanziari erano una bolla di sapone; nel conto che lei aveva aperto dopo la morte di Adam, di cui nessuno era a conoscenza, c'era abbastanza denaro per pagare il mutuo per un anno, eppure non aveva impiegato un solo centesimo per farlo. Aveva preferito essere dichiarata insolvente, e che lei incaricasse la banca di mettere in vendita l'immobile.

Riguardo l'ultima lettera, quella dell'assicurazione, il responsabile del suo caso la informava che il processo era impantanato, e che fra qualche mese sarebbe stata fissata una udienza nella quale la controparte avrebbe prodotto nuove prove che scagionavano l'uomo che l'aveva investita uccidendo Adam.

Addison richiuse le lettere e le rimise insieme al resto della corrispondenza.

Detestava essere ingannata.

Il timer del forno trillò. Corse a controllare le meringhe, ma quando vide una poltiglia beige lì dove avrebbero dovuto esserci candidi ciuffi di zucchero tirò la teglia fuori dal forno. Persino quelle piccole delicatezze per cui era famosa in tutto il vicinato l'avevano tradita.

Fece un paio di respiri profondi, cercando di rilassare i muscoli di pietra. Ce l'avrebbe fatta anche quella volta, doveva solo iniziare da un punto, uno qualsiasi, il resto sarebbe venuto da sé.

Alzò la testa, di fronte a lei la leccarda e il suo disastro di alta pasticceria. Addison lo fissò con odio. Un altro respiro, e si rimise in piedi. Fece scivolare il foglio di carta da forno nella pattumiera e riprese la ciotola d'acciaio. Per quella sera aveva previsto meringhe, e meringhe avrebbe servito.

«Tesoro, di solito sono ottime, ma questa volta ti sei superata. Le tue meringhe sono divine!» esclamò Ryan prendendone un altro paio dal vassoio. Anche Leonard sembrava gradire il dessert della madre, tutti tranne Penelope. Lei era rimasta impassibile davanti a quella montagna di zucchero. Non amava le meringhe.

«Prendine una anche tu» disse Addison avvicinandole il vassoio, ma l'altra captò all'istante qualcosa di stonato nella voce della sorella. Una nota troppo acuta.

«Ti ringrazio, ma sono sazia» rispose strofinandosi la mano sulla pancia.

Addison allungò il collo di cigno, sgranando i grandi occhi. «Ma come? Non hai mangiato quasi niente!»

«Ho mangiato a sufficienza, credimi.»

Addison si lasciò avvolgere dallo schienale e accavallò le gambe, con un'espressione incerta sul viso. Si morse le labbra, sbriciolando i resti di una meringa sul tovagliolo. «Mi è difficile crederti, non sei sempre stata onesta con me.»

Ryan finì il caffè e si prese Leonard sulle ginocchia; la casa sembrava sprofondata improvvisamente nell'inverno.

Penelope ripiegò il tovagliolo accanto al piatto; era stanca di tutta quella tensione serpeggiante. Spinse indietro la sedia, decisa a porre fine a qualsiasi questione fra loro.

«Di cosa mi accusi, stavolta? Si tratta ancora del giardino?» le domandò insofferente.

«Il giardino non c'entra.»

«Ne sei sicura?»

«Il giardino non c'entra» ribadì Addison. Si sistemò sulla sedia, cercando di attirare l'attenzione su di sé, visto quello che aveva da dire. «Direi piuttosto che c'entrano le bugie che ci hai raccontato, il modo in cui hai tradito la fiducia delle sole persone che hanno cercato di aiutarti. La tua famiglia» continuò indicando sé stessa e Ryan.

Penelope sgranò gli occhi, spaesata. Seguì lo sguardo della sorella posarsi su quello del marito, che le osservava incerto. Addison faceva sul serio, e per esporsi in quel modo Penelope immaginò che disponesse di prove certe. «Non capisco quale sia il problema» disse trattenendo una risata nervosa.

«Tu non capisci?» le fece eco Addison con il pugno chiuso premuto sul tavolo.

«No, non so davvero…» balbettò Penelope, ma Addison non la lasciò concludere.

Era troppo, non poteva ascoltare una parola di più.

«So tutto della banca e dei mancati incontri con la dottoressa Adams. Ognuna delle tue squallide bugie!» urlò.

L'intero salotto piombò nel silenzio, rotto dai respiri arrabbiati della padrona di casa.

In quel momento non era più l'avvocato di ghiaccio conosciuto nei tribunali di tutta l'Inghilterra, e nemmeno la Addison che Penelope e Ryan conoscevano. La donna che sedeva a quel tavolo era piuttosto l'espressione della furia. «Stavolta non ho intenzione di coprirti, non più; è giusto che tutti in famiglia sappiano che non vai dalla psicologa da mesi, e che avresti potuto pagare le rate del tuo dannato mutuo per almeno un anno, invece di farti sbattere fuori per insolvenza. Voglio che tutti sappiano che ci hai mentito. Che hai mentito a me, tua sorella!» strillò affondando l'indice nel petto.

Il singhiozzo di Leonard, e le ruote di Ryan che si allontanavano dal nucleo rovente di uno scontro. Penelope cercò gli occhi del cognato, ma lui era troppo distante per vederla.

«Tu ci hai ingannato per mesi, e te ne stai seduta qui come se niente fosse.» Addison batté i pugni sul tavolo, china verso la sorella che incassava senza reagire. «Ma come fai, Penelope? Come fai a essere così superficiale?»

Lei rimase immobile, gli occhi fissi su Addison. Sarebbe durato solo un momento, il necessario per mettere a fuoco le parole.

Addison si era spinta troppo oltre; aveva invaso la sua intimità, frugando nella sua vita come aveva fatto quando si era presentata alla porta qualche settimana prima, ma questa volta non glielo avrebbe permesso. Non si sarebbe lasciata sbranare come Ryan, rinchiuso dall'altra parte della casa insieme a Leonard. La dittatura di Addison non poteva sopravvivere un giorno di più.

Osservò attenta le venature del tavolo pregiato, sforzandosi di mantenere un controllo ogni istante più fragile.

«Dimmi solo una cosa, Addison: quando ti ho dato il permesso di immischiarti nella mia vita?» le domandò mentre l'altra apriva le braccia, soddisfatta; finalmente una reazione dopo settimane di tensione strisciante, finalmente la Penelope che conosceva.

«Ringrazio il cielo di averlo fatto» ribatté puntandole il dito contro. «Se oggi non avessi ritirato anche la tua posta avrei continuato a credere di avere una sorella onesta, non una bugiarda patologica.»

Penelope barcollò. Si pentì di essere stata accomodante con lei, di aver ritirato le sue medicine dal medico, di essersi sorbita i suoi rimproveri quando sbagliava la marca del latte di riso di Leonard. Si pentì di averla seguita fin laggiù.

«Che cosa vuoi da me, Addison? Cosa ti dà così fastidio del mio modo di vivere?» le domandò.

«Hai il coraggio di chiedermelo?»

«Sì» insisté Penelope sfidandola «perché non sei obbligata a ospitarmi. Se non ti piace la persona che sono puoi mettermi alla porta.»

«Per favore, adesso non cominciare con questa storia» ribatté Addison agitando la mano. Raccolse le posate in un piatto, iniziando a sparecchiare. «Ti ho voluto qui perché hai bisogno di aiuto, ma invece di accettarlo e dimostrarmi un minimo di riconoscenza, lo rifiuti. Preferisci crogiolarti nelle tue disgrazie, invece di darti da fare. E mentirmi» aggiunse.

Penelope sorrise, le mani salde sui fianchi; le accuse di Addison dopo le settimane trascorse a occuparsi del suo giardino suonavano ridicole.

«Non voglio crogiolarmi nelle mie disgrazie» rispose dura. «Tutto quello che desidero, che ti ho chiesto da quando ho messo piede qui è di essere lasciata in pace, ma a quanto pare è chiederti troppo.» Era al limite, il suo autocontrollo stava diventando un filo sempre più sottile.

Addison la guardò dritta negli occhi, impietosa. Il trucco era ancora perfetto, ma sotto la cipria Penelope vide la sua pazienza sgretolarsi. «No, mia cara, tu non vuoi essere lasciata in pace. Tu vuoi fare la fine di Adam.»

«E lasciamela fare, che te ne importa!» esclamò allargando le braccia. Era troppo. Troppa pressione, troppe parole spese per analizzare sentimenti che erano solo suoi. Addison non aveva alcun diritto di parlare di Adam, non lei; la sola persona ad averne era morta tempo fa.

Le diede le spalle, le mani premute sulle tempie. Poi si girò di nuovo e provò a mettere a fuoco il viso della sorella, ma le fitte alla testa glielo impedivano. «Fammi un favore, Addison: lasciami in pace» ripeté.

«Lo sai che non posso.»

«Perché? Perché tutti devono essere felici come te?» sbottò. «Che cosa c'è di tanto speciale in questa maledetta parola?»

«Penelope» ripeté l'altra, a bassa voce.

Un passo, un altro ancora, e le mani di Addison si posarono sulle sue spalle ossute. La rabbia che aveva appuntito la sua voce sembrava svanita. «So che stai soffrendo…»

«Ti prego, no.»

«… ma non per questo ti volterò le spalle: tu sei mia sorella.»

Penelope si liberò dalla sua presa, la pelle rovente. «Difficile crederti; cinque minuti fa ero una bugiarda patologica.»

Addison abbassò lo sguardo. «Purtroppo sei anche quello, ma spero che tu voglia correggere il tiro. Immagino che tu capisca che non ti fa onore quello che hai fatto.»

Penelope gettò indietro la testa, sul viso una risata piena di lacrime. «Io non sono te; non sono la figlia perfetta. Non lo sono mai stata e non m'interessa diventarlo ora.»

«Lo so bene» ribatté Addison glaciale. «Tra noi due sei sempre stata tu la ribelle, quella bisognosa di attenzioni.»

Non furono le parole, ma il tono, quel modo pungente che Addison aveva di rivolgersi a lei ogni volta che sfioravano gli anni della loro infanzia.

Penelope si voltò verso la sorella, le mani alzate a simulare la resa. «Lasciamo stare questa storia» sussurrò, ma Addison oltrepassò il tavolo che le divideva, e in un attimo le fu vicina, troppo perché lei non sentisse sulla pelle l'odore acre del passato.

«Perché dovremmo? Non è forse dalla nostra infanzia che è iniziato tutto?»

«Addison, ti prego; lascia nostra madre fuori da questa storia.»

«No, lascia stare tu mia madre!» ribatté puntandole il dito contro. «Violet McNamara ti ha messo al mondo, non Claire. Claire era mia madre, non la tua» rimarcò sotto lo sguardo disarmato di Penelope; quella con Addison era una battaglia persa, una guerra che non voleva nemmeno cominciare. L'affetto che c'era stato fra lei e Claire, la sua matrigna, era qualcosa che nessuno avrebbe potuto portarle via. Nemmeno Addison.

«Credi quello che vuoi, ma lascia stare Violet.»

«Perché?» riattaccò Addison. «Non ti piace sentirti dire che è colpa sua se tu sei incostante e bugiarda?» la provocò. «Non vuoi che ti dica che è Violet la colpevole di tutto, quella randagia che ha distrutto la mia famiglia e la tua esistenza con la sua vita fuori dalle regole? È la verità che ti spaventa tanto?» insisté, ma Penelope non proferì parola. Cercò una via di fuga, ma Addison le sbarrava la strada. Tutto quello che poteva fare era ascoltarla in silenzio.

«Tutti sanno quello che ha combinato tua madre» riprese Addison. «Ha consumato nostro padre, e quando ne ha avuto abbastanza se n'è liberata. Lo rispediva a casa mia come un pacco, ma l'ultima volta era diverso, c'eri tu insieme a lui. Per mia madre non era importante che fosse accompagnato; lei era troppo buona per vedere la meschinità di Violet, per sopportare la crudeltà di una donna capace di portarle via il marito e tenerlo legato a sé con il pretesto della malattia, per questo ti ha accolto e amata come una figlia. Forse anche più di me» insinuò, con la mente che vagava nel passato, la matrice di tutti i suoi rimpianti.

Addison portava scolpiti nella memoria gli abbracci fra Claire e Penelope nel cuore della notte, quando si svegliava in preda agli incubi, e ricordava nitidamente gli occhi di sua madre seguire attenti il costumino rosso di Penelope le poche volte che d'estate erano andati al fiume. Addison li avrebbe voluti per sé, quegli occhi, e invece li aveva dovuti dividere con la figlia dello scandalo, di una donna che odiava con tutta la forza di cui era capace una ragazzina.

«Tu sei esattamente come lei» disse squadrandola dall'alto in basso. «Dici di essere diversa, ma è Violet che vedo quando ti guardo. Stesse bugie, stessi sotterfugi. Del resto come biasimarti? Tua madre non ti ha insegnato nient'altro, e papà non deve aver avuto molta autorità quando abitava da voi.»

Sapeva di ferirla, eppure non voleva smettere. Tutto il dolore, le serate in cui aveva visto sua madre piangere disperata, le portava cucite addosso. Claire piangeva perché suo marito le aveva preferito una giovane donna senza radici, invece della famiglia che aveva creato. Piangeva perché il marito aveva avuto una figlia con quella donna, perché quella non era solo una storia di letto. Lui amava Violet, ma amava anche lei, a modo suo, e non sapeva scegliere.

«Papà viveva con te e Violet, ma era da sua moglie, da *mia* madre, che passava ogni sera prima di rientrare» ribadì. «Era con Claire che si sfogava, e a lei ha confessato di rimanere con Violet solo perché era malata. Tua madre è riuscita a manipolarlo persino dal letto di morte, per questo non dovrei stupirmi che tu sia bugiarda e manipolatrice come lei.»

Penelope fece un respiro profondo e superò Addison. Con sua madre aveva ancora dei conti in sospeso, ma era con lei che li avrebbe dovuti affrontare, non con sua sorella.

Afferrò la maniglia. «Buonanotte, Addison» disse a mezza voce, ed era ancora sulla porta quando l'altra la inchiodò al pavimento con una frase. Parole che le si piantarono nella carne.

«Sei come lei, Penelope, la genetica non mente.»

Penelope si chinò in avanti, la mano premuta sullo stomaco. Schiuse le labbra, ma non le sfuggì una sillaba. Lasciò la stanza in silenzio, trascinando i piedi sino al parquet lucido della sala e attraversò di corsa il salotto, notando con la coda dell'occhio Ryan accanto al sofà; sembrava preoccupato, e l'espressione che le riservò fu la conferma del suo pessimo aspetto.

Lui aveva sentito ogni parola, ogni pausa, e voleva dire a Addison che aveva esagerato a tirare fuori la storia di Violet, ma quando fece per allungare la mano verso la moglie lei lo liquidò con un'occhiata severa.

Non una parola, solo l'eco dei suoi passi sopra di lui, rimasto da solo nella penombra.

10

Ryan staccò il post-it giallo lasciato da Addison sotto la maniglia del frigo e lo passò a Penelope. Sopra solo tre parole, scarabocchiate di corsa nel caos del mattino: "Scusami, non volevo".

«Per gli standard di Addison ha del miracoloso» disse cauto nonostante l'espressione imbronciata della cognata.

Penelope si girò verso la finestra, il pugno premuto contro la mascella; oltre il vetro solo quinte di nebbia, e sullo sfondo i contorni indefiniti delle aiuole che lentamente sfiorivano. Le ortensie ostentavano ancora il loro fascino, ma le foglie intirizzite dall'umidità del mattino rivelavano l'enorme sforzo che costava loro compiacere Addison. Penelope aveva l'impressione di sentirle tremare. Il calendario la informava che era ancora estate, eppure la campagna sembrava già essere immersa nelle note dolci dell'autunno. Esattamente come lei.

Lesse le parole scritte dalla sorella e restituì il foglio al cognato, fuggendo il suo sguardo.

«Non basta un biglietto per rimettere a posto le cose.»

Si riempì la tazza di caffè e prese un paio di fette di pane, avvicinando il barattolo di marmellata. Non aveva fatto che rigirarsi nel letto per tutta la notte, e quel tentativo di rappacificazione arrivato in extremis non faceva altro che peggiorare il suo umore.

Lei conosceva fin troppo bene la sorella e le sue tattiche di riavvicinamento; da avvocato esperto qual era Addison sceglieva con cura le parole, ma se voleva rimettere davvero i conti in pari con lei avrebbe dovuto sforzarsi di più.

«Sinceramente non capisco perché mi abbia fatto venire qui, visto che mi detesta.»

«Addison non ti detesta; non le piace che le persone le mentano, tutto qui. È normale, direi.»

«Ok, ma non lo è mettersi in casa la figlia illegittima di suo padre, visto che non ha ancora superato i "traumi infantili"» ribatté virgolettando le due ultime parole. Sollevò la fetta di pane all'altezza del viso, spostando l'attenzione sul cognato. «Addison crede ancora che io le abbia tolto l'affetto dei genitori. È ridicolo.»

Ryan sospirò, nascosto dietro il suo caffè. Il rapporto di Addison con la sua infanzia era un argomento tabù anche per lui. «Il fatto è che è complicato» esordì. «Il vostro rapporto, intendo, questo amore-odio che c'è fra di voi. È contorto» tentò di spiegare muovendo le mani a simulare un ingranaggio. «Ho provato a decifrarlo anch'io, ma sono giunto alla conclusione che quello che davvero importa è che non vi lasciate trascinare dal rancore. I vostri genitori sono morti, che senso ha continuare a strapparsi i capelli?»

Penelope indietreggiò, accavallando le gambe. «Bravo; ripetilo a tua moglie.»

«Cosa ti fa credere che non l'abbia fatto?»

«Oh, ma io sono convinta che tu l'abbia fatto, però non sono altrettanto sicura che lei abbia recepito il messaggio.»

«Che vuoi che ti dica: almeno ci ho provato. E l'ho fatto anche con te, non puoi negarlo» continuò. Cercare di capire il rapporto fra lei e Addison era rischioso, ma Penelope gli era comunque grata per il tentativo. Versò al cognato una seconda tazza di caffè, e prese dalla dispensa i biscotti.

«Per la buona volontà» gli disse posando l'ultimo sul piattino.

Ryan guardò il pasticcino con un sorriso disarmato, e lo appoggiò sul tovagliolo. «Visto che sei così magnanima, che ne dici di concedere a Addison un'altra chance?» rilanciò, ma Penelope gli rispose con un sorriso che assomigliava terribilmente a un rimprovero; si guardò le mani, le dita lunghe e nodose come quelle di sua madre. La sua vera madre.

«Questa volta dovrà sforzarsi. Lasciare un post-it sul frigo non è abbastanza.»

Ryan annuì; valeva la pena tentare, ma per il momento ritenne più prudente tenere le due a distanza, e dare modo a Penelope di lasciarsi alle spalle le ultime tensioni.

Diede un'occhiata all'orologio e si girò a guardarla. «Ti va di accompagnarmi dal fisioterapista, questo pomeriggio? Faremo presto, e sulla strada del ritorno passeremo a prendere Leonard da Dorothy» propose. Lei accolse la sua idea con scarso entusiasmo; non aveva programmi per la giornata, le vesciche sui palmi le avrebbero reso un inferno lavorare in giardino. Prese tempo: passare il pomeriggio in un anonimo studio medico a sfogliare riviste ingiallite non era affatto quello che sperava.

«Questo pomeriggio?» ripeté titubante.

«Esatto. Non credo che tu possa fare granché in giardino, per non parlare delle tue mani. A proposito, le hai medicate?»

«Certo, dottor Walker» lo canzonò lei mentre le prime gocce di pioggia scalfivano i vetri.

«Tra una mezz'ora sarà tutto sommerso dal fango» osservò Ryan scrutando le nuvole basse.

«Già» concordò Penelope. Immaginò la pioggia cadere sulla prima erba che stava ricrescendo nella striscia di prato che aveva tagliato, sui solchi scavati a fatica nella terra. Aveva appena iniziato a delimitare il perimetro delle aiuole, ma era sicura che sarebbe rimasto ben poco del suo lavoro una volta smesso di piovere.

Continuò a sorseggiare il caffè mentre lo scrosciare della pioggia si faceva più intenso, un martellare di batteria dal cielo.

Ryan accese la radio, sintonizzandola su una stazione di vecchi successi.

Leonard Cohen scivolò senza far rumore sulle labbra di Penelope, ipnotizzata dalla parete grigia che le nascondeva il giardino. Continuò ad ascoltare la canzone, le tende che si gonfiavano di vento e il rumore della pioggia che rimbalzava sulla terra scura.

Adam, di nuovo la sua assenza. Lui non avrebbe approvato le sue bugie, ma se non aveva pagato il mutuo era perché lei in quella casa non voleva più starci da sola. Dall'incidente Penelope si era svegliata ogni giorno con la sola voglia di distruggerla; aveva sbarrato le finestre e rotto tutti i piatti in cui aveva mangiato e bevuto con lui. Poi, un giorno Addison aveva bussato alla sua porta per tirarla fuori da lì e dirle che doveva andare avanti, e lei ci stava provando.

Ci provava davvero, ma era troppo per lei. Troppo per quel cuore che faticava a battere ancora.

Lo studio del fisioterapista era al piano terra di una vecchia palazzina in pietra, nel cuore del paese. La facciata aveva tutte le caratteristiche delle case del posto, ma una volta varcata la soglia i colori vivaci dell'esterno venivano inghiottiti da un accecante bianco latte. Non un fiore, niente che scaldasse l'ambiente. La sola nota di colore nella sala d'aspetto erano le sedute di uno sbiadito verde mela.

Penelope era seduta lì da un po', a sfogliare vecchie riviste e studiare i visi delle persone che le sedevano intorno. Lungo il tragitto Ryan aveva ricominciato a parlarle di Addison, ma lei si era messa subito sulla difensiva. Aveva accettato di accompagnarlo dal fisioterapista per distrarsi, perciò aveva tagliato corto dicendogli che non doveva preoccuparsi del suo rapporto con Addison, quanto della sua condizione.

«Mia sorella ti tratta come uno dei suoi dipendenti; da quando apre gli occhi fino a sera non fa che darti ordini, continuamente» aveva detto, ma lui aveva continuato a spingere la carrozzina, lo sguardo fisso avanti.

«Ti sbagli» aveva insistito. «Addison non è la donna che credi.»

Penelope allora si era fermata, gli occhi puntati al cielo che rumoreggiava. Intorno a loro la solitudine di strade deserte, vie in cui nessuno passeggiava più. Aveva inspirato per captare le sfumature dell'aria; si trattava di poco più di un odore, ma l'aveva riconosciuto immediatamente. Era la nebbia; ancora qualche ora e avrebbe avvolto l'intero paese nel suo bozzolo d'argento.

«Forse hai ragione, sai? In effetti lei è anche peggio di come la ricordavo» aveva risposto continuando a camminare spedita, ma a quel punto Ryan l'aveva presa per mano, obbligandola a fermarsi; non era il modo in cui avrebbe voluto affrontare la questione, ma non gli lasciava scelta. Sentì le dita di Penelope cedere alla sua stretta, negli occhi sorgere una domanda; le mani di sua cognata erano ghiacciate, troppo fragili e delicate perché lui potesse sopportarne il contatto. La vicinanza di Penelope provocava in lui ferite ogni giorno più profonde, squarci nell'anima limpida fino al suo arrivo, che ora lentamente si andava colorando di tradimento. Penelope però gli era entrata dentro, sottopelle, lì dove lui non avrebbe più potuto scacciarla. Ma era sbagliato, Ryan lo sapeva. Era sbagliato per sé, per Addison, per Penelope stessa, perciò le lasciò di colpo le mani, vagando con lo sguardo tra lattine vuote e sigarette fumate a metà.

«Tua sorella mi ha salvato la vita. Se non ci fosse stata lei oggi non sarei qui» confessò con un filo di voce, spiazzando Penelope.

Lo sguardo di Ryan prese a navigare lontano, in acque in cui non sarebbe voluto tornare. Sospirò, passandosi la mano sul viso stanco. «Lo scorso anno avevo una paziente, Jennifer Lewitt. Cancro ai polmoni in fase terminale» iniziò a raccontare. Guidò la sedia a rotelle al lato della strada, le mani incapaci di spingere oltre. «Avevo provato tutti i protocolli con lei, ma il tumore non regrediva di un centimetro. Insistemmo con le terapie, poi arrivò l'inverno e la salute di Jennifer peggiorò. Le prospettai la possibilità di ricorrere all'aiuto delle macchine per strappare qualche mese di vita in più, ma lei mi disse di non volerne sapere. Ogni volta che le sottoponevo i documenti mi ripeteva che preferiva morire piuttosto che dipendere da una macchina, ma quando le portai i moduli per la rinuncia alle cure me li restituì in bianco. Mi spiegò che non poteva firmarli perché suo marito non avrebbe capito, e che nonostante lei ne avesse abbastanza di sopravvivere una volta arrivato il momento avrei dovuto essere io a staccare la spina.» Aveva ancora nelle orecchie la voce sottile della donna, e sulla pelle il suo sguardo battagliero nonostante i dolori che la sfinivano; non c'era giorno che Ryan non pensasse a lei, al momento in cui aveva detto basta.

Si passò la mano fra i capelli. «Le persone non hanno idea di cosa significhi combattere il cancro. La gente si ferma ai foulard colorati che coprono gli effetti della chemio, ai conati improvvisi e alla spossatezza, ma non sa che cosa vuol dire convivere con un corpo che ti fa la guerra. Jennifer però lo sapeva, e lo sapevo anch'io. Nella mia carriera di oncologo ho visto decine di persone invocare la morte come una liberazione, per questo accettai di fare quello che mi aveva chiesto. Accadde un paio di ore dopo il giro di visite, ma quella volta non volli nessuno nella stanza con me, e da solo me la sbrigai con la commissione medica. Inventai una storia plausibile che spiegasse la morte della paziente, e mi credettero. Mi credettero tutti tranne suo marito.» S'interruppe, in affanno. Raccontare di Jennifer era straziante, ma voleva farlo, Penelope doveva sapere.

Il temporale era in arrivo, e si preannunciava violento. Il cielo era diventato scuro, solcato in lontananza da fulmini improvvisi.

«Un mese dopo, a trenta giorni esatti dalla morte di Jennifer, andai al lavoro. Turno di notte. Ero davanti all'ingresso con valigetta e caffè in mano, quando un'auto sbucò da una via laterale. Andava troppo forte, ricordo lo stridio delle ruote sull'asfalto quando prese la curva e, in un attimo, mi travolse. Il marito di Jennifer, Paul, era al volante. Io rotolai sul parabrezza e ricaddi a peso morto sull'asfalto. Persi subito i sensi, e quando mi svegliai, in ospedale, trovai Addison accanto a me. Piangeva come una bambina, come non l'avevo mai vista piangere. Mi disse che ero vivo per miracolo, ma quando mi accorsi che le gambe non rispondevano agli stimoli cominciai ad agitarmi, e lei mi riferì della lesione spinale. I chirurghi avevano provato in tutti i modi a salvarmi le gambe, e ora le possibilità che torni a camminare sono inferiori al sette percento.» Sbuffò, gli occhi lucidi, le mani che gli tremavano; aveva caldo e gli ronzava la testa. Succedeva ogni volta che ripensava all'incidente, che vedeva quegli occhi arrossati dietro il parabrezza.

Qualche tempo dopo Addison gli aveva riferito che Paul era finito in carcere, ma che non si era pentito del crimine commesso. In tanti lo bollarono come un mostro, ma Ryan sapeva che in realtà era solo un povero diavolo che non accettava la morte della moglie. Una storia come tante, eppure unica per Ryan.

«Capisco» disse Penelope sfiorandogli la spalla, mentre lui scuoteva la testa.

«Penserai che sono pazzo. Con una percentuale del genere non ha senso fare fisioterapia, ma è stata Addison a volerlo. Dopo l'incidente mi sentivo un fallito, sotto tutti gli aspetti; non potevo più operare, non avrei potuto insegnare a Leonard a giocare a calcio, non potevo più essere il marito che avevo promesso a tua sorella, ma questo non l'ha scoraggiata. Addison mi è rimasta accanto, mi ha aspettato fuori dalla porta dello studio dello psicologo con Leonard sulle ginocchia e fra le mani le carte dei processi che seguiva. Mi ha accompagnato alle sedute con il fisioterapista, e ancora oggi mi chiedo come abbia fatto a gestire Leonard, me, la casa e il lavoro senza crollare.»

«Col tempo però le cose sono cambiate.» Penelope si schiarì la voce, cercando di stemperare il senso di oppressione al petto. «A un certo punto avrai iniziato a stare meglio.»

«Certo.»

«Però mentre tu ricominciavi a riprendere possesso della tua vita lei ha continuato a vivere con l'orologio alla mano, e i risultati sono sotto i nostri occhi» continuò spalancando le braccia sconsolata.

Ryan aggrottò la fronte, dubbioso. «Non ti seguo, che vuoi dire?»

Penelope si morse le labbra, guardandolo di sbieco. La stupiva che non capisse. «Per Addison tu sei ancora il malato che accompagnava ogni giorno dal fisioterapista, praticamente un secondo Leonard, non suo marito. Un ruolo ingrato, fattelo dire» rimarcò fermandosi davanti alla porta dello studio mentre

Ryan, un passo dietro di lei, la guardava perplesso. Provò a negare, a dirle che era esagerata, ma lei non cedette di un millimetro.

«Ryan, io ti vedo quando ti parla» insisté. «Vedo la tua faccia quando la mattina trovi le consegne per la giornata sul tavolo, e vuoi sapere una cosa?» gli domandò piantandogli l'indice nel braccio. «Quello che ti sta facendo Addison è sbagliato. È sbagliato utilizzare la gratitudine che provi per lei per trasformarti in quello che vuole.»

«No, Addison non è come la vuoi far sembrare.»

Penelope sorrise, ma senza allegria. «Menti, e lo sai.» Si bloccò in mezzo alla strada. «Insomma, guarda la tua vita; prima Addison ti era sempre accanto, mentre adesso fa avanti e indietro da Londra e lascia a te ogni incombenza, dalla lavanderia al doposcuola di Leonard. E tu?» gli chiese sfiorando le ginocchia con le sue. «Tu sei solo, Ryan, e continui a esserlo anche quando lei torna a casa. Da quando vivo da voi non vi ho mai visto guardare un film, né mettere a letto Leonard insieme» continuò con la voce impregnata di rammarico. Le dispiaceva per lui, per l'esistenza mutilata alla quale lo stava obbligando sua sorella. Ferire Ryan era l'ultimo dei suoi desideri, ma non aveva altra scelta. «La scrittura, poi, vogliamo parlarne?» riprese; aveva la gola secca, ma voleva continuare. Voleva tirare fuori tutto, altrimenti sarebbe scoppiata, e Ryan ne avrebbe pagato il prezzo. «Dopo mesi avevi finalmente trovato qualcosa che ti rendeva felice, ma lei ti ha negato anche questo. Addison preferisce saperti in un cantuccio, triste e arrabbiato, ma sotto il suo controllo.»

«Questo non è vero.»

«Ne sei convinto?» lo pungolò; quando si trattava di libertà tirava fuori tutta l'indole appassionata delle McNamara; era più forte di lei. «Vuoi davvero farmi credere che Leonard non fosse solo un pretesto per costringerti a mollare?»

«No, non credo» balbettò lui, in difficoltà. Penelope scoppiò a ridere, un riso pieno di amarezza.

«Andiamo, Ryan, sii onesto» sussurrò. «Addison ti tiene sotto scacco.»

«A sentirti parlare sembra che mia moglie sia una specie di mostro.»

«Ti sbagli,» ribatté serio «Addison non è un mostro, è fatta così, ed è il caso che inizi ad abituarti all'idea» lo avvertì premendo il campanello. Una donna con indosso un'uniforme bianca venne loro incontro, invitandoli ad accomodarsi nella sala d'attesa. «Lei ha bisogno di avere tutto sotto controllo» disse, e avrebbe continuato per ore. Penelope sarebbe andata avanti fino a quando Ryan non avesse ammesso la verità, ma il terapista lo chiamò nella sua stanza.

«Torno fra un po'» le aveva detto con un sorriso tirato, voltandosi verso di lei un attimo prima di sparire dietro la porta bianca. Un ultimo, intenso sguardo prima del silenzio.

Penelope rimase con la mano sollevata in un saluto, e ricadde sulla poltroncina verde. Aveva toccato un tasto che avrebbe fatto meglio a ignorare, ma non ci era riuscita; era più forte di lei.

Addison le aveva promesso un idillio, invece si ritrovava invischiata in una penosa vicenda familiare. Tutti in qualche modo si aggrappavano a lei, contando su una solidità che tuttavia non sentiva di avere. Ryan la seguiva come un'ombra dovunque andasse, e persino Leonard, con le sue visite sporadiche in giardino, sembrava voler fuggire dalla follia delle mura domestiche.

Afferrò una rivista e iniziò a sfogliarla. Rimase impegnata per qualche minuto, ma non abbastanza. Richiuse la rivista appuntandosi nella mente di passare al cimitero, e non appena la rimise al suo posto vide il volto di Tristan emergere fra quelli dei pazienti in attesa di fronte a lei. Tristan e la sua cicatrice erano di nuovo nella stessa stanza, fra pareti che all'improvviso sembravano soffocarla.

Penelope aveva provato a non pensarci, ma quella striscia di pelle chiara, lì dove il chirurgo aveva affondato il bisturi, lo stesso che aveva inciso il torace di Adam, era un incubo che la perseguitava ogni notte. Spesso, dopo il loro incontro al vivaio, lei si era sorpresa a pensare a Tristan, al temporale scatenato dentro di lei dal breve incontro che c'era stato fra loro, ma ogni volta finiva con il fiato corto e il pugno chiuso contro il petto, sul punto di crollare.

E ogni volta ripeteva a se stessa di non poterselo permettere.

E tutto per quel cuore, per Adam.

Ogni volta che Penelope pensava a Tristan non poteva fare a meno di sentire più forte l'assenza di Adam nella sua vita, un dolore che non accennava ad affievolirsi.

E poi aveva incontrato lui, seduto in una sala d'aspetto a leggere il giornale, come niente fosse.

Un nodo le si formò in gola, strozzandole il respiro. Dopo l'episodio al cimitero Tristan era l'ultima persona che avrebbe voluto incontrare, ma lui alzò la testa e la vide. Sollevò velocemente la mano, e un attimo dopo era di nuovo immerso nel; in prima pagina, una donna di Leeds che un paio di settimane prima aveva perso suo figlio al supermercato, e che era stato ritrovato nel parcheggio della stessa struttura. Brutalmente assassinato.

Penelope continuò a fissarlo, ma Tristan sembrava quasi non notarla. Non una parola, un gesto; solo un mezzo sorriso, niente di più.

Rimase con un saluto sulle labbra, spiazzata; faticava a credere che sulla terra esistesse qualcuno con minor voglia di socializzare di lei.

Controllò l'ora, e quando Ryan si congedò dal fisioterapista si avviò con lui verso l'uscita. Tristan era ancora in sala d'attesa, ma lei tirò dritto.

Insieme a Ryan passò a prendere Leonard dalla vicina e si diressero al supermercato fuori città, ma a differenza del figlio che se ne stava sul sedile posteriore a guardare mezzo addormentato il panorama, Ryan era un fiume in piena. Parlava continuamente, di qualsiasi cosa gli saltasse in mente.

Penelope si ritrovò a rimpiangere l'uomo silenzioso di poco prima ed era impensierita dall'improvvisa euforia del cognato. L'uomo con il cuore pesante di poco fa si era sciolto fra le mani esperte del dottore, lasciando il posto a qualcuno che faticava a riconoscere.

«Ti va di prepararmi qualcosa di buono, stasera?» le chiese.

Penelope rallentò, semaforo rosso.

Tirò il freno a mano e controllò dallo specchietto Leonard che sonnecchiava sul retro, e si girò verso Ryan. «Vuoi che ti cucini qualcosa?» ripeté scandendo le parole.

«Mi sembra il minimo. Mi hai torchiato tutto il pomeriggio, e ho dovuto sottostare anche agli ordini di quello schiavista di Manfred; mi merito un premio.»

Penelope osservò il viale alberato che aveva di fronte, nella testa il solito brusio di pensieri. Ryan con il suo entusiasmo, il modo che aveva di guardarla, il calore della sua voce quando si rivolgeva a lei; qualcosa non tornava in quella storia, ma era talmente assorbita dai suoi problemi da non concedergli che qualche minuto distratto delle sue giornate. Penelope non gli aveva dato importanza, aveva preferito non vedere.

Eppure in lontananza percepiva lo scricchiolio del ghiaccio, l'iceberg con cui stava per entrare in collisione. Era solo una questione di tempo prima dello schianto, l'istinto l'aveva messa in guardia, ma sapeva già da allora che non sarebbe riuscita a evitarlo.

Ryan però non aveva tutti i torti, non quella sera; la giornata era stata impegnativa per lui.

«Che cosa vorresti per cena?» gli domandò inserendo la marcia.

Ryan le sorrise malizioso. «Lo sai fare un croque monsieur?»

La luce verde del semaforo si accese, ma Penelope rimase immobile.

Certo che lo sapeva fare. Lei e Adam ne avevano mangiati tutti i giorni a Parigi, e una volta tornati dal loro weekend romantico avevano voluto tenere in vita le loro abitudini francesi una volta a settimana. Il croque monsieur era semplice da preparare e Penelope adorava cucinarlo per Adam, ma ormai quel nome faceva male solo a pensarlo.

Il clacson della Volvo nera dietro di lei ruppe quella dimensione sospesa. Leonard brontolò nel sonno, mentre Ryan la guardava confuso. Le sue intenzioni erano buone; il sandwich francese era il piatto preferito di Addison, non il suo, e quello era un tranello teso alla cognata per farla riavvicinare alla sorella, un espediente innocuo.

«Va tutto bene?» le domandò.

La Volvo la superò, rovesciandole addosso una pioggia di insulti. Penelope abbassò il freno a mano e ripartì a tutta velocità, parcheggiando poco dopo nello spiazzo davanti al supermercato.

«Ehi» la richiamò Ryan mentre si aggiravano fra le corsie. Leonard era voluto andare a prendere da solo i suoi biscotti.

«Prendiamo questo» disse Penelope facendo cadere frettolosamente una confezione di formaggio nel cestino, prima di scomparire dietro l'angolo, sorda ai richiami di Ryan; non voleva sentirlo, non in quel momento. Sperava solo che le luci e i colori accecanti riuscissero a distoglierla dai ricordi, dall'immagine di Adam che affettava il pane vicino a lei. Penelope ricordava con una fitta la luce soffusa della cucina, il piano color noce e le piante aromatiche che lui sistemava in bella vista ogni primavera, il profumo di menta e basilico sparso per tutta la casa. Avrebbe saputo ritrovare a occhi chiusi il grembiule rosso con cui Adam legava entrambi quando si mettevano ai fornelli, per non lasciarla andare via, mai; era nel terzo cassetto, sotto il vassoio con la Tour Eiffel che avevano comprato da un venditore ambulante. Le sue braccia le cingevano i fianchi, le maniche della camicia erano arrotolate sino ai gomiti, e le mani bianche di farina le sporcavano ogni volta le guance prima di rubarle un bacio che sapeva di calore e briciole.

Baci che Penelope continuava a sognare, incessantemente. Labbra che voleva sentire di nuovo sulla pelle, che le erano state strappate via insieme alla felicità.

Si appoggiò a uno scaffale di barattoli e allentò il foulard; aveva bisogno di respirare, togliersi dalla testa il sapore delle mani di Adam che la cercavano sotto il grembiule.

«Senti, mi dispiace per qualunque cosa abbia detto, ma non l'ho fatto per ferirti» mise subito in chiaro Ryan, bloccandola alla fine della corsia.

Penelope indietreggiò. «Lo so, Ryan. Lo so» ripeté.

«Allora perché ti comporti come se non fossi qui?» protestò, ma era troppo difficile da spiegare, e non ci provò nemmeno. Si limitò a un'alzata di spalle e un'occhiata alle buste che lui aveva sulle gambe. C'era ancora Adam con lei, ma doveva sforzarsi di ricordare quello che le aveva detto la dottoressa Adams: contare, respirare, parlare. Poi sarebbe andata meglio.

«Buona idea» disse indicando la busta di pane scelta dal

cognato «questo però va bene per i toast normali, non per il tuo piatto preferito.» Ripose la confezione sullo scaffale e si affiancò a Ryan, attraversando con lui file di pesce in scatola e sughi pronti.

Scelsero con cura tutti gli ingredienti, ma quando andarono a cercare Leonard nel reparto dolci si ritrovarono di fronte a un corridoio deserto; c'era solo una donna che stava controllando l'etichetta di un pacco di brioche mentre il figlio la tirava per i pantaloni. Di Leonard nemmeno l'ombra.

«Qui non c'è.»

«Sarà andato dove c'è il pane. Forse credeva di trovarci lì» ipotizzò Ryan, ma il cuore accelerava ogni volta che imboccava una corsia vuota, e continuava a martellargli nella testa fino a quella successiva.

Anche Penelope si sentiva paralizzata dal terrore; quel supermercato era il più grande della zona. Se poi le tornava in mente l'articolo in prima pagina che Tristan stava leggendo allo studio medico, le venivano i brividi.

«Mio Dio» bisbigliò nel panico, arrancando fra scatole e sacchetti. Cercò Leonard presa dall'ansia, chiedendo ai commessi e agli addetti di reparto, ma nessuno sembrava averlo visto; il fatto che il bambino non parlasse, poi, non semplificava le cose.

Si ritrovò con Ryan al banco surgelati qualche minuto più tardi, ma nessuno dei due aveva buone notizie.

Il termometro dell'ansia s'impennò.

Leonard probabilmente era lì da qualche parte, spaventato, ma loro non riuscivano a trovarlo. Decisero di rivolgersi al direttore.

Marciarono verso le casse e lì, seduto accanto a una donna con l'uniforme rossa e il logo aziendale sul bavero della giacca, c'era Leonard. Aveva le guance in fiamme e gli occhi lucidi.

Alla vista del figlio Ryan tirò un profondo sospiro di sollievo, le mani giunte a ringraziare chiunque dall'alto lo avesse protetto. «Ti abbiamo cercato ovunque, si può sapere dove eri andato a finire?» disse stringendoselo al petto, e subito Leonard si aggrappò a lui.

Aveva pianto molto, raccontò la donna, vicina e amica di Addison, e dato che il piccolo non parlava e lei non sapeva come avvisarli, per calmarlo lo aveva distratto con delle caramelle.

«La ringraziamo infinitamente» balbettò Penelope, ancora sottosopra. Prese il cestino con i biscotti di Leonard e li mise sul nastro con il resto della spesa, ipnotizzata. Non era una madre e non poteva immaginare quello che avrebbe provato Addison, ma la parte della zia era stata più che sufficiente a terrorizzarla; sotto la maglia era fradicia.

Lo sguardo astioso della cassiera, poi, sgretolò le sue ultime certezze.

«Probabilmente penserà che siamo amanti» scherzò Ryan una volta nel parcheggio, di nuovo di buon'umore. Leonard era sano e salvo, niente aveva più importanza.

Penelope sistemò la spesa nel bagagliaio e salì in macchina. Lei non riusciva a ridere spensierata come loro due; le tremavano le gambe, e aveva ancora un vespaio nella testa. Tempo, aveva bisogno di tempo per pensare, per riprendersi dal sudore freddo che le correva sulla schiena.

«Vi va un gelato?» propose studiando la reazione del nipote dallo specchietto. Le era bastato pronunciare la parola "gelato" per ottenere la piena attenzione di Leonard, incluso il suo primo sorriso. «Ho letto che qui vicino c'è un posto che fa un fantastico gelato al caramello; sarebbe un peccato non provarlo.»

«Non so se è una buona idea, sai dei problemi di Leonard...»

«Si è preso uno spavento terribile, e anche noi ce la siamo

vista brutta. Dimenticati per una volta le fissazioni di Addison e lascia che tuo figlio mangi un vero gelato con suo padre» sussurrò, ma Ryan non sembrava ancora convinto. «Leonard non ha mai fatto i test per le intolleranze, me l'ha detto Addison, e guardalo; muore dalla voglia di mangiare qualcosa che abbia il sapore del cibo vero» insisté.

Ryan si voltò verso Leonard, e la sua espressione lo convinse.

«Visto?» gli fece notare lei guardando il nipote sparire dietro una nuvola di panna, una manciata di minuti più tardi.

Ryan annuì: Leonard era felice, finalmente, e anche lui seduto al tavolo con Penelope e suo figlio. Qualcuno avrebbe potuto equivocare, ma non gli importava; era questo il genere di serate che avrebbe voluto trascorrere con la sua famiglia, ed era contento che Penelope ne facesse parte.

«Ottima idea, cognata» disse rubandole un cucchiaino di gelato. «Ottima idea» ripeté, guardandola assorto.

Dopo settimane di straordinari Addison era riuscita a sgattaiolare fuori dall'ufficio in orario, ma quando aveva aperto la porta di casa aveva capito subito che qualcosa non andava. C'era una strana tensione nell'aria, e la sua pelle sensibile la captò all'istante.

Penelope aveva fatto di tutto per cancellare le prove del disastro, ma Addison l'aveva sorpresa a pulire il bagno, e quando si era affacciata a controllare Leonard e l'aveva trovato disteso sul letto, dolorante, era esplosa.

A quel punto era stato impossibile per Ryan addolcirle la verità, mentire sul fatto che una volta rientrati dalla gelateria Leonard aveva accusato crampi allo stomaco, cui erano seguiti vomito e diarrea.

«Voi due siete fuori di testa!» urlò Addison prendendo lo

straccio dalle mani della sorella. «Mi odi fino a questo punto, Penelope? Mi odi così tanto da fare del male a mio figlio?»

«Sai che non lo farei mai» rispose lei, roca. Rimise stracci e detersivi nel ripostiglio e si diresse verso la cucina, ma Addison continuava a urlarle addosso. «Allora perché diavolo lo hai fatto?» insisté, e a quel punto Penelope cedette.

«Perché pensavo fosse una buona idea. Perché – pensavo – fosse – una – buona – idea» ripeté scandendo ogni parola.

«Ma io ti avevo detto chiaramente...»

«Pensavo fosse una delle tue manie, ok?» sbottò. «Leonard ha il diritto di vivere come un bambino normale, ma non volevo fargli del male.»

«Invece lo hai fatto» ringhiò Addison. Aveva avuto paura, una paura folle quando aveva visto suo figlio rigirarsi nel letto; per un momento Addison si era sentita ripiombare ai tempi del divorzio, alle nottate trascorse in bagno a tenere la testa di Leonard che gridava in preda agli spasmi, alle albe sempre più sbiadite tra le fughe delle piastrelle.

Ryan invece lo sapeva, lei gli aveva raccontato tutto. Si avvicinò lentamente a sua moglie, sfiorandole il braccio con una carezza.

«Non è stato intenzionale» sussurrò, ma Addison lo allontanò con una manata.

«Da te non me lo sarei mai aspettato. Come hai potuto anche solo pensare una cosa del genere?» Ryan inspirò, a fondo. Contenere la rabbia di Addison era ogni giorno più difficile per lui, ma glielo doveva, lo doveva alla donna oltre quella maschera di collera.

«Probabilmente Leonard ha reagito in quel modo perché non assume latte vaccino da quasi due anni. La nostra è stata un'imprudenza, è vero, ma non è l'alimento in sé ad avergli provocato il malore, quanto il fatto che il suo corpo si è disabituato ad assumerlo. Avere problemi gastrointestinali in queste circostanze è comune» cercò di spiegare, ma Addison scattò inviperita.

«Perciò la difendi?»

«No. Le sole parti che prenderò sono quelle di Leonard. È per lui che mi preoccupo.»

«Che genitore premuroso!» esclamò lei battendo le mani. «Peccato che poco fa mi ha telefonato Rosemary, la cassiera del supermercato, e mi ha raccontato quello che è successo. Non volevo credere che fossi incapace al punto di perderti mio figlio, ma del resto di cosa mi stupisco?» continuò voltandosi verso la sorella. Appoggiò la mano su un fianco, osservando le lentiggini sulle guance di Penelope. La stessa pioggia che illuminava il sorriso di Violet nella foto che da bambina aveva scovato in un cassetto del padre, quella con la dedica e un bacio impresso col rossetto sulla carta ingiallita. «Non sei tanto diversa da tua madre» sentenziò.

Le mani di Penelope si chiusero in un pugno.

«Adesso basta» disse scansando lo sgabello, pronta alla battaglia, ma in quell'istante suonarono alla porta.

Addison si irrigidì non appena sentì quel ronzio metallico nel salotto, mentre Ryan guardò dubbioso verso l'ingresso. «Aspettiamo visite?» chiese alla moglie, che deglutì piano.

«Il reverendo Williams è a cena da noi» rispose Addison, chinandosi a prendere un paio di cipolle dal cestino.

«Oh.»

«Già» disse afferrando il grembiule da cucina. Seguì con la coda dell'occhio Penelope lasciare la stanza sbattendo la porta.

Ryan rimase bloccato, a metà fra la cucina e il soggiorno.

«Perché hai invitato il reverendo?» le domandò.

Sul ripiano piastrellato erano comparse all'improvviso carote, cipolle e fagiolini.

«Allora?»

«Te l'ho detto, è nostro ospite. E poi Penelope ha bisogno di aiuto, mi sembra evidente» rispose. «Deve superare la morte di Adam, e chi meglio del reverendo Williams può aiutarla?»

«Ti ha chiesto lei di farlo?»

«No, perché?» ribatté mentre triturava gli ortaggi.

Il campanello suonò di nuovo.

Ryan girò la sedia in direzione della porta. «Questa non te la perdonerà.»

«Tu piuttosto fai accomodare il reverendo e di' a Penelope di levarsi di dosso quell'aria da adolescente ribelle e scendere in sala da pranzo, al resto ci penso io» ordinò, secca.

Ryan annuì, ma si voltò un secondo prima che Addison chiudesse la porta; sul piano erano rimasti i sacchetti con gli ingredienti per i croque monsieur, dimenticati accanto al microonde.

11

La cena con il Reverendo Williams si rivelò un disastro.

Addison fu una padrona di casa impeccabile, ma il malumore di Penelope era una nota difficile da nascondere. Non appena il reverendo Williams accennò alla morte di Adam, poi, lei scattò.

«La prego di non parlarne, lei non sa niente di Adam» lo avvertì dall'altro lato del tavolo, torva. Ne aveva visti tanti come lui, e le facevano sempre lo stesso effetto: pronti a ricordarle che la morte faceva parte di un disegno divino, che non avrebbe dovuto piangere la scomparsa di Adam, ma lei non credeva nel paradiso; quello in cui credeva era il cuscino intatto di Adam, quella sensazione di vuoto che la accompagnava tutte le notti da allora.

«Cerchi di capire» balbettò Addison con un sorriso imbarazzato, ma il Reverendo non sembrò infastidito da quella reazione istintiva. Disse che l'ostinazione di Penelope rappresentava una sfida, e che la scoperta dell'amore divino da parte sua sarebbe stata la migliore ricompensa. Frasi che Penelope non voleva nemmeno sentire pronunciare.

«Io volevo Adam, Padre, ma lui è morto, perciò non c'è niente che possa fare per me» chiarì alzandosi in piedi. «Mi dispiace, ma non riesco a mangiare.» Spinse via la sedia, spostando lo sguardo su Addison. «Grazie per il pensiero. Ma, come dici tu, sono e resto la figlia di una bugiarda manipolatrice.»

Salì in camera e si chiuse a doppia mandata. Si lasciò cadere sul letto, la testa sprofondata nel cuscino. Aveva ragione Addison: lei era il ritratto di Violet. Ribelle, sempre.

Tutto il contrario di Claire, che invece la trascinava a messa ogni domenica mattina. Eppure lei aveva lottato tanto per assomigliare alla sua matrigna; aveva assorbito come una foglia al sole i suoi insegnamenti, ma la natura di Violet le era entrata nel sangue, come una maledizione.

La condanna di un'anima inquieta, di tutte le McNamara.

12

Penelope aprì gli occhi, e fu subito colpita dalla certezza che quella sarebbe stata una giornata infernale. Addison le avrebbe fatto pagare il suo comportamento con il reverendo Williams; avrebbe sbattuto pentole e piatti per tutto il giorno, trafiggendola con occhiate piene di rancore.

«Fantastico» si lamentò facendo capolino dalle lenzuola, sconfitta dai suoi stessi pensieri. Gettò le coperte ai piedi del letto e si trascinò alla finestra, ma non appena vide la giornata di sole oltre il vetro si sentì sollevata.

Il giardino: la sua via di fuga, la sua salvezza.

Acciuffò i primi abiti che le capitarono sottomano e si catapultò in cucina, giusto il tempo di mandare giù un caffè e scappare fuori: il prato la stava aspettando.

Nei giorni precedenti aveva stipato lo sfalcio nei sacchi che aveva poi addossato al muro, ma era sicura che ne avrebbe riempiti almeno un'altra dozzina; davanti a sé aveva ancora da tagliare piante di malva e cardi alti quanto un uomo, e cumuli di erbacce di ogni genere. "Una bella fatica" pensò con un sorriso ottimista.

Lavorò per ore, con la sola pausa offertale dall'acqua che Leonard le portò a metà mattina, insieme a una mela; un'offerta di pace arrivata proprio dalla persona cui aveva fatto più male.

«Grazie» disse lei sollevando il frutto, ma poi tornò indietro, verso l'area ancora da ripulire. Si avvicinò cauta alle piante spinose, stringendo fra pollice e indice lo stelo di un piccolo fiore di un giallo intensissimo. Penelope lo recise con un gesto secco, consegnandolo subito dopo nelle mani di Leonard. «Grazie per non essere arrabbiato con me, e scusami per l'altro giorno. Non volevo farti del male, davvero» gli disse con la mano sul cuore.

Bastò soltanto uno sguardo per avere la certezza di essere stata perdonata, e un sorriso di Leonard per sentirsi in pace, almeno con lui.

Penelope rimase a guardare il nipote correre felice in giardino, e poi verso casa, libero come poteva essere solo quando Addison non era nei paraggi; l'ossessione di sua sorella per la salute del figlio stava soffocando anche lui.

Gettò il torsolo della mela in un sacco e riprese a lavorare.

«Non finirò mai» disse appoggiandosi sconsolata al rastrello. Da quando si occupava del giardino aveva sviluppato una forza nuova, ma il lavoro stava mettendo a dura prova il suo fisico. Avrebbe impiegato ore per insaccare tutto, e una volta finito non aveva idea di come disfarsene. Aveva chiesto a Ryan, ma lui si era limitato a fare spallucce; si era proposto di contattare qualcuno che smaltisse il materiale, ma il tempo passava e la spazzatura aumentava, e Penelope sentiva sempre più insistente la voce nella testa che le suggeriva un nome a cui chiedere aiuto: Tristan.

Avrebbe potuto chiedergli di indicarle qualcuno che se ne occupasse, magari proprio lui stesso. Dopotutto Tristan era il solo che non la infastidisse con la sua presenza, al contrario dei vicini di Addison; ogni volta che qualcuno di loro la sorprendeva a lavorare in giardino, Penelope si ritrovava costretta ad arginare interminabili serie di convenevoli che finivano solo per farle perdere tempo e infastidirla, rallentandole un lavoro già di per sé estenuante.

Tristan invece no; lui era diverso, lo sentiva.

Era taciturno, sempre sulle sue, un po' come lei. Lui poteva essere la persona giusta per quel lavoro, ma il solo pensiero di rivolgergli la parola, di tornare a confrontarsi con il brivido che le provocava la vista di quella maledetta cicatrice, la spingeva a rimandare.

Eppure continuava a pensare a lui.

Lo aveva incontrato ancora una volta al cimitero, e un'altra in paese. Lo aveva sorpreso a gettare briciole di pane secco alla coppia di cigni che viveva in quel tratto di fiume, e restare a parlare con loro fino a quando il cielo si era trasformato in un enorme fondale color glicine.

Penelope lo aveva sentito rivolgersi ai due animali come a una vecchia coppia di amici, con una delicatezza che strideva con il suo atteggiamento schivo, quasi rude. Tristan esercitava su di lei un magnetismo che non sperimentava da anni. Precisamente dalla sera in cui Adam l'aveva scorta sulla pista di ghiaccio di una Londra prenatalizia.

Tristan l'aveva notata, immobile sul lungofiume, e le aveva persino sorriso, ma invece di avvicinarsi a lui Penelope era corsa via, con il cuore che le urlava nel petto e le guance in fiamme.

Non sapeva cosa stesse facendo e perché si comportasse in quel modo, ma di una sola cosa era certa: tutto quello che la attraeva in Tristan al contempo la destabilizzava.

Non poteva ignorare i battiti accelerare ogni volta che incrociava il suo sguardo, e nemmeno fingere di non sentire il respiro accorciarsi quando si ritrovavano nella stessa stanza.

Tutta colpa della cicatrice, non aveva dubbi. Era lei a provocarle quel formicolio alla testa quando si avvicinava a Tristan, a spezzarle il fiato, a rendere tutto più difficile e ad attrarla, calamita verso un ignoto in cui era certa di trovare soltanto guai.

Fu ancora lei, sempre la cicatrice, a guidarla di nuovo sino a Tristan, a un cuore che Penelope sentiva troppo vicino, di un calore che faceva male all'anima.

Lo aveva incontrato nello studio del fisioterapista, qualche giorno dopo; lui era sempre lì, seduto in fondo alla sala in compagnia del suo immancabile *Guardian*, inconsapevole delle sue manovre.

Penelope si sedette sulla fila di poltrone di fronte, sperando che fosse lui a rompere il ghiaccio; detestava farlo lei, perciò attese fino a quando non lo vide tirare fuori un paio di monete e dirigersi verso il distributore automatico. Solo allora scattò in piedi e lo seguì; un surrogato di caffè era il diversivo perfetto per iniziare una conversazione casuale. Osservandolo leggere il giornale, mentre ripensava alla coppia di cigni del fiume, Penelope aveva capito di volere Tristan nella sua vita. Era sbagliato per centinaia di ragioni, anche l'istinto le diceva che avrebbe finito solo per mettersi nei guai, ma non le importava. Era tipico di lei, che non ragionava mai a fondo sulle cose.

Era andata in quel modo anche con Adam; aveva capito che era lui la persona giusta dopo una chiacchierata durata il tempo di una cioccolata, e così era stato per Tristan. Non importavano le conseguenze, tutto quello che voleva era saperlo nelle sue giornate, non lasciarlo andare via.

Un pretesto, perciò, le sembrò l'unica soluzione per rompere lo strato di diffidenza fra loro.

«Dovrai metterci parecchio zucchero per riuscire a berlo tutto» scherzò infilandosi le mani nelle tasche dei jeans, dietro di lui.

«Ehi, chi si vede» la salutò Tristan, sorpreso. Si voltò verso di lei soltanto per un secondo, un bip lo avvisò che il suo caffè era in arrivo. «Ne vuoi uno anche tu?»

«No grazie, sono a posto così; quello che mi servirebbe davvero è qualche consiglio per il giardino.»

«Mmm.»

Tristan buttò giù il caffè bollente, squadrandola; la sola cosa che ricordava di Penelope era il suo nome insolito. A una prima occhiata stimò che le mancasse il pollice verde, perciò dedusse che fosse l'ennesima ragazza di città in cerca del sogno campestre. Tempo una settimana e sarebbe tornata da dove era venuta, ci avrebbe scommesso. «Se posso esserti utile» disse guardandosi intorno.

Un particolare che Penelope non poté fare a meno di notare. Strinse i pugni nelle tasche, affondando gli incisivi nelle labbra; era arrivato il momento di tirare fuori la voce.

«Sono un disastro con le piante» confessò, le mani avanti a voler mettere in chiaro la situazione. «Però ci sto provando. Sto cercando di aiutare Ryan a ripulire il giardino. La parte antistante la casa è a posto, ma quella che si affaccia sul fiume è in brutte condizioni, e non essendo un asso del giardinaggio mi servirebbe una mano da chi ne sa più di me» disse senza staccare nemmeno per un istante gli occhi da Tristan, che inaspettatamente le sorrise in un modo strano, eppure familiare.

Un modo che faceva male al cuore, ma questo Penelope non lo diede a vedere. Rimase con la testa inclinata, in attesa di una risposta che si faceva aspettare.

«Vedremo» rispose lui, vago. Era sempre diffidente verso i cittadini che si scoprivano amanti del verde, ma in poco tempo Penelope smentì tutti i suoi pregiudizi.

Divorò i testi di botanica e gli articoli che lui le indicò, e non passò giorno che non si presentasse al vivaio con qualche poltiglia maleodorante, esperimenti malriusciti di preparazione casalinga di pesticidi naturali.

Penelope però non mollava, ed era questo l'aspetto di lei che lo colpì maggiormente.

Un giorno lei si era persino presentata in negozio con un barattolo contenente un liquido verdastro e lo aveva sbattuto contrariata sul bancone.

«Adesso spiegami perché questa roba è venuta così» aveva esordito strofinandosi la guancia macchiata di terra. «Il pesticida non è come mi avevi detto; non è verde oliva, sembra fango, e ha un odore pestilenziale!»

«Già, sembra che almeno su questo tu abbia fatto centro» aveva aggiunto Beth arricciando il naso. «Quell'intruglio ha un odore tremendo persino chiuso nel barattolo!»

«Infatti, lo dica a suo nipote!» aveva rincarato la dose lei, arrabbiata.

Tristan, alle prese con il conto di un cliente, aveva alzato gli occhi al cielo e lasciato la consegna alla nonna. Le visite di Penelope non erano mai una faccenda di pochi minuti, e tutto quello cui aspirava per quella serata era una doccia e un cuscino pulito.

Nascose uno sbadiglio dietro il palmo, e le indicò minaccioso l'orologio sopra la porta.

«Dimmi tutto, ma fallo in meno di un quarto d'ora. Non ho intenzione di stare chiuso qui un minuto di più.»

Il lampo di un sorriso accese lo sguardo di Penelope, in piedi dall'altra parte del bancone. «Sarò velocissima.»

Una smorfia affiorò sul viso stanco di Tristan. «Come no. Me l'hai detto anche due giorni fa, e siamo rimasti chiusi qui fino alle nove» aveva brontolato, fingendosi contrariato.

«Promesso» aveva ribadito lei incrociando le dita sulle labbra come un boyscout, ma le sue erano false promesse. Anche quella sera sarebbero rimasti nel vivaio fino a tardi, ma a lui non importava, non se poteva stare a parlare con Penelope.

Inizialmente aveva pensato che lei fosse solo un'altra ragazza snob preoccupata solo della manicure, ma osservando le sue mani piene di graffi e vesciche si era dovuto ricredere in fretta. Penelope era diversa, sotto molti aspetti: era determinata, si infuriava quando la pioggia trasformava in fango il lavoro di giorni, ed era curiosa di conoscere tutti i segreti di un giardino florido; smaniava per sapere, ed era questa sua vitalità irrefrenabile ad averlo colpito. Lavorare la terra del resto le piaceva, la faceva sentire bene; le dimostrava che a dispetto di Adam era ancora in grado di gestire qualcosa. Una vita, anche se fatta di linfa e radici, ma la terra fra le sue dita era viva, calda, migliore di quanto non immaginasse.

Lavorando in giardino, inoltre, Penelope scopriva un'autentica simbiosi con la natura; che non parlava, non la stordiva di chiacchiere o silenzi come Addison, e soprattutto non la giudicava.

«Io e te siamo fatte della stessa pasta» ripeteva spesso Penelope trattenendo una manciata di terra nel pugno. Quella del giardino era una terra offesa dall'incuria, abbandonata come la sua anima, per questo Penelope la sentiva così vicina: la loro era una promessa di reciproco aiuto.

Grazie a Tristan aveva avuto la meglio sulle erbe infestanti, perciò presto avrebbe dovuto provvedere alla sistemazione degli spazi; Ryan le aveva già fatto vedere qualche bozzetto delle aiuole e degli alberi che intendeva piantare, ma prima di mettersi al lavoro lei preferì chiedere a Tristan qualche consiglio.

«Secondo me dovresti piantare qualche frangivento» le disse lui scartando una barretta al cioccolato. Da giorni i seminari di giardinaggio si svolgevano al distributore di snack e bevande dello studio medico, il loro ormai era diventato un appuntamento fisso.

Tristan tirò fuori una matita da una tasca interna della giacca per indicarle un punto sul disegno, ma Penelope faticava a mantenere la concentrazione. Quando lui le era vicino, ogni volta che sentiva la stoffa ruvida delle sue camice sfiorarle la pelle, Penelope sentiva il suo cuore ritrarsi sino a diventare una briciola. I pensieri si perdevano, il respiro accelerava, le mani diventavano scivolose.

La cicatrice, Adam, l'odore di Tristan; tutto alimentava il caos dentro di lei.

«Da nordovest arrivano raffiche micidiali, perciò se non proteggi come si deve le tue piante il vento ti manderà tutto all'aria.»

Penelope diede una seconda occhiata al progetto di Ryan, mentre Tristan era chino a studiare i disegni dietro la sua spalla; il giardino dei Walker era riuscito a scalzare persino il *Guardian*.

Lui si appoggiò alla parete, cercando di trovare un nesso fra le linee tracciate da Ryan e la realtà; in quel progetto c'erano parecchie note stonate, spiegò a Penelope, ma s'interruppe non appena un'infermiera lo avvertì che avrebbero trattenuto sua nonna più del previsto.

Penelope, che si era fatta da parte, si riavvicinò a piccoli passi, ma quando sollevò lo sguardo si accorse subito della faccia scura dell'amico. «Se vuoi ne riparliamo un'altra volta, ora non mi sembra il momento.»

«Con mia nonna non è mai il momento» tagliò corto lui. Gettò il cioccolato nel cestino, gli occhi grigio azzurri puntati sui neon del soffitto. Se ne stava rigido come se gli avessero legato la schiena a una tavola di legno, i muscoli tesi sotto la maglia. «Certe volte è impossibile.»

Penelope si appoggiò contro il muro accanto a lui. «Per caso è imparentata con Addison?» rilanciò con un mezzo sorriso. Lo aveva detto per gioco, ma in fondo la sua non era poi un'idea così folle; Addison le rivolgeva a malapena la parola, e Ryan non faceva che lanciarle occhiate afflitte ogni volta che si ritrovavano nella stessa stanza. Nella famiglia dei Walker Leonard era il solo che ancora la degnasse di considerazione.

Impossibile. Era questa la parola con cui Penelope definiva la sua convivenza con loro.

Tristan si passò la mano fra i capelli, la testa all'indietro, da tutt'altra parte. «Anche Addison è testarda all'inverosimile e convinta di essere la sola a saper stare al mondo?»

«Colpita e affondata» ribatté lei. «Mio nipote e io siamo dei martiri» continuò, sorridendogli.

Iniziarono così, nel corridoio eccessivamente illuminato dello studio medico, ad ampliare i loro argomenti di conversazione. Tra una seduta di fisioterapia e l'altra tirarono fuori tutto quello che non andava nelle loro vite, quello che mancava e quello di cui invece avrebbero voluto disfarsi. Parlarono a ruota libera di Beth, Addison e Leonard, ma Penelope non pronunciò mai il nome di Adam. Adam era suo, non lo avrebbe diviso con nessun altro.

Nemmeno con Tristan, anche se con lui riscoprì il piacere di chiacchierare. Suo cognato era un buon ascoltatore, ma era talmente preso dai suoi problemi che spesso passava intere giornate chiuso nello studio. E comunque era diverso, la parentela rendeva tutto più complicato; in un modo o nell'altro Penelope aveva sempre l'impressione di parlare con sua sorella anche quando erano soli, o peggio, di metterlo in difficoltà.

Raccontargli di Adam poi era fuori discussione, ma quando dopo giorni di domande e notti insonni lei trovò il coraggio di parlargli dell'incidente, Tristan sembrò il solo capace di cogliere il significato profondo dell'espressione "tagliata fuori dal mondo".

Era stata lei a tirare fuori l'argomento; nel bel mezzo di una discussione sul genere di fiori da piantare per la fioritura primaverile si era ammutolita, era andata a prendersi un tè ed era tornata indietro, iniziando a parlare della sera che le aveva stravolto la vita.

«Mi sento esiliata da me stessa. Tutto quello che mi è appartenuto, che ero, è finito contro quel camion» iniziò puntando la mano verso l'infinito. «Da allora mi limito a sopravvivere, ma ogni alba è una battaglia» continuò, fissando il tè nel bicchiere. Profumava di limone, ma Penelope sapeva che anche quello era solo l'ennesimo trucco, perché ogni sapore aveva abbandonato da tempo la sua vita. C'erano mattine in cui non voleva nemmeno alzarsi dal letto, e interi pomeriggi in cui sarebbe rimasta alla finestra a guardare il vuoto.

L'autunno era esploso nel Kent con una prepotenza che a Londra non si sarebbe mai sognata. Il profumo di legna bruciata per le strade, lo spettacolo degli alberi infiammati di colori, con i tronchi neri che contrastavano l'oro delle foglie e sullo sfondo un cielo carico di temporale.

Il suo unico rimpianto era non poter condividere tutto questo con Adam. Le sarebbe piaciuto fargli provare il punch speziato che le aveva fatto scoprire Tristan, seduto accanto a lei per tutto il tempo, con le spalle che sfioravano le sue.

«Lo so» disse lui, a voce bassa.

Penelope appoggiò il bicchiere a terra, lo sguardo scolorito tra le fughe sporche. «Mi sembra di non fare più parte del mondo,» spiegò «come se una parte di me fosse rimasta indietro mentre il resto del film ha continuato a scorrere sullo schermo. A un certo punto mi sono svegliata e mi sono trovata nel secondo tempo. Così, di colpo» continuò schioccando le dita.

Il silenzio che seguì alle sue parole, però, la lasciò interdetta. Tristan era accanto a lei, con il suo carico di pensieri taciuti.

«Ci sono passato anch'io, qualche tempo fa» ammise cauto.

«Davvero?»

«Sì, una brutta storia.»

«Ti va di parlarne?» gli chiese, sottovoce, ma lui scosse la testa.

«Non ora. Non è questo il punto.»

Penelope aggrottò la fronte. «Non ti seguo.»

Tristan si guardò le mani callose, cercando fra le linee tracciate sui palmi la forza di parlare. Inspirò, espirò, mentre il passato tornava ad assediare la sua mente come la marea.

«Il fatto è che tutti ti ripetono che devi andare avanti. Ti dicono che la vita è la cosa migliore che hai, che tanta gente fa sacrifici enormi per sopravvivere, e che quindi tu non puoi puntare i piedi come un ragazzino.»

«Già.»

«Tu sei lì, li ascolti e pensi che sono solo un mucchio di stronzate. Ti ripeti che nessuno capisce, che alla gente non importa come stai; tutto quello che fanno è darti una pacca sulla spalla per mettersi in pace la coscienza, e in parte è così.» Abbassò la testa, la voce pesante come pietra. «Alle persone basta girare l'angolo per dimenticarsi quello che hanno visto trenta secondi prima, ma per te che lo vivi ogni giorno non è la stessa cosa. Tu con il dolore ci devi fare i conti anche quando ti lavi i denti, però quello che ti dice la gente non è tutto falso. Siamo animali che si feriscono e che soffrono, ma in noi c'è un istinto che cerca sempre di metterci in salvo.» Si chinò in avanti, lo sguardo che seguiva il pavimento. «Tutti ce l'hanno. Nessuno vuole morire veramente» continuò. Prese la mano nella sua, delicatamente; prima le dita lunghe e sottili, poi il palmo ampio, segnato da nuovi graffi. La spina di un cardo, il taglietto di una lama; la mano di Penelope era una geografia complessa, ma Tristan la studiò a fondo, per sentire sotto i polpastrelli le ruvidità di quella pelle delicata a dispetto delle ferite.

Penelope, invece, lo guardava senza capire. Lui non faceva parte della schiera degli sconosciuti che non ascoltava; aveva scelto le parole una a una, e ci credeva, lo vedeva dal modo in cui le pronunciava. Parlava alla sua stessa solitudine, a quel bisogno incontrollabile e rabbioso di stare da sola, di non volere, mai: non voler parlare, non voler rispondere, non voler sentire.

Da un anno lei non faceva che dire «no», ma lui la capiva, anzi; Tristan cercava di guarirla.

«Prima o poi anche il tuo istinto si farà sentire. Devi avere solo un po' di pazienza, ma quando arriverà tutto quello che dovrai fare è lasciar lavorare la tua parte animale» le disse piano. Un paio di fossette comparvero ai lati della sua bocca, a incorniciare il suo sorriso. «Tu lasciati salvare e andrà tutto bene, te lo prometto.»

Una promessa.

Era trascorso molto tempo da quando qualcuno gliene aveva fatta una, ma qualcosa nella voce di Tristan, nel modo che aveva di guardarla, di tenerle la mano, la convinse a non fuggire. Per una volta Penelope non rifiutò il contatto, ma lasciò che lui stringesse la presa, lasciò che qualcuno che non era Adam la toccasse.

Un contatto impensabile solo fino a qualche settimana prima.

13

Penelope chiuse l'ultimo sacco quando era quasi il tramonto; il sole era poco più di una moneta sbiadita fra gli alberi.

Sciolse il fazzoletto annodato sulla testa e si sedette in riva al fiume, a gustarsi il panorama; era la prima volta che si avventurava sino alla riva. Fino ad allora il lungo serpente dorato che costeggiava la proprietà dei Walker era nascosto dalle erbacce.

Si sedette sull'erba, i muscoli finalmente rilassati. Le braccia cominciavano a farle male, e le gambe a risentire delle tante ore di lavoro in giardino. Si tamponò il sudore dalla fronte, e di nuovo tornò a guardare il fiume. Il terreno sulla riva opposta sembrava un campo da golf; erba perfettamente rasata, nessuno spazio vuoto fra le zolle. I cespugli crescevano in modo ordinato lungo il fiume, ma se solo guardava dalla sua parte, Penelope vedeva cumuli di terra bruna ed erbacce lasciate a seccare sotto i raggi di un sole ogni giorno più fioco.

Si rivoltò il fazzoletto fra le dita; era un regalo di Claire, la sua matrigna, che Penelope aveva amato come solo una figlia sa fare. Claire lo aveva ricavato da uno scampolo di stoffa a fiori, di quella che usava per foderare i cuscini o cucire lenzuola. Glielo aveva consegnato in un pacchetto quando erano andate a raccogliere le fragole, la sua prima estate senza Violet. Quel fazzoletto era uno dei pochi ricordi che Penelope custodiva.

L'aveva amata come fosse stata sua madre, ma anche Claire se n'era andata troppo in fretta, proprio come Violet e Adam.

Era questo il suo destino: tutti, prima o poi, prendevano le distanze da lei.

Claire le mancava terribilmente; le mancavano le sue telefonate mattutine, che dopo il trasferimento a Londra erano diventate dei messaggi in segreteria; le scorte di marmellata per l'inverno. A volte lei le mancava persino più di Violet, un sentimento che la coscienza non le perdonava, ma che il cuore non faticava a comprendere. «Mi mancate entrambe» sussurrò, e per un istante si vide seduta sulla riva del fiume insieme a loro due, Claire con l'immancabile vestito color carta da zucchero e il grembiule rosso, e Violet con le sue gonne hippie e il foulard sulla testa a coprire le chiazze lasciate dalla chemioterapia. Immaginò che sarebbe stato emozionante averle lì entrambe, parlare con loro come se il tempo non fosse trascorso, come se non ci fossero stati tradimenti e gelosie a separare le due donne che aveva amato con tutta sé stessa, ma il Dio del reverendo Williams non aveva voluto.

«Meglio non pensarci» disse a voce alta, lasciando i suoi rimpianti a nuotare nel fiume.

La sua attenzione fu catturata dall'odore del vento, quel profumo di erba tagliata e umidità ormai tanto familiare; si mise il fazzoletto in tasca e tornò indietro. Doveva restituire gli attrezzi a Tristan prima di sera e doveva sbrigarsi. Si concesse giusto il tempo di una doccia e marciò spedita verso la porta dei Faulkner.

La loro casa era un piccolo cottage in pietra vicino al bosco, con finestre bianche e cespugli di rose stretti intorno alle mura; alla vista di tutti quei fiori Penelope si sentì mancare il respiro. Non poteva affrontare le rose, passare loro accanto e sperare di superarle indenne, ma non poteva nemmeno lasciare gli attrezzi sulla porta e scappare. Era già un miracolo che Tristan non la considerasse una pazza, visto quello che gli aveva raccontato.

Tamburellò nervosamente con le dita sui jeans, indecisa. Aveva i palmi sudati e nella testa di nuovo le immagini del mercato dei fiori di Londra, ma le scacciò dalla mente.

Adam, le rose, Londra. Se non avesse messo un punto a quella storia sarebbe impazzita. Rinsaldò la presa sugli arnesi di Tristan, decisa a fare il suo dovere.

«Non hai scelta» ricordò a se stessa. Allungò il braccio verso il campanello, ma la porta si aprì prima ancora che lo sfiorasse. Di fronte a lei Beth, con l'immancabile cardigan rosa cipria e il viso stropicciato per un riposino interrotto bruscamente.

«Ho sentito dei rumori e mi sono affacciata» le disse strizzando gli occhi. Si sistemò la maglia sulle spalle e si spostò per lasciarle libero il passaggio, ma Penelope non si mosse. «Posa pure tutto in un angolo, ci penserà Tristan più tardi» le disse agitando la mano ossuta. «Adesso niente storie e vieni dentro, metto su il tè.» Le fece strada all'interno camminando a piccoli passi, scortandola verso la minuscola cucina. Le mura del cottage erano impregnate dell'odore di legna, scaldate dal tepore sprigionato dallo stufato che cuoceva su una vecchia cucina a gas.

Entrare nella casa dei Faulkner per Penelope fu come infilare la testa nel cassetto dei ricordi, e tornare a un sabato pomeriggio di tanti anni prima. Claire era in cucina a tritare le verdure per lo stufato; piccoli colpi di coltello si susseguivano sul tagliere, accompagnati dallo sfrigolio della carne sul fuoco. Accanto a lei una ciotola con altre verdure e una bottiglia di vino rosso, che versava nella pentola a piccole dosi.

E poi il cestino del cucito. Spesso Claire approfittava della lunga cottura per sistemare un bottone traballante o per aggiungere un altro quadrato di stoffa al plaid che stava cucendo per lei. Anche Addison ne aveva uno, e non voleva fare differenze fra le due sorelle.

Del resto Claire considerava Penelope una figlia a tutti gli effetti; i conti con Violet si erano chiusi la sera del suo funerale, quando Philip aveva bussato alla porta chiedendole di accogliere in casa lui e la piccola Penelope. Le era bastato guardare quegli occhi spersi per aprirle il suo cuore di madre e da allora ogni volta che preparava lo stufato Penelope era nei paraggi, bastava che alzasse lo sguardo per scovarla.

Addison preferiva trascorrere il sabato pomeriggio con i suoi amici, e si guardava bene dall'invitare la sorellastra, perciò Claire l'aveva presa sotto la sua ala. Quando la vedeva nascosta dietro lo stipite posava ago e filo e la prendeva sulle ginocchia, intrappolando il suo sguardo di bambina tra i ferri da uncinetto.

Fu così che Penelope imparò a cucire. Lei e Claire cucirono tutti i sabati pomeriggio, per anni, e quando la madre iniziò ad avere problemi di vista fu Penelope a infilare l'ago al suo posto, correggendola quando la memoria iniziò a sbiadire. Ore che rimpiangeva ogni settimana.

«Latte o zucchero?»

Penelope sobbalzò, presa in contropiede dalla voce roca di Beth. Il ricordo della cucina di Claire, con i suoi mobili spartani e lo sfrigolare della carne sul fuoco svanì di colpo. «Come?»

«Latte o zucchero nel tè?» scandì piano l'altra.

«Due cucchiaini, grazie.»

«Bene» disse. Gliene versò tre, prese una scatola di biscotti e si mise a sedere, massaggiandosi la gamba. «Allora, come vanno le cose in giardino? Tristan mi ha detto che ti stai impegnando.»

«In realtà i miei sono solo tentativi, ma Tristan mi dà ottimi consigli» rispose torcendosi le mani. «Non è di tante parole, ma senza di lui sarebbe stato tutto molto più complicato» continuò soffiando sul tè bollente.

«Capisco» commentò cupa. «Tristan è un bravo ragazzo. E non lo dico perché è mio nipote,» tenne a precisare «ma perché è uno che si è sempre dato da fare.»

Penelope accarezzò il profilo del cucchiaino, ma non osò guardare Beth negli occhi: c'era qualcosa di stanco nella sua voce che la impensieriva.

Rimasero a lungo in silenzio, e a un tratto lanciò un'occhiata allarmata all'orologio; si era fermata troppo tempo, era ora di andare. «Be', io avrei...»

«So dell'incidente» la interruppe Beth inchiodandola alla sedia. «Addison mi ha parlato di Adam» aggiunse mentre Penelope tornava a sedersi, lentamente. «È successo qualche tempo fa. Tua sorella venne in negozio per comprare dei fiori per te, così disse. Io ero occupata, perciò l'affidai a Tristan, ma non appena accennò all'incidente lui la piantò in negozio e se ne andò. Fortunatamente mi ero liberata, quindi rimanemmo sole. Fu allora che mi disse di te.» Fece una pausa, le dita che correvano lungo gli orli ricamati della tovaglia. «Non so perché, ma mi sembrò che Addison fosse convinta che bastasse un mazzo di girasoli per risolvere tutti i tuoi problemi» continuò. «Peccato che non facciano miracoli.»

Penelope si voltò verso il giardino invaso di rose; si sentiva accerchiata, ancora non sapeva come avrebbe fatto a uscire di lì. «No, non direi» concordò.

«Però ti ringrazio per portarne di freschi a mia figlia, giù al cimitero. È un bel gesto» aggiunse con un sorriso caldo.

Penelope avvampò: «Come?» balbettò, ma quando Beth ripeté quello che le aveva appena detto, Penelope sentì la sedia barcollare. Non era possibile, doveva esserci un malinteso; la sconosciuta non poteva essere la figlia di Beth, non poteva essere sua la tomba sulla quale si era inginocchiata tante volte, sulla quale aveva cercato le tracce di Adam. Il suo tramite per l'aldilà non poteva essere in quella stessa casa.

«Non so cosa dire» balbettò a disagio.

Era tutto confuso nella sua testa, una tempesta di pensieri sparsi, ma in fondo a quel caos si fece largo una certezza, la sola che le rimaneva. Finalmente capiva perché il ricordo della sua infanzia l'aveva assalita appena varcata la soglia. Capiva la ragione per cui era a suo agio fra quelle mura, perché sentisse come propri l'odore dello stufato e della cenere intorno al caminetto.

Il corpo aveva captato quei segnali molto prima di lei; senza che se ne accorgesse aveva rinunciato alla posizione di difesa, quella con cui prendeva le distanze dal resto del mondo.

«Mia figlia si chiamava Kate» riprese la donna. «Tristan ha i suoi occhi, anche se dovrei dire piuttosto che sono i miei» scherzò soffocando un colpo di tosse.

E ora capiva la ragione per cui trovava naturale parlare con Tristan.

Una domanda, allora, le affiorò sulle labbra.

«Come è successo?»

Beth si strinse nelle spalle, gli occhi bassi. «Un po' come a te con Adam: all'improvviso» rispose.

Si alzò per controllare lo stufato, ma non si voltò, non proferì una parola per lunghi minuti; solo il rimescolio della carne spezzava la fissità di quel momento.

Beth ci stava provando, ma ricordare era troppo doloroso. Quel giorno si era conficcato nella sua testa come una scheggia. Appoggiò il cucchiaio accanto alla pentola, le mani aggrappate al ripiano.

«Era andata fuori città per fare acquisti» iniziò a raccontare. «Kate comprava in gran quantità per risparmiare, a volte faceva la spesa anche per me e le vicine, e dato che quel giorno l'asilo era chiuso si era portata dietro Tristan. Erano alle casse, la merce già sul nastro, quando un paio di balordi entrarono con i visi coperti e le pistole. Gridarono a tutti di tirare fuori i soldi e sdraiarsi a terra, ma uno dei clienti si oppose. Era un poliziotto in borghese, e quando provò a disarmare uno dei rapinatori qualcosa andò storto. Ci fu una sparatoria, e un proiettile raggiunse Kate alla testa; rimase uccisa sul colpo.»

Si fermò a riprendere fiato, il cuore non ce la faceva a ricordare.

Tornò a sedere accanto a Penelope, il fazzoletto premuto sulle labbra filiformi. «Mi assicurarono che mia figlia era morta sul colpo, senza soffrire, ma nessuno può dirlo con certezza. Forse l'unico che può saperlo è Tristan; aveva solo quattro anni, ma ha visto morire sua madre davanti agli occhi.» Si segnò il petto bisbigliando una raccomandazione veloce a Dio. «Quando la polizia l'ha tirato fuori dal supermercato aveva la faccia e i vestiti sporchi del sangue di Kate. Macchie che non sono mai riuscita a lavare via» aggiunse nascondendo il viso fra le mani.

Penelope tese il braccio verso di lei, ma si bloccò a metà strada. Avrebbe voluto consolarla, lo voleva davvero, ma non poteva, non ci riusciva. «Deve essere stato uno shock terribile per lui» disse piano, sconfitta.

Beth la vide ritrarre il braccio, la bocca storta in una smorfia. «È così, infatti. Da quel giorno Tristan è diventato un altro; taciturno, solitario, niente a che vedere con il bambino che era stato. Per aiutarlo a superare la morte di Kate suo padre si trasferì qui con lui poche settimane dopo il funerale, ma non funzionò. Mark non riusciva a convivere con il ricordo di Kate, l'aveva amata troppo, perciò a due anni dalla sua morte se ne andò lasciando Tristan qui con me e mio marito. Poi il tempo ha fatto il suo dovere e anche il mio John se n'è andato, perciò ora siamo solo io e lui.» Soffiò via dal petto l'ultimo granello di dolore, le mani callose erano una ragnatela di ricordi.

Il silenzio raggiunse le due donne, ospite inatteso, portando con sé una folata di pensieri cupi. Le sagome di Beth e Penelope si allungarono sino al corridoio, dipinte da una pallida luce invernale. Solo il ticchettio della pioggia spezzò la monotonia del silenzio; era una musica malinconica, come d'un tratto a Penelope sembrarono gli occhi di Tristan.

Lo aveva guardato tante volte, eppure non lo aveva mai visto davvero, ma in quel momento quegli occhi erano la sola cosa che vedeva. Guardavano al mondo con diffidenza, taciturni e solitari, ma non lei; quando erano insieme la riservatezza diventava inutile. Lei e Tristan si erano riconosciuti, avevano visto l'uno nell'altra le stesse cicatrici. Addison invece le sue ferite non le aveva mai notate.

«Potresti indicarmi il bagno?» chiese a Beth. Aveva bisogno di acqua fresca per allontanarsi da quel nodo di ricordi roventi.

«È giù in fondo» rispose l'altra.

Penelope si avviò lungo il corridoio, e passando di fronte a una stanza con la porta aperta vide un oggetto che la costrinse a fermarsi. Lentamente si voltò, e la vide: una macchina da cucire a pedale degli anni Cinquanta, la stessa che aveva Claire.

Penelope portò la mano al petto; aveva fatto di tutto per tenere il passato lontano, ma era lì accanto a lei, e urlava il suo nome.

Claire aveva visto per prima le sue ferite; aveva tentato di aiutarla, ma non era bastato.

Rinunciò al bagno e con una scusa salutò Beth. Rimanere in quella casa, con quegli odori, la macchina da cucire e tutto il resto, era una tortura. Il passato, la sua infanzia, i sabati con Claire erano troppo da sopportare. Aveva perso sua madre, suo padre e Claire, e quella casa, troppo simile a quella in cui era cresciuta e in cui si era sentita al sicuro per la prima volta, fra le braccia di una vera madre, non faceva che ricordare quello che non poteva più avere. Si lanciò correndo nei vialetti scivolosi di pioggia, bisognosa soltanto di un riparo sicuro, ma quando passò di fronte al cimitero sentì il bisogno di fermarsi. Adam. Lui sapeva come calmarla, ma ormai non poteva più tornare lì, non dopo aver saputo di Kate. La sconosciuta aveva gettato la sua maschera di mistero, e lei non sarebbe più riuscita a guardare la sua foto e pensare a lui senza che il nome di Tristan s'intromettesse fra loro. Era appena stata nella sua casa, si era seduta nella cucina della donna cui per settimane aveva portato fiori; il distacco che c'era fra loro, che aveva reso possibile stabilire un contatto con Adam attraverso di lei, era stato colmato dal racconto di Beth, parole che avevano illuminato di vita vera, vissuta, il buio in cui Penelope riusciva a ritrovare il suo amore perduto.

Scacciata, indesiderata; di nuovo quella sensazione che si arrampicava su di lei come un'edera. Penelope accelerò il passo, e in pochi minuti raggiunse la casa dei Walker, ma appena entrata il silenzio la investì. Addison aveva lasciato un biglietto per avvertirla che nel pomeriggio avrebbe portato Leonard dal logopedista, e Ryan era nel suo studio, immerso nelle ricerche per il romanzo che aveva deciso di cominciare a scrivere.

Penelope invece, per la prima volta dopo mesi, aveva bisogno di parlare. Avrebbe voluto avere qualcuno accanto che le prendesse la mano come aveva fatto Claire di fronte alla bara di Violet, ma sua madre, in fondo, non l'aveva mai abbandonata.

Claire non era andata via, non del tutto; era ancora in quella casa. Era sufficiente cercarla per riaverla indietro anche solo per un istante, perciò corse in soffitta, il ripostiglio in cui erano stipate le scatole di Londra e vecchi ricordi, e iniziò a frugare fra i ripiani polverosi e i mobili accatastati. Non si fermò fino a quando non trovò lo scatolone degli album catalogati in ordine da Addison; lì dentro c'era tutto, l'intera vita dei Dickinson suddivisa per anni.

Penelope prese un paio di album, si sedette sul pavimento e cominciò a sfogliarli. La storia iniziava dal matrimonio di suo padre con Claire e proseguiva con la nascita di Addison; sulla sorella maggiore si erano sprecate decine di metri di pellicola fotografica. C'erano poi raccolte di viaggi e feste private, e alla fine il buio, un lungo spazio nero. Philip era sparito dalle foto. Una carrellata di gite e compleanni in solitaria, senza Philip a tenere la mano a Addison sul coltello per il taglio della torta.

Le pagine di quegli anni erano spoglie, anonime, ma si ripopolavano nel 1989, anno in cui compariva per la prima volta anche lei. Di nuovo l'allegria, le gite al fiume, i compleanni affollati, e decine di foto con Claire: nel portico, in spiaggia durante una passeggiata, davanti a una torta di panna.

E poi la sua preferita, quella che le aveva scattato di nascosto.

Claire seduta al tavolo della cucina, con la testa china sul lavoro di cucito. Era di profilo, la luce calda di un pomeriggio di fine estate scolpiva con precisione il suo volto sulla pellicola. Era sempre stata bella, esageratamente elegante viste le sue umili origini, ma la povertà non l'aveva mai spaventata. Comprava ritagli di stoffe pregiate a metà prezzo nei mercati, e grazie agli insegnamenti della madre, operaia tessile durante la guerra, ne ricavava abiti alla moda per lei e la sua famiglia. Tutti nel vicinato le ripetevano che era nata per cucire, e Penelope era la sua prima sostenitrice; ogni volta che Claire ricamava lei rimaneva incantata a guardare le sue mani correre veloci come quelle di un pianista.

Prese la foto che aveva scattato a Claire e richiuse l'album, ma quando fece per rimetterlo a posto una scatola più grande cadde sul pavimento.

Una nuvola di polvere si sollevò da terra mentre una pioggia di stoffe colorate si sparpagliò intorno a lei.

Penelope si rialzò lentamente, massaggiandosi la schiena, e rimase senza fiato quando si vide circondata da un mare di colori: decine di scampoli di stoffa, di ogni tessuto e fantasia.

Il caos di Violet fra le stoffe di Claire.

Una fitta la raggiunse al petto. Non poteva dimenticare Violet, le giornate trascorse con lei a correre per i prati con le braccia aperte, e il brivido di quando avevano rubato le mele dall'albero di Big Joe, che era uscito di casa con il fucile in spalla.

Lei non poteva dimenticare la volta in cui sua madre l'aveva portata a vedere il mare.

Erano andate da sole, Philip era via e aveva temuto che non sarebbero più tornate. Violet spariva sempre, e non era da escludere che quella mattina volesse coinvolgere anche lei in una delle sue follie, ma la tranquillizzò vedere l'indicatore della benzina al minimo, dato che Violet non aveva mai un soldo nel portafogli.

Penelope no, lei era previdente; qualche moneta per una chiamata d'emergenza se la portava ogni volta che usciva con lei. Considerava Violet una madre inaffidabile, ma rimase a bocca aperta quando le aprì la portiera per mostrarle lo spettacolo delle onde, di quel manto di spuma bianca che si riversava sulla spiaggia.

Era bastato un solo uno sguardo per capirsi, per precipitarsi fuori e rincorrersi sulla battigia sino a crollare sfinite qualche chilometro più in là. Violet aveva il viso in fiamme e il fiato corto, ma rideva, rideva come Penelope non l'aveva mai sentita ridere, e continuò a farlo anche quando un'onda le travolse inzuppando i loro vestiti.

Penelope non avrebbe mai dimenticato il suono della sua allegria, così come non poteva dimenticare i vestiti sgargianti, colorati come le stoffe sparse sul pavimento. C'era Violet in quei quadrati di tessuto, se ci appoggiava l'orecchio l'avrebbe sentita respirare ancora.

No, non avrebbe negato l'amore che ancora provava per sua madre, selvaggio e libero.

Portava Violet nella carne, in tutte le sue scelte sbagliate, ma c'era.

Cercò di riunire le stoffe portandole a sé, iniziando a comporre la sua sinfonia di colori. Le mani disegnavano rapide un puzzle di cui solo l'istinto conosceva il disegno finale, e quando Penelope lo vide prendere forma sul pavimento raccolse tutte le tessere e le portò in camera insieme al cestino da cucito di Claire, scovato per caso in un angolo.

Seduta sul pavimento prese i ferri da uncinetto e il filo, cercando di ricordare i movimenti della matrigna. Li aveva ancora scolpiti in testa, era necessario solo chiudere gli occhi perché la luce si accendesse.

Le dita cominciarono a volare tra fili colorati, legando i pezzi di stoffa fra loro.

E poi la pace, finalmente.

Una sensazione di quiete la pervase, e il caos degli ultimi giorni andò scemando. Il costante andare e venire del filo la ipnotizzava, così come l'immagine di Violet e Claire sedute al suo fianco ad accarezzarle i capelli, come facevano quando era una bambina.

L'incanto fu rotto dallo sbattere di una porta.

«Sono tornata» annunciò Addison dal pianterreno.

La magia svanì dalle mani di Penelope, paralizzate dalla voce della sorella. Lei non doveva sapere, non avrebbe capito.

Radunò il materiale in un sacco e lo nascose nell'armadio, ma appena chiuse le ante il caos tornò, e con lui la nostalgia di Adam. Non c'entrava nulla, Penelope non stava nemmeno pensando a lui, eppure il ricordo era emerso come una bolla d'aria sulla superficie liscia del suo dolore.

Le persone che aveva perso, era questo il legame.

E la solitudine, il mostro chiuso nell'armadio, sempre in agguato.

Penelope si accucciò contro le ante, scivolando lungo il legno liscio. Si guardò le mani e l'ombra dell'anello che lui le aveva regalato quando le aveva chiesto di sposarlo.

Il ricordo non le bastava più. Non poteva tornare al cimitero, non dopo aver scoperto che la sconosciuta era la madre di Tristan, ma non poteva nemmeno fare a meno di Adam, di stabilire un contatto che le desse l'illusione di averlo ancora accanto.

Aveva fatto pace con la morte per averle portato via Violet e Claire, ma lui era un torto che non le avrebbe mai perdonato.

«Sto impazzendo» disse coprendosi gli occhi.

Appoggiò le mani sul pavimento per alzarsi, ma subito si sentì pungere da qualcosa di affilato: un ferro da uncinetto. Aveva dimenticato di nascondere i ferri nell'armadio, ma solo quando ne prese uno in mano capì che forse il suo non era stato uno sbaglio.

Un segno del destino, piuttosto, inviatole da quella madre un po' pazza che le aveva fatto conoscere l'oceano.

Quando era in vita Violet vedeva segni ovunque; era convinta che bastasse tendere l'orecchio all'universo per conoscere la strada giusta da percorrere, e sebbene Penelope avesse sempre considerato come follie le convinzioni di Violet, stringendo fra le dita quel piccolo ferro appuntito iniziò a credere che forse sua madre non aveva tutti i torti.

Ci doveva essere una spiegazione a quella dimenticanza, per aver ritrovato i ferri e le stoffe di Claire tra centinaia di scatole impolverate.

Una ragione più profonda e totalmente irrazionale.

«Niente accade mai per caso» disse citando a memoria Violet, mentre nella testa la attraversava veloce il pensiero di Adam.

Eccolo, il punto: Adam. Il significato autentico di quel ritrovamento si annidava in quelle quattro piccole lettere, nel bisogno autentico di sentirlo accanto.

Se non poteva utilizzare la sconosciuta per raggiungere Adam, allora avrebbe usato Violet e Claire.

14

Era domenica.

Di solito Penelope lavorava in giardino per l'intera settimana, ma la domenica no, quella era dedicata al cucito. La notte, quando la luna era alta e luminosa, sentiva spesso l'istinto di aprire l'armadio in cerca dei ricordi, e non c'era verso di calmarsi se non gettandosi la trapunta sulle spalle e lavorare. Cuciva alla luce dell'abat-jour sino a quando non le bruciavano gli occhi e le dita iniziavano a saltare i punti. Allora si abbandonava al sonno, spesso qundo il primo raggio di sole si affacciava alla finestra.

In una di quelle mattine, molto presto, Addison aprì gli occhi. Ryan russava accanto a lei, di spalle, ma il resto della casa era avvolto dal silenzio; non un suono nella stanza di Leonard, e nemmeno da quella di Penelope.

La vita fuori, poi, era pura immaginazione. Niente pioggia, nessuna ventata di foglie sbattute contro la finestra; solo pace.

Una perfetta domenica mattina.

Addison sollevò il braccio mentre guardava l'uomo che le respirava accanto, quel marito con cui era sempre più difficile parlare.

Dopo il burrascoso arrivo di Penelope, il loro matrimonio stava attraversando una fase complicata. La serenità iniziale si era andata via via incrinandosi, sino quasi a spezzarsi del tutto a causa della crescente intesa fra lui e sua sorella.

Il giorno prima Addison aveva sorpreso Ryan a guardare Penelope dalla veranda; era uscita fuori per prendere un po' d'aria, distrarsi dalle pratiche sulle quali lavorava da giorni e per scambiare quattro chiacchiere con suo marito, ma la vista di Ryan seduto sulla sedia con le mani conserte e gli occhi fissi su Penelope che lavorava in giardino l'aveva paralizzata sulla porta.

Addison non sapeva esattamente cosa, ma sentiva che in quello che stava vedendo c'era qualcosa di profondamente sbagliato; non era normale il modo in cui Ryan fissava Penelope, l'attenzione con cui seguiva ogni suo passo, senza perdere nemmeno un respiro, ed era qualcosa che non poteva perdonargli, per cui la disgustava il solo pensiero delle sue mani che la sfioravano.

Lei però conosceva bene suo marito: Ryan non era mai stato un tipo che si accontentava delle piccole vittorie, no. Lui voleva di più dal loro matrimonio, glielo aveva detto chiaramente poche ore prima; Ryan aveva *preteso* di fare l'amore, ma lei non aveva voluto sentirne parlare. Dalla notte dell'incidente la loro intimità si era arenata, e con tutti i problemi che le davano Leonard e Penelope il sesso coniugale era scivolato in fondo alla lista delle sue priorità.

Le cose però potevano cambiare, Addison non era tipo da arrendersi; se Leonard avesse fatto qualche progresso e Penelope cominciato a riconoscere i suoi errori forse sarebbe stato più semplice per lei cedere alle richieste del marito, ma per il momento quella era e rimaneva una possibilità remota.

Lanciò un ultimo sguardo a Ryan, all'uomo insieme al quale un tempo aveva ballato un lento in riva al mare; era accaduto in viaggio di nozze, eppure da allora le sembravano trascorsi decenni di grigiore. La Addison con indosso l'abito di seta a fiori era svanita, e con lei l'uomo che la stringeva come se non volesse più lasciarla andare via.

«Quanto tempo» disse tra sé coprendosi il viso con la mano.

Ancora un paio di minuti per raccogliere la forza di alzarsi dal letto e infilarsi sotto la doccia. Cominciò a sfregare sulla pelle la saponetta all'olio di mandorle, ma la prima bolla di sapone che si sollevò fra le pareti appannate la riportò a moltissimi anni prima, quando era sua madre a lavarla. Claire partiva dalla testa, lentamente, ma già quando arrivava alle braccia decine di bolle di sapone erano in volo intorno a lei, che rideva felice.

Era il loro rituale, un gioco tra madre e figlia, ma appena Penelope varcò la soglia Claire le disse che avrebbe dovuto iniziare a fare il bagno da sola. Lei aveva vissuto quel cambiamento come un tradimento, ma per quanto ne soffrisse si era imposta di non darlo a vedere, almeno sino al giorno in cui Philip sostituì la vasca da bagno con un box doccia e Claire le chiese di fare il bagno con la sorella. Lei allora pianse e puntò i piedi, sbraitando che Penelope non era sua sorella, ma Claire non cedette di un millimetro; una sera, dopo cena, aspettò che tutti andassero a dormire, la fece sedere sulle sue gambe e le disse una frase che si scolpì nella sua memoria:

«Chi ha buon senso lo adoperi».

Non aggiunse altro; solo una carezza e il bacio della buonanotte, ma da allora sua madre non tornò più sull'argomento. Niente più bolle di sapone, ma soprattutto niente più risate chiusa in bagno insieme a lei.

Addison chiuse il rubinetto e allungò il braccio a cercare l'accappatoio.

«Non ha senso pensare ancora a queste cose» disse scuotendo la testa, mentre il passato svaniva dai ricordi. Claire era morta, e così la gelosia feroce che l'aveva spinta per anni a vedere in Penelope una nemica. Per lungo tempo si era convinta che fosse lei, fra loro due, quella più forte, ma la vita aveva spezzato Penelope, e di lei ormai non rimanevano che macerie.

Non era lei quella forte, che lavorava nel suo giardino dalla mattina alla sera solo per scacciare il fantasma di un amore che non riusciva a cavarsi via dall'anima.

Il tempo della guerra, perciò, doveva finire quella mattina stessa, perché ne aveva abbastanza di combattere con Penelope; lo aveva fatto per anni, da quando era un'adolescente arrabbiata, ed era stanca di tutti quei drammi.

La sola cosa che Addison desiderava era un po' di pace, e ristabilire un equilibrio famigliare che le permettesse di svegliarsi la mattina con la voglia di vivere in quella casa insieme a Ryan, Penelope e Leonard.

Scese in cucina per preparare la colazione, e sentendo i primi rumori dal piano di sopra salì a chiamare Penelope. Raggiunse la cima delle scale con il fiatone, sicura che fosse sveglia, ma quando bussò alla porta non rispose nessuno.

Addison aspettò un altro minuto, ed entrò. Voleva riappacificarsi con Penelope, ritrovare il capo di quel filo sottilissimo che la legava a sua sorella e camminare verso di lei, ma quando vide sparsa sul pavimento la sua vita, tutti i ricordi di Claire che aveva stipato in un paio di scatole si sentì improvvisamente debole. C'erano foto ovunque, i suoi lavori di cucito, i suoi ferri; Penelope aveva messo le mani su tutto, su ogni minimo ricordo di sua madre.

Addison aveva riposto ogni cosa per ritrovarla un giorno, quando avrebbe avvertito più forte la nostalgia di Claire e sentito il desiderio di raccontare di lei a Leonard, ma Penelope l'aveva preceduta, tentando di portargliela via, come la bambina che le aveva rubato la madre.

«Come ti sei permessa?» tuonò.

Penelope, rannicchiata sotto il piumone, si svegliò di soprassalto. Scattò a sedere sul letto, ma quando mise a fuoco la figura china sul pavimento si precipitò ai suoi piedi.

«Lascia stare, metto a posto io» farfugliò cercando di togliere quanto più materiale possibile dalle mani della sorella, che teneva strette contro il petto le foto di Claire.

Addison era pallida, ma erano gli occhi a spaventarla di più; Penelope non ci aveva mai visto tanta rabbia dentro.

«Come ti sei permessa?» ripeté piano. «Avevo messo tutto in ordine,» riprese «avevo fatto di tutto per conservare le sue cose, per mantenere intatto persino il suo odore, ma poi arrivi tu e distruggi tutto. Ti prendi quello che vuoi, di nuovo, e vieni in casa mia a rubarmi mia madre di nuovo.» Stringeva negli occhi tutto il suo disprezzo; ancora le immagini del passato, di suo padre con le spalle spioventi di fronte alla porta e Penelope nascosta dietro la sua giacca, le braccia strette intorno a un pupazzo di pezza uguale al suo.

Di nuovo le immagini di quella sera sulle ginocchia di sua madre, che le diceva sottovoce che l'infanzia era finita.

«Allora io non avevo voce in capitolo, non potevo fare niente per fermarti, ma stavolta non te lo permetto, no. Claire era *mia* madre, non la tua» sibilò.

Penelope la fissava spaesata; non aveva mai visto Addison in quello stato, le tremavano le mani, a lei che era sempre stata controllata.

Abbassò la testa, aveva nella voce parole che assomigliavano a delle scuse, ma niente poteva scaldare il cuore furioso di

Addison, la protesta di una donna tornata bambina di fronte al furto perpetrato dei suoi affetti.

Lei avrebbe voluto rassicurarla, promettere all'adolescente che Addison era stata, che niente avrebbe potuto portarle via l'amore per sua madre, ma le bastò un'occhiata per capire di non avere scelta. Era arrivato per lei il momento di spiegarle di Adam, di dirle che quello era il solo modo che aveva per sentirlo ancora vicino, ma quando dovette tirare fuori la voce, quella la tradì. Non riuscì a fare altro che balbettare il nome di Adam, ma tanto bastò a far scattare Addison.

«Mio Dio, ancora lui!» gridò mentre Ryan allontanava Leonard, affacciatosi sulla porta richiamato dalle urla della madre.

Tremava, sulla bocca una smorfia di dolore, mentre una macchia paglierina imbrattò il pavimento fra le sue gambette.

«Vieni campione, andiamo» sussurrò Ryan sollevandolo per le braccia, ma quello che vide non gli piacque per niente: le due sorelle erano di nuovo pronte allo scontro.

«È trascorso più di un anno, e ancora ti comporti come se il suo funerale fosse stato ieri» sbottò Addison. «Non ti senti ridicola?»

«Nemmeno un po'» si difese Penelope alzandosi in piedi. Raccolse da terra la coperta su cui stava lavorando, scoprendo i ferri rimasti sul pavimento. Scambiò un'occhiata rapidissima con Addison, ma quando la vide allungare la mano con l'intenzione di prenderli li coprì con la punta del piede. «Lasciali dove sono» le intimò, gelida.

«Tu non ne hai il diritto» ribatté Addison stringendo i pugni. «Sono i ricordi della mia famiglia. Non appartengono a te, non sono tuoi.»

La coperta che Penelope teneva in mano volò sul letto. «Allora spiegami che ci faccio in questa casa se non sono parte della famiglia. Perché diamine vivo qui se non mi vuoi, se ti basta che prenda un gomitolo dalla soffitta per dare in escandescenze?» disse avanzando sino a sentire il profumo di Addison riempirle i polmoni. «Perché sono qui?» ripeté. «Si tratta del vicinato, per pavoneggiarti con loro? Hai bisogno della tua sorellina sbandata per appuntarti sul petto la coccarda della prima della classe? È di questo che si tratta? Sei ancora a questo punto, bloccata a un'infanzia che credi essere stata un inferno e che invece era tutto quello che qualsiasi bambino normale ti avrebbe invidiato?»

Gli album che Addison stringeva crollarono a terra, aprendosi su attimi scoloriti di felicità.

«Credi davvero che io sia stata una bambina felice, Penelope?» sussurrò inclinando la testa. Nella voce soltanto rabbia, mentre gli occhi si impregnavano nuovamente di rimpianti. «In effetti lo sono stata, sì» ammise. «Sono stata una bambina felice sino a quando Violet non è entrata nella mia vita. Sino ad allora era tutto perfetto; in famiglia non avevamo molto, ma era abbastanza per essere felici, e poi è comparsa Violet. Lei si è insidiata nelle nostre vite come il cancro che l'ha uccisa, divorandole un boccone alla volta. Philip, Claire e io potevamo essere la famiglia perfetta, non ci mancava niente per esserlo, ma lei ha rovinato tutto.» Fece una pausa, avvicinandosi alla finestra. «Da quando tua madre è comparsa all'orizzonte è cominciato il nostro calvario, che è culminato il giorno in cui Claire ti ha accolto in casa» continuò con le braccia strette, come a voler tenere insieme i pezzi della bambina che era stata. «Da quel momento smisi di essere la sua unica figlia, e ancora oggi non so il perché. Ho dovuto dividere tutto con te; la camera, i vestiti, i libri di scuola. Persino l'affetto di nostro padre, ma volevo che almeno Claire rimanesse per me, e invece tu non me lo hai permesso. Ti sei presa anche lei, proprio come Violet con nostro padre, e ora che ti ho voluto con me per cercare di aiutarti tu ti prendi questa casa. Hai iniziato in sordina con la storia del giardino, ma tempo qualche settimana e sei arrivata alla soffitta. Probabilmente fra qualche mese metterai le mani persino su Ryan e Leonard, perché in fondo sei esattamente come lei. Non puoi modificare la tua natura; non ti fermerai fino a quando non avrai fatto a pezzi anche la mia famiglia» concluse voltandosi. Aveva gli occhi lucidi, ma cercò di mantenere il controllo per dimostrare alla sorella che non l'avrebbe spuntata.

Penelope la ascoltò impassibile, gli occhi sulle assi del parquet. Aveva registrato ogni parola, ogni pausa. Non aveva reagito nemmeno quando lei le aveva ricordato di cosa era stata capace Violet, di quello che aveva significato la sua nascita per la famiglia cui suo padre aveva giurato per primo cieca devozione.

Lei sapeva di non poterla smentire, perché le scelte di Violet non potevano essere difese, ma era pur sempre sua madre, capace di sparire e farla sentire la ragazzina più fortunata del mondo al tempo stesso.

Prese un respiro profondo.

«Vai al diavolo, Addison» disse forte e chiaro prima di lasciarsi lei e la sua ira alle spalle.

Affrontò le scale senza voltarsi, senza lasciare nemmeno a Ryan il tempo di una domanda. Afferrò il cappotto all'ingresso e uscì sbattendo la porta.

Non ci voleva andare, si era ripromessa di stare lontana dal cimitero e da Kate, ma le gambe non ascoltarono una sillaba di quello che le urlava la testa. I pensieri cadevano nel vuoto, inghiottiti da un pozzo di rancore.

Strattonò il cancello arrugginito percorrendo i viali a memoria. Presto avrebbe piovuto, il cielo sopra di lei era in tumulto. Corse fra le lapidi incurante dei visitatori e si fermò solo quando raggiunse la tomba della sua sconosciuta, Kate.

Lì cercò di nuovo Adam; lo cercò di nuovo nelle parole strazianti dell'epitaffio, ma quella volta non funzionò. Il marmo rimase muto, la foto di Kate sbiadita come non le era mai sembrato prima. Anche lì, in piedi davanti al suo angelo triste, nient'altro che una solitudine feroce.

Intorno, invece, il canto indaffarato degli uccelli, e il profumo vischioso dei lilium sulla tomba.

Era stata sconfitta, vinta.

Rimase davanti alla lapide di Kate inerme, le mani nelle tasche del cappotto, a mordersi le labbra sino a farle sanguinare.

«Posso aiutarti?»

Tristan era dietro di lei, ma Penelope non lo aveva sentito arrivare, immersa com'era nella sua disperazione. La mano appoggiata sulla spalla però era la sua, ne era sicura. L'aveva riconosciuta dal mignolo storto – una frattura mai curata che si era procurato da bambino – e da quel profumo di erba bagnata che gli impregnava i vestiti. Il calore che sentiva ogni volta che lui le era vicino, poi, l'aveva investita come una folata d'estate. Si girò appena, storcendo la bocca nella brutta imitazione di un sorriso.

Tristan, invece, aveva stampato il buonumore sul volto. «È da un po' che non ti fai vedere» disse appoggiando un mazzo di calle sulla panchina. «Ti senti bene?»

Lei si girò a guardarlo; era spettinata, con la faccia stralunata e la maglia del pigiama sotto un cappotto di lana enorme.

In lontananza le campane della chiesa richiamavano i fedeli al primo appuntamento della giornata.

«Accidenti» commentò Tristan, scontrandosi con i suoi occhi torbidi. Le cinse le spalle, e le abbottonò il cappotto. «Addison?» tirò a indovinare.

«Non la sopporto più» confessò Penelope, lo sguardo perso fra i ciottoli. «Stamattina mi ha tirato giù dal letto solo per insultare me e mia madre, ma lo fa da così tanto tempo che inizio a pensare che ci provi gusto a farmi sentire un verme.» Scosse la testa, negli occhi solo la voglia di piangere, e nelle spalle strette quella di dimenticare e ricominciare da zero, dalla sua vita a Londra, senza Adam, anche se al solo pensiero di tornare nell'East End sentiva il respiro sbriciolarsi.

Nascose il viso fra le mani, quando all'improvviso un calore forte si diffuse fra le scapole; la mano di Tristan, di nuovo.

«Perché fa così? Siete sorelle, avete parecchie cose in comune.»

«Troppe se stai a sentire lei» replicò Penelope. «È convinta che io e mia madre le abbiamo rubato la vita, e adesso sta rendendo un inferno la mia. Non fa che starmi addosso, giudicarmi per ogni sciocchezza. È un incubo.»

«Perché non te ne vai, allora? Che ci guadagni a stare in un posto del genere?»

Sembrava la soluzione più naturale, eppure lei non reagì. Allungò la mano verso Tristan in cerca di Adam, di nuovo, ma senza successo.

«Rimani con me» sussurrò facendogli spazio sulla panchina. «Ti voglio raccontare una storia» bisbigliò, a fatica. Era terribile, ma si impose di non cedere.

Penelope cominciò dall'inizio, da suo padre. Raccontò a Tristan di lui, Claire e Violet, e di quella spirale di gelosie che da anni perseguitava la sua famiglia.

«In realtà mia madre morì nubile» precisò. «Mio padre avrebbe voluto sposarla, ma fu lei a dire di no. Non voleva legarsi per l'eternità a qualcuno mettendo una firma su un registro, ma pretese che mi riconoscesse ufficialmente. Immagino che lei volesse sapermi al sicuro, nel caso le fosse successo qualcosa, e a posteriori direi che è stata una scelta saggia, forse l'unica che abbia preso in tutta la sua vita» continuò con un tono volutamente ironico.

Violet era un uragano, incostante, inaffidabile, palesemente infedele, ma niente era capace di scaldare un cuore come il suo sorriso. Solo il cancro era riuscito a spegnerlo; settimane piene d'angoscia in cui Penelope aveva visto la sua esistenza stravolgersi. Di colpo sua madre era sempre stanca, con un ago perennemente infilato nel braccio e la pelle ogni giorno più bianca. Era appassita come il fiore di cui portava il nome, senza nemmeno darle il tempo di abituarsi all'idea che presto non avrebbe più potuto abbracciare sua madre.

Penelope strinse più forte la mano di Tristan. Era stato orribile vederla immobile in una bara, lei che era stata sempre così vitale.

«Quando morì, mio padre tornò a vivere da sua moglie Claire, la madre di Addison. Io andai con lui, e quello fu l'inizio di tutti i nostri problemi.» Tornò con la memoria a quella sera, allo zainetto rosa premuto contro la sua gamba, al tuffo al cuore nel momento in cui Claire aveva aperto la porta al marito. Dietro di lei c'era Addison, che guardava il padre con gli occhi pieni di sconcerto, combattuta fra il gettargli le braccia al collo e la voglia di chiudere la porta. Se solo lui avesse aspettato un altro po' prima di girarsi verso di lei avrebbe vinto la prima, ne era convinta, ma quando la presentò a Addison, Penelope aveva visto il sorriso di sua sorella crollare.

«Da quella sera lei mi odiò; mi considerava un'intrusa, ed è quello che sono sempre stata» riprese. «Le sono stata tra i piedi fino a quando non sono diventata grande abbastanza per andarmene, una volta finito il liceo; però amavo sua madre. La amavo come e forse più della mia. La notte pregavo affinché Claire diventasse mia madre a tutti gli effetti e io non fossi più considerata la figliastra. Lei sembrava nata per i bambini; mi aiutava a fare i compiti, giocavamo insieme, mi sosteneva quando ero giù e mi spronava a migliorare quando sentivo di non farcela. Allora mi prendeva da parte e mi ripeteva che dovevo prendere a esempio la donna di cui portavo il nome; la Penelope dell'epica che aveva fatto della perseveranza il suo motto: io dovevo essere come lei.»

«Continua,» la spronò Tristan «voglio conoscere tutta la storia. Inclusa quella del tuo nome. Come è saltato in mente a tua madre di chiamarti Penelope?» le domandò con un lampo di interesse negli occhi.

Penelope gli accarezzò con la punta delle dita il dorso della mano, scivolando sicura sulla sua pelle ruvida. Il vento era stato impietoso, eppure nelle sue mani c'era un'enorme delicatezza.

«A quel tempo mia madre era in giro per il mondo, e per un paio di mesi aveva deciso di fermarsi in Italia. Si guadagnava da vivere facendo la cameriera in una trattoria; lì conobbe mio padre» iniziò a raccontare. «Lui era in viaggio premio con i colleghi di lavoro. Fu un caso che una sera decidesse di fermarsi a mangiare nella trattoria vicino al suo albergo, proprio quella in cui lavorava mia madre.» Fece una pausa, mentre nella testa si componevano stralci di quel frammento di vita; quando era piccola Violet adorava raccontarle come aveva conosciuto Philip. «Indovina come si chiamava il posto?» lo incalzò Penelope con un sorrisetto malizioso.

Tristan si strinse nelle spalle. «Non ne ho idea.»

«"Trattoria da Penelope".»

Una risata genuina riecheggiò fra le mura del cimitero.

«No, non ci credo!»

«Invece è così, giuro» ribadì lei mentre lui rideva divertito.

«Perciò si sono conosciuti così, poi da cosa è nata cosa e si sono ritrovati insieme?»

«Esatto; a quanto ne so sono stata concepita tra barattoli di pomodori e trecce d'aglio.»

Tristan la guardò affascinato, gli occhi enormi che assorbivano ogni dettaglio. «Questa sì che è una storia.»

«Già» annuì lei. «Era facile far girare la testa a mio padre, e in questo Violet era imbattibile; nel corso della sua vita ha collezionato parecchi successi» aggiunse cupa.

Di colpo Tristan tornò serio. «Devi averne sofferto parecchio» azzardò.

«In realtà non capivo granché di quello che succedeva; a quei tempi ero solo una bambina» rispose. «Ricordo solo che quando mia madre spariva misteriosamente, e lo fece spesso nel periodo in cui viveva con mio padre, era perché non sopportava la routine. Mia madre aveva bisogno di distrazioni, era una ribelle» continuò virgolettando l'ultima parola. Penelope aveva visto molti uomini entrare e uscire dalla camera da letto di Violet quando Philip era via, ma solo una volta aveva avuto la sensazione che sua madre si fosse innamorata davvero di un altro. Per via della relazione con un agente di cambio di New York era sparita per due mesi, salvo poi tornare a casa con i capelli bagnati di pioggia e gli occhi tristi di un amore finito male.

Penelope ricordava che suo padre ne aveva sofferto terribilmente, eppure non pensò nemmeno per una volta di lasciarla; lui le aveva promesso di starle accanto per sempre, e avrebbe mantenuto la parola.

«Mio padre visse sino alla fine con me e mia madre, ma non smise mai di amare sua moglie; Violet era una donna troppo difficile e pericolosa per farsi amare davvero» spiegò. «Da parte mia io ho sempre sospettato che noi due lo avessimo incastrato, e quando dopo il funerale ci trasferimmo da Claire ne ebbi la conferma. Quando conobbi Addison, poi, capii che in quella casa non avrei avuto vita facile.» Gli raccontò dei primi tempi della sua convivenza con la sorella, delle loro liti furibonde e dei dolori che le avevano inaspettatamente unite, primo fra tutti la morte di Philip. Era stato un duro colpo per entrambe. Da allora il loro rapporto era migliorato, grazie anche alla lontananza imposta dalle vite che conducevano, ma era Adam il solo che riuscisse a calmarla quando dopo un incontro con Addison lei lo chiamava in lacrime. Lui era la sua via d'uscita, le sue braccia un rifugio dal mondo.

«Peccato che non abbia potuto finire il lavoro che aveva cominciato» aggiunse. Nel raccontare le era sfuggito il nome di Adam, un passo naturale vista la vicinanza che si era creata fra loro.

«Perché, che è successo al tuo fidanzato?» domandò lui.

Un tuono scosse il cielo. Presto avrebbe iniziato a piovere.

Penelope alzò la testa, a cercare nelle nuvole antracite un segno, uno qualunque.

«Un incidente, una storia di cui preferirei non parlare» tagliò corto.

«Quando è successo?»

«Troppo presto» rispose agitandosi sulla panchina, ma Tristan non desistette. Sentiva che il nocciolo era in quel non detto che lei si ostinava a evitare, in tutto quello che continuava a reprimere.

«Ti manca?»

Penelope sbuffò. Seguì la caduta di un petalo, che planò sino ad accarezzare la foto di Kate.

«Lei ti manca?» rilanciò. Tristan deglutì, spingendo verso il basso la bolla di amarezza incastrata in fondo alla gola.

«Mi sento perso senza di lei» ammise.

Penelope appoggiò la mano sul suo ginocchio. «Solo? È così che ti senti?»

«E tu?»

«Come una barca in avaria nell'oceano in tempesta.»

Lui mise la mano sulla sua, sulla bocca un mezzo sorriso. «Allora siamo in due su quella bagnarola.» Si soffermò sugli occhi profondi di Penelope, scivolando lento lungo la curva delle sue labbra; gli raccontavano di baci perduti, di una passione che un tempo le aveva fatte bruciare, di un amore che le aveva consumate, ma bastò un attimo, il tempo di pensare a quello che sarebbe stato se solo le avesse sfiorate, che Penelope sviò lo sguardo.

Era lontana, di nuovo in un posto in cui lui non avrebbe potuto seguirla.

Caddero le prime gocce. Il temporale li sorprese mentre erano ancora seduti di fronte al volto raggiante di Kate. Penelope e Tristan si coprirono la testa con i cappotti, trovando riparo nella tettoia del vivaio oltre la strada. Il negozio era a pochi passi.

«Vieni, ti preparo qualcosa di caldo» disse aprendo la porta mentre il vento spazzava la strada. Le carte gettate dai passanti si sollevarono in aria, danzando con foglie avvizzite e rami secchi. Il campanello sopra la porta trillò, rivelando al silenzio la loro presenza.

Penelope si sedette accanto alla stufa, mentre Tristan metteva sul fuoco il bollitore.

Sentirlo muoversi sul retro, aprire e chiudere le ante per preparare il tè, sfumò i contorni delle ultime confessioni. All'improvviso erano soltanto due persone che si tenevano compagnia durante un temporale, non c'erano né lapidi né ricordi tra loro.

Attese che l'ambiente si scaldasse un po', e iniziò a vagare per il negozio; trovarsi lì mentre era chiuso la faceva sentire una privilegiata. Sfiorò con la punta delle dita i cartellini dei prezzi, mentre il ticchettio della pioggia si faceva sempre più insistente.

«Il tè è pronto» la richiamò Tristan sistemando un paio di tazze sul bancone.

Penelope sentì un frusciare di plastica provenire dalla cassa, e si affacciò a controllare. «Tutto ok?»

«Sì. Ho preso qualcosa da mangiare dall'armadio di mia nonna. Ci tiene dentro sempre qualcosa nel caso mi debba fermare più del solito» disse mostrando una crostatina ai mirtilli.

«Uhh, fantastico. Dammene una, sto morendo di fame» rispose lei allungando la mano.

Penelope si lasciò la porta del vivaio alle spalle quando era già buio.

La giornata insieme a Tristan era volata, virando verso il tramonto non appena avevano iniziato a discutere del giardino. Negli ultimi tempi il lavoro di cucito l'aveva assorbita quasi completamente, ma nonostante questo niente l'avrebbe distolta dalla promessa fatta al cognato. Aveva chiesto a Tristan di rivedere il progetto di Ryan e darle qualche suggerimento anche in merito all'angolo invernale che aveva in mente, ma lui aveva iniziato a elencarle una lista di cose da fare, riempiendo un intero foglio di prodotti e attrezzi da acquistare.

«Se vuoi che il giardino fiorisca fra un paio di mesi dovrai darti da fare» le aveva detto mostrandole un catalogo di sementi, ma quando aveva visto lo sconforto sul viso di Penelope le aveva promesso che non l'avrebbe abbandonata. Non appena alzarono gli occhi dalla pila di cataloghi che avevano esaminato, Tristan la informò che si era fatta ora di tornare a casa.

«Non vorrei che tua sorella se la prendesse con me» aveva scherzato, ma al solo sentir nominare Addison Penelope storse il naso, dicendo che sarebbe rimasta volentieri al vivaio se fosse servito a evitarle di tornare a casa, tanto che quando si propose come guardiano notturno lui scoppiò a ridere.

«Torna a casa, ci vediamo presto» le aveva detto accompagnandola alla porta.

Penelope si era voltata controvoglia a salutarlo, guardando la sua mano sollevata con il cuore stretto. Aveva voglia di rimanere lì e continuare a chiacchierare con lui, stargli seduta vicino ancora per un po', ma lui non le lasciava scelta.

«A presto» disse senza voce, e se ne andò.

Si soffermò a guardare il paese deserto, con l'orecchio teso a carpire stralci di conversazioni trascinate in strada dal vento.

Sovrappose le falde del cappotto, pensando alla ragazza che era arrivata nel Kent solo qualche tempo prima e a quella che era diventata; più forte, con un colorito finalmente sano e carne sui fianchi sufficiente a reimpire i jeans. Stava cambiando, gli abiti e la forza che aveva nelle mani non mentivano. E forse si sentiva un po' più leggera.

Camminò in compagnia di quei pensieri lungo la strada che conduceva alla villa dei Walker, e quando ebbe il coraggio di entrare in casa e trovò ad aspettarla Ryan si sentì infinitamente sollevata.

«Addison è andata a dormire, domani deve svegliarsi presto» la informò chiudendo la porta.

«Meno male.»

«Penelope» la rimproverò.

«Che ho detto?» si difese lei, ma il cognato preferì rivolgere le ruote della sedia verso il frigorifero della cucina, invece di risponderle.

«Vuoi mangiare qualcosa?»

«No, grazie, ho già mangiato.»

Le ruote si bloccarono di colpo. «Dove?»

«Da Tristan. Sono stata da lui.»

Ryan rimase interdetto. Lasciò la presa sulla sedia, incrociando le braccia mentre lei si sfilava il cappotto. «Tutto il giorno?» Il tono era cambiato, all'improvviso; di colpo era freddo, la voce era scesa di un'ottava. Anche il viso si era irrigidito; la solita rosea cordialità era svanita dalle guance, così come le labbra avevano smesso la posa sorridente con cui lui accoglieva ogni suo rientro.

«Sì, perché?»

«Niente» rispose con un sorrisetto allusivo, conficcando le unghie nel bracciolo.

Penelope gli dedicò appena un'occhiata accigliata.

«Sai com'è, dopo il bel risveglio con Addison avevo bisogno di cambiare aria» spiegò mentre lui cercava le parole strette nel pugno chiuso.

«A proposito» iniziò con voce piatta. Penelope prese dal frigorifero un paio di yogurt, sovrastandolo con il rumore di ante e cassetti. «Addison è una donna complicata, ma ti vuole bene.»

«Questa è bella!» esclamò lei togliendosi il cucchiaino dalla bocca. «A me sembrava di aver sentito che sono una rovina famiglie, una specie di cancro della felicità.»

Era tardi per un'altra discussione, eppure Ryan voleva provare ancora.

«Addison ti ha detto delle cose terribili, ma non le pensa sul serio.»

«Io invece credo che abbia detto esattamente ciò che pensa.

Se non sbaglio questa è la terza volta che mi paragona a Violet. Sono stanca di sentirmi ripetere sempre le stesse cose.»

«Perciò che intendi fare, scappare?»

Penelope affondò il cucchiaino nel vasetto, immaginando la faccia della sorella guardarla andarsene. «Non dovrei?»

«Secondo me dovreste parlare con calma» insisté lui.

Penelope prese uno sgabello e si mise a sedere, di fronte a Ryan, che la guardava scettico. «Già che ci sei dille anche di lasciar perdere Adam. La prossima volta che glielo sento nominare potrei non rispondere di me.»

«Perché, che altro ha detto?»

«Che sono ridicola e che dovrei smettere di pensare a lui, dato che è passato molto tempo» rispose, ma quando vide Ryan stringersi nelle spalle scattò. «Non dirmi che la pensi come lei?» disse. Ryan non poteva tradirla. Non lui, che era il suo unico alleato in casa.

«Il fatto è che è davvero passato molto tempo, Penelope, ma forse non te ne rendi conto. A un certo punto la vita ricomincia, e poi...»

Un colpo, rapido ma non indolore, l'attraversò. Penelope aveva la delusione negli occhi. «Si può sapere che avete nella testa, tutti e due?» disse puntandogli contro il cucchiaino. «Siete davvero convinti che si possa dare una scadenza al dolore?»

«Penelope, io non lo so» balbettò lui, confuso di fronte al rossore della cognata, a quello sguardo ferito, fatto a pezzi dalle sue parole. Erano sbagliate, tutte, ma se ne rese conto solo quando vide una donna bellissima in un cappotto troppo largo, lo spettro di una solitudine che non voleva andarsene. «Mi dispiace» borbottò.

«Chi dice che c'è un tempo per il dolore: Addison?» insisté. «Chi le ha dato il potere di stabilire quando e per quanto tempo sia lecito piangere la persona che si ama?» continuò, nonostante le scuse del cognato.

Penelope attese una risposta che non arrivò. Avrebbe voluto gridare, ma non disse una parola. Si scosse solo quando Ryan le sfiorò il braccio; allora prese un bel respiro.

«Io amavo Adam» sussurrò in sua difesa. Era tutto quello che aveva, la partenza e l'arrivo del suo andare inquieto. «Lo amavo, ma adesso non so più dov'è, non lo posso toccare. Non ho più niente» aggiunse sottovoce.

Ryan rimase inerme sulla sedia a rotelle. Dopo settimane aveva imparato a conoscere la vera Penelope, una giovane donna costretta dalla vita a giocare in difesa, ma che di difese non ne aveva più. Eppure lui avrebbe dato tutto pur di avere quello che c'era stato e continuava a esserci tra lei a Adam, per poter vivere per sempre nel cuore di sua moglie.

«Penelope, io» balbettò. Era il momento, l'attimo per tirare fuori ciò che da giorni lo opprimeva, liberare se stesso del peso di un tradimento che non poteva sopportare.

Aveva bisogno di dire a Penelope la verità, di confessarle che non faceva che pensare a lei, che la Addison di cui si era innamorato un tempo era esattamente come lei, ma che gli occhi di sua moglie erano lame troppo affilate per concedergli uno spazio, e il suo corpo era devastato da ferite che nessuna parola d'amore avrebbe potuto lenire.

«Parliamo di te, invece» rilanciò Penelope algida. «Il tentativo di fare da paciere tra me e Addison è inutile, così come lo è continuare a ripetermi che lei mi vuole bene. Non è così, Ryan» continuò. «Forse tu hai bisogno di ripetertelo per sopravvivere al tuo matrimonio, per darti la forza di affrontare questo inferno, ma con me non funziona» aggiunse col pugno serrato contro lo sterno. «A me non basta una pacca sulla spalla per cancellare le parole cariche di odio di mia sorella; sei tu quello che con Addison è accondiscendente all'inverosimile, ma io sono diversa. Semplicemente non ne ho bisogno. A te che ti ostini a non vedere che la sfera affettiva di mia sorella si ferma a Leonard forse può star bene, ma non puoi pretendere che questa regola valga per tutti. Non puoi chiedermi di stare al gioco.»

Sperava in una reazione del cognato, ma lui non disse una parola. Rimase a guardarla immobile, muto, fino a quando fece marcia indietro e lasciò la cucina.

Penelope lo sentì attraversare il salotto sino ad arrivare al suo studio, e chiudere la porta.

Il silenzio, poi, fu la sola cornice della serata.

Scostò la tendina sopra il lavello, che svelò l'inizio di un nuovo temporale. Il vento da nord strideva muovendo le ultime fronde degli alberi.

Anche quella notte non avrebbe dormito.

15

Il tempo marciava verso l'inverno; il clima rigido delle ultime settimane aveva rallentato di molto il lavoro di Penelope; le temperature in picchiata avevano provocato gelate notturne, riducendo il giardino a una landa ghiacciata.

Spesso lei rimaneva per ore incantata a guardare quel paesaggio lunare dalla finestra, il piumone buttato sulle spalle e i capelli spettinati da una notte insonne, ma quando si trovava a combattere con la terra gelata rimpiangeva ogni istante delle giornate assolate di agosto.

In estate era stato tutto più semplice, e avrebbe preferito persino la pioggia all'ostilità del ghiaccio contro cui era costretta a lottare. Prendersi cura del giardino diventava sempre più impegnativo, ma non passava giorno in cui lei non ringraziasse Ryan per il suo aiuto.

Dopo la loro ultima discussione lui era cambiato molto nei suoi confronti; non se ne stava più rinchiuso nello studio a scrivere giorno e notte, ma trascorreva ogni minuto libero insieme a lei, al punto che Addison aveva cominciato a lamentarsene. Ryan però non riusciva a stare lontano da Penelope era più forte di lui. Penelope lo ascoltava, lo capiva; gli dava persino dei buoni consigli per il suo matrimonio traballante.

E lui stava a sentire, bevendo dalle sue labbra; ogni giorno all'ora di pranzo la raggiungeva in giardino con il cestino da picnic e le sedeva accanto, spalla a spalla, a guardare il giardino prendere vita a piccoli passi esattamente come lui. Il suo inverno era iniziato molto tempo prima, ma Penelope lo stava riportando alla vita, gettando dentro di lui il seme della speranza, e Ryan sentiva di poter tornare a essere felice solo se lei fosse rimasta a prendersi cura del suo cuore malandato; solo così poteva rinascere, fra le sue mani piccole e sottili, stretto in un abbraccio che rincorreva ogni attimo delle sue giornate.

Quando aveva sposato Addison sapeva che lei non era il tipo da grandi slanci, ma allora era convinto di poter amare a sufficienza per entrambi. Aveva sopportato le carenze affettive di Addison ingoiando le sue girate di spalle e le sue improvvise emicranie, ma ora si rendeva conto che non era sufficiente condividere un tetto e il conto in banca, ed era sbagliato rassegnarsi a convivere con la freddezza, soprattutto dopo l'incontro con Penelope.

«Darti una mano è il minimo che possa fare per sdebitarmi» disse allegro, togliendo la zappa dalle mani di Penelope. Assestò un colpo nel terreno gelato, continuando sino a quando il dolore alle braccia, che pure erano allenate agli sforzi, divenne insopportabile. Nelle sue condizioni la fatica era un motore che girava veloce, perciò quando poco dopo avvertì uno scalciare furioso nel petto decise di arrendersi e restituire tutto a Penelope. Si guardò intorno in cerca di qualcosa da fare; era disposto a qualunque cosa pur di rimanerle accanto. Aveva bisogno di starle vicino per sentirsi vivo, per non sprofondare nell'abisso in cui lo stava trascinando Addison.

Si era convinto che la cognata fosse la sola che potesse tirarlo fuori dal pantano in cui era finito, ed era anche l'unica con cui si capiva senza bisogno di parlare. Con lei non aveva bisogno di strategie, di parole; con Penelope aveva stabilito un rapporto alla pari, fatto di gesti immediati, in cui entrambi erano liberi di mandarsi al diavolo e cinque minuti dopo tornare a lavorare sullo stesso metro di terra come se niente fosse.

E poi Ryan adorava il suo odore, la dolcezza con cui lei si prendeva cura delle piante, vedere il suo profilo ogni giorno più morbido accendersi nei colori del tramonto. Spesso rimaneva a guardarla lavorare per il solo piacere di farlo, per sentire sottopelle l'eco delle sue risate quando combinava qualche disastro.

Penelope d'altra parte stava facendo di tutto per aiutare Ryan, e le piaceva la sensazione che le dava sentirsi utile, parte attiva di un progetto. Si era buttata in quell'avventura per scacciare la solitudine, e quella aveva finito per riempirle le giornate. Non aveva smesso di cucire, non l'avrebbe mai data vinta a Addison, ma nonostante continuasse a ricamare di nascosto era il giardino il termometro delle sue giornate.

Esattamente come Tristan, il cui pensiero era ormai diventato un chiodo fisso. L'iniziale imbarazzo fra loro si era andato sciogliendo fra risate e lunghe chiacchierate al vivaio, lasciando il posto a un sentimento nuovo, che tuttavia lei faticava a riconoscere.

Spesso, durante le sue passeggiate solitarie in paese, si ritrovava senza sapere come a percorrere il viale alberato che conduceva al vivaio, e la sera le capitava sempre più di frequente che, dopo aver spento la luce, il viso di Tristan emergesse dal buio, tenendola sveglia per ore. Non ne capiva la ragione, in fondo non le interessava nemmeno scoprirla, eppure fare a meno di lui era sempre più difficile. Ogni volta che aveva un appuntamento al vivaio, poi, era capace di spalancare gli occhi all'alba, piena di energie nonostante le poche ore di sonno, e monopolizzare Tristan per l'intera giornata solo per scegliere insieme a lui le piante più adatte da mettere a dimora per la fioritura invernale.

E lui la accontentava, ogni volta.

Spesso apriva il negozio in anticipo solo per lei, ormai fare colazione insieme era diventata una tradizione; lui preparava il caffè, e Penelope passava dal bar in centro a fare provviste di croissant alla crema e uvetta, i preferiti di Tristan.

Memorizzare i suoi gusti era stato semplice, non si discostavano molto da quelli di Adam, ma quello era un dettaglio che non la feriva più. Iniziare la giornata insieme era un appuntamento cui rinunciavano malvolentieri tutti e due, e quando non era possibile, Tristan non perdeva occasione di presentarsi da lei una volta chiuso il vivaio, con un paio di birre e una coperta sulla quale sedersi a guardare il fiume.

«Dobbiamo fare in fretta, il tempo non ci assisterà in eterno» tagliava corto Penelope con l'indice puntato verso il cielo ogni volta che lui si dilungava sui trattamenti da riservare a camelie e ciclamini, ma in fondo gli piaceva. Sarebbe stata ad ascoltarlo per ore parlare del tipo di terreno adatto, più acido, argilloso o ricco di minerali, e trovava prodigioso che bastasse una formula chimica a determinare la felicità di una vita.

«Se funzionasse con gli esseri umani sarebbe grandioso» gli disse un giorno, passeggiando insieme a lui per il vivaio di un suo amico.

Tristan gliene aveva parlato quasi per gioco: si trattava di una rivendita che riforniva quasi esclusivamente i professionisti, ma lei aveva insistito per andarci. «Ormai sono una professionista anch'io, no?» gli aveva detto atteggiandosi a grande esperta, così un sabato mattina si erano dati appuntamento all'incrocio con la statale ed erano partiti.

Il tempo sarebbe stato incerto, avvertì la stazione radio locale, ma non la sfiorò nemmeno per un istante la possibilità di rimandare il loro incontro; Tristan non aveva fatto che parlarle del vivaio, e lei smaniava per misurare con i suoi occhi le bellezze che le aveva decantato per giorni.

Raggiunsero il vivaio in un paio d'ore di cammino, e quando oltrepassarono il semplice cancello in legno all'ingresso Penelope si sentì subito catapultata nel giardino dell'Eden: ovunque fiori coloratissimi, foreste di abeti pronti per le vendite di Natale e alberi centenari per le richieste di alcuni clienti, come perle rare nella vetrina di un gioielliere.

Il vivaio, infatti, sembrava godere della benevolenza degli dèi; ovunque narcisi, camelie e piante di ogni tipo, e interi viali di aiuole fiorite come se l'inverno alle porte fosse solo una seccatura trascurabile. Ogni granello d'aria emanava il calore intenso del polline, di migliaia di vite che vibravano sotto la coperta felice di una terra generosa.

Penelope andava da un lato all'altro del negozio in preda a un'euforia infantile, accarezzando i tronchi degli ulivi secolari importati direttamente dal sud Italia e dagli abeti cresciuti nelle foreste nel centro Europa.

«Non credevo che esistesse un posto del genere» disse passando in rassegna i prezzi degli alberi da frutto, la sua passione da quando aveva iniziato a occuparsi di giardinaggio. Sognava di piantare un melograno da quando Tristan le aveva mostrato una foto dell'albero in fiore, ma sapeva che Ryan non avrebbe approvato. Lui preferiva i fiori, bellissimi ed effimeri, ma quando con la coda dell'occhio aveva notato in lontananza il settore dedicato alle rose aveva iniziato a indietreggiare sino a urtare Tristan, impegnato a chiacchierare con il suo collega.

«Tutto bene?» le domandò lui, ma Penelope rispose confusa; sarebbe stato troppo complicato affrontare l'argomento proprio lì, perciò ascoltò accomodante tutto quello che lui le diceva. «Pensa che laggiù c'è tutto un settore dedicato alle fontane, di qualunque forma e dimensione, mentre dall'altra parte c'è la zona con le siepi» le spiegò indicandole un punto oltre una parete di ciclamini. «Proseguendo da quella parte, invece, si va dritti verso il labirinto.»

«Quale labirinto?» gli fece eco lei, cercandone traccia oltre il muro davanti ai suoi occhi, ma piuttosto che perdersi in altre spiegazioni Tristan la prese per mano e la guidò verso la zona che le aveva indicato.

Penelope lo seguì senza fiatare, ubriaca di polline a dispetto della stagione capricciosa; era autunno, ormai, eppure era ancora possibile godere di qualche tiepido raggio di sole.

«Penelope, andiamo» la richiamava Tristan sbuffando ogni volta che lei si fermava a guardare ammirata un particolare insignificante, che fosse un insetto o la bellezza genuina delle ultime gerbere, ma quando intorno a sé cominciò a vedere soltanto muri fitti di verde, senza più la mano calda di Tristan stretta nella sua, iniziò ad agitarsi.

«Tristan?» lo chiamò, ma lui non rispose. Immediatamente alzò gli occhi al cielo, oscurato da una nuvola passeggera che disegnava pozze scure sulla terra, mentre il cuore protestava infastidito. «Tristan, non è divertente» continuò a voce alta, intimidita dal vento.

«Sono qui!» le rispose una voce, ma lei non riuscì a capire da dove provenisse.

Era stato il vento a confonderla; era cambiato in un momento, trasformando in cupe profezie gli avvertimenti del meteo. Un momento prima si era sentita scoppiare dal caldo con il maglioncino indosso, ma ora rimpiangeva di non aver infilato nella borsa qualcosa di più pesante.

Di colpo si rivide a Londra, al mercato dei fiori; intorno a lei lo stesso profumo, eppure camminando fra gli stand, da sola, tutto le sembrava sfiorito, impastato nella poltiglia anonima che era diventato il cielo orfano di Adam. I colori sbiadivano soffocati dalle nuvole gravide di lacrime, e così si sentì nel labirinto, di nuovo senza una guida, terrorizzata per quell'abbandono improvviso.

«Tristan!» lo chiamò di nuovo, urlando.

Un tuono, poi, diede inizio alla corsa. Penelope scattò in avanti, seguendo la voce di Tristan; lui le diceva di non muoversi, ma lei si sentiva in trappola, schiacciata da pareti di verde che non le davano respiro. Il cuore batteva impazzito, mentre la scia della sua voce si perdeva nel vento.

«Tristan, dove sei?» urlò; il sudore aveva impregnato la maglia, e aveva il fiato corto. Nessun pensiero, solo il terrore di perdersi, di non ritrovare la strada, di non poter stringere ancora la mano di Tristan. Altre barricate verdi fino a quando non sbatté contro la maglia avorio di lui.

Penelope non gli concesse nemmeno il tempo di dire una parola che subito gli si aggrappò, infinitesima macchia di colore nel grigio metallico della giornata.

«Andiamo via» sussurrò con le dita premute nella stoffa. «Portami a casa.»

Penelope aprì e chiuse la mano, ripensando a quel sabato mattina.

Le faceva male esattamente come allora, quando dopo averlo ritrovato nel labirinto non aveva voluto saperne di staccarsi da lui. Allora era stato l'istinto a parlare per lei, a imporle di non lasciarlo andare, non ancora, ma quel distacco aveva provocato una nuova cicatrice, una ferita che per un istante l'aveva riportata al suo amore per Adam. Stesso dolore, stesso bisogno di sentirlo vicino, ancora.

Appoggiò accanto a sé la zappa, sfilandosi i guanti da lavoro. La mano corse alla terra, a quel nucleo caldo che occupava ogni spazio libero della sua mente; quando al mattino apriva gli occhi si chiedeva se il terreno avesse sofferto per la gelata, se il concime liquido che le aveva dato Tristan andasse diluito oppure no. Penelope non riusciva a pensare ad altro se non alla sensazione di benessere che le dava rimestare in quella coperta calda, e trovava irresistibile il profumo pastoso del concime. L'odore era ripugnante, ma se si sforzava di guardare con gli occhi della natura vedeva in quel cumulo un tappeto di crocus in fiore, ed era in quei momenti, mentre guardava le aiuole che lentamente prendevano forma nella luce aranciata dell'autunno, che sentiva il cuore riempirsi di calore.

Anche Ryan amava i crocus, e si era detto entusiasta non appena gli aveva mostrato le modifiche che aveva apportato al progetto; su consiglio di Tristan aveva tolto le felci nane e inserito una fascia di crocus nella zona che affacciava sul fiume, e cespugli di calluna a impreziosire un angolo del suo giardino d'inverno, qualche metro più avanti.

«Una sorta di ponte fra la realtà e il sogno romantico dello scorrere eterno delle acque» gli aveva spiegato disegnando la sua idea del giardino con la punta delle dita, ma preferì omettere che era stato Tristan a suggerirle quelle modifiche.

Da qualche tempo le bastava nominarlo per vedere il cognato irrigidirsi, ma non le importava granché. Tutto quello che desiderava era un giardino ben riuscito, il numero delle persone coinvolte nell'impresa per lei era del tutto secondario.

«A proposito: più tardi passerà Tristan a caricare i sacchi di erba» aggiunse a mezza voce, senza allontanare lo sguardo dalla tessera di stoffa che stava cucendo. Doveva ruotare con il ferro di quarantacinque gradi e avrebbe chiuso il punto, ma quello era un passaggio delicato; gli angoli la facevano sempre disperare.

A Ryan tuttavia bastò sentire il nome di Tristan per alzare la testa dal suo romanzo. «A che ora viene, stavolta?» le chiese insofferente.

«Non lo so, non me l'ha detto. Se vuoi lo chiamo e glielo chiedo» rispose lei, concentrata. Dopo le prime giornate disastrose la coperta stava prendendo forma, e non voleva commettere errori. Sorrise fra sé e sé, soddisfatta per l'impresa riuscita, senza notare che Ryan invece si era rabbuiato.

«Lascia stare, meglio non chiamare» disse colpendo l'aria con una manata distratta. Ripose i fogli in una cartellina, che cadde sul tavolo con un tonfo. Penelope sobbalzò per lo spavento, masticando un'imprecazione; la infastidiva che Ryan si comportasse da prima donna, perciò mise da parte i ferri e finì il tè che lui aveva preparato.

«Che cos'ha Tristan che non va?»

«Niente» ribatté lui arroccandosi sulla sedia. «Mi dà fastidio che stia sempre in mezzo, tutto qui.»

«È normale, dato che ci sta aiutando. Ne sa più di noi, può darci una mano.»

«Sì, ma il giardino è il nostro, non il suo» pensò astioso. «E poi ci sono tonnellate di manuali e internet; basta informarsi se si vogliono delle risposte» continuò strattonando il giornale.

Penelope gettò la testa all'indietro, ma invece di controbattere preferì concentrarsi sul vento che danzava oltre il vetro; sibilava dietro le finestre, sgattaiolando fra i rami ormai spogliati dell'esuberanza dell'estate. Chiuse gli occhi, decisa a concedersi un po' di riposo, ma il campanello ruppe il silenzio.

«Adesso chi sarà?» si chiese trascinandosi svogliata verso la porta, avvolta nella luce cupa che avvolgeva l'ingresso.

«Mi dispiace, ma non sono riuscito a passare prima; basta

una gelata improvvisa e i contadini della zona vanno nel panico» si scusò Tristan non appena gli aprì la porta.

«Stavi riposando?» azzardò, intimidito, mentre Penelope soffocava uno sbadiglio.

«No, no, non ti preoccupare» rispose stiracchiandosi. Prese una torcia dal mobile all'ingresso, accese le luci esterne e si chiuse la porta alle spalle, indicandogli un punto nel buio. «Vieni, ti faccio strada.»

Avanzarono nel cono di luce disegnato dai lampioni che circondavano la villa, ma appena voltato l'angolo fu costretta ad accendere la torcia; l'ala della casa che dava sul fiume era completamente al buio. «Deve essersi fulminata qualche lampadina» disse con il naso all'insù, in cerca del guasto, mentre Tristan la superava a passo svelto.

«Non fa niente, tanto ho già visto dove sono i sacchi.»

«Ti do una mano, così facciamo prima» si offrì lei, ma lui le disse che era meglio continuare a fargli luce con la torcia.

«Ok» obbedì Penelope e attese al suo posto che Tristan caricasse tutto sul furgoncino.

Vuotò il sacco che si era trascinato sulle spalle, le mani appoggiate sulle ginocchia piegate.

«Che ha detto Ryan delle modifiche?»

Penelope si girò a guardarlo, puntandogli la torcia sul petto. «Gli sono piaciute, direi» rispose evasiva, cercando con gli occhi il fiume oltre le quinte di buio.

Il giardino intorno a lei era una superficie immobile, smossa unicamente dal vento che increspava le acque del fiume. La sua voce era screziata di malinconia, un canto cui Penelope non seppe resistere. Puntò la torcia verso il basso, avanzando a piccoli passi nel buio. Sotto i suoi piedi scricchiolavano pezzetti di corteccia e ciottoli di fiume, ma lei non li sentiva. La voce dell'acqua, quel canto di sirene che le raccontava di una vita strappatale dal cuore, l'aveva ipnotizzata.

«Non dovresti andare laggiù; è buio, e gli argini sono scoscesi» le urlò Tristan, ma lei non gli diede ascolto. Si lasciò guidare dal vento verso la riva, uscendo dal cono di luce.

Ryan avvicinò il viso alla finestra, disegnando l'alone opaco del suo respiro sul vetro. Non sentiva una sola parola, non un rumore. Aveva provato a decifrare i loro discorsi, ma i sorrisi di Penelope e il modo in cui guardava Tristan per lui erano una spina nel petto; avrebbe voluto essere lui quello che caricava i sacchi sulle spalle, con i muscoli e le gambe a posto, e invece se ne stava al caldo nel suo salotto, con un tè tiepido fra le mani e un plaid sulle ginocchia.

Cercò Penelope nel buio, ma quando vide Tristan scomparire dietro di lei spinse le ruote della sedia con tutta la forza che aveva verso il suo studio. Nel mondo perfetto del suo romanzo la vita non avrebbe più potuto fargli del male, tra quelle pareti era al sicuro.

Penelope invece spalancò le braccia al profumo dolciastro del canneto che occupava una piccola ansa. Conosceva ogni dettaglio di quel tratto di fiume, ne aveva imparato la geografia mentre sradicava le erbacce dal prato. Quando la mente sconfinava le bastava dargli un'occhiata per ritrovare la calma, ma non quella sera; quella sera il fiume era una magia di vento, una melodia che si rincorreva sulla superficie increspata del suo dolore.

«Sei tutta matta» la rimproverò Tristan non appena la raggiunse, con il fiatone. «È pericoloso stare qui, torniamo indietro» insisté, ma lei non si voltò.

«Non voglio» rispose assorta.

Non avrebbe saputo spiegarlo, ma Adam era lì, lo sentiva. Era lì, se ne stava a qualche metro da lei e nuotava nel fiume, sentiva persino lo scandire delle bracciate.

Penelope però non desiderava tornare da lui, non così, non era quello il tempo né il modo. Mise lentamente un piede dietro l'altro, fissando le rive torbide. Il fiume gorgogliava, la chiamava, ma lei non voleva rispondere al suo canto.

Cercò un riparo nella mano di Tristan aggrappandosi alle sue dita, quando una folata schiaffeggiò le acque tranquille ai loro piedi. Rabbrividì, improvvisamente pallida.

«Torniamo indietro» sussurrò, ma lui le strinse forte la mano e la attrasse a sé, accarezzandole il viso; si avvicinò per baciarla, ma Penelope si scostò e appoggiò la guancia al suo petto. Le piaceva l'odore della giacca di Tristan, il profumo del suo dopobarba. Persino le mani, così ruvide e callose; il contatto con loro era morbido, la faceva sentire finalmente al sicuro. Si accoccolò contro il suo petto, mentre Tristan continuava a guardare la notte spaesato; non sapeva più cosa dire, che cosa fare con lei.

Una mattina qualunque lei era entrata nel vivaio, ma in fondo sapeva che la sua vita era altrove, che lei non aveva mai oltrepassato realmente quella soglia.

Penelope era inafferrabile, un rebus senza soluzione; ogni volta che lui credeva di aver trovato la giusta combinazione di parole lei le rimescolava daccapo, ma quel gioco iniziava a non divertirlo più.

«Penelope» iniziò, ma bastò un suo respiro a fermarlo. Lei si staccò da lui, di nuovo sulla difensiva.

«Non ora, per favore» sussurrò. Negli occhi, nel cuore, aveva ancora Adam, e un addio cui non voleva rassegnarsi. E poi c'era Tristan a chiederle qualcosa che non poteva dargli, che era morto dentro di lei due anni prima.

Lo guardò per un istante, poi si voltò e cominciò a camminare verso la veranda illuminata. Lontano da lui, da tutte le sue domande.

Penelope attraversò il corridoio di corsa, e una volta in fondo spalancò la porta dello studio. Ryan alzò la testa dalle sue carte; lei era di fronte a lui con le guance roventi ad accendere un viso incolore.

«Ho sbagliato tutto» farfugliò con gli occhi rossi di pianto. «Tutto quanto» aggiunse.

Ryan posò i fogli e le si avvicinò, prendendole le mani; era furioso con lei, con la vita, con se stesso, ma quando tenne strette fra le sue quelle piccole dita, non appena sentì il loro calore disperato, tutta la rabbia si disperse.

«Adesso non piangere» sussurrò. «Ora sei con me, al sicuro.»

16

La neve arrivò una mattina, all'improvviso.

Penelope aprì la finestra e subito si scontrò con migliaia di minuscoli fiocchi di ghiaccio. Il giardino ai suoi piedi era ricoperto da un sottile strato bianco, il gelo pizzicava le narici.

Tese il braccio. Accolse nella mano il respiro intirizzito del mattino, e si sporse per guardare fuori. Immaginò che il fiume, nascosto nel suo angolo cieco, fosse ghiacciato; forse un giorno sarebbe persino andata a pattinarci.

Come un anno prima, quando tutto era più facile.

Dalla cucina saliva il rumore di piatti e bicchieri; Addison stava apparecchiando la tavola per la colazione, prima di scappare in ufficio.

Nelle ultime settimane sua sorella stava seguendo un processo importante, perciò Penelope decise di rimanere a letto fino a quando non fosse uscita. Preferiva evitare ulteriori attriti con lei, il loro rapporto era già irrimediabilmente compromesso; avrebbero potuto incollare i pezzi e far combaciare i bordi alla perfezione, ma quello sarebbe rimasto comunque un vaso rotto.

Eppure Penelope non aveva la forza di prendere la porta e andare via. Sarebbe stato più semplice fare le valigie, scappare in un posto in cui la voce di Addison non avrebbe potuto raggiungerla, ma il pensiero di Ryan, lasciato a macerare in un matrimonio ormai stantio, e di Tristan, di quel ragazzo entratole come una spina nella carne, una meravigliosa ferita, la trattenevano dal guardarsi indietro. A ogni alba si ripeteva che sarebbe rimasta un altro giorno, uno soltanto, ma poi incrociava lo sguardo di suo cognato o quello dolcemente malinconico di Tristan, e il numero dei tramonti nel Kent continuava ad aumentare, ormai fuori controllo.

Si rigirò nel letto, l'orecchio teso ai rumori provenienti dal basso; rimase avvolta nel piumone fino a quando non sentì i tacchi di Addison lungo il corridoio, e la sua voce addolcirsi per chiamare Leonard.

Quando finalmente scese in cucina il tavolo era immerso nel solito caos mattutino di piatti, tazze e bevande colorate.

Addison aveva sistemato il suo posto a capotavola, a destra quello di Leonard e di fronte quello di Ryan. Penelope notò un posto vuoto accanto al cognato, ma nemmeno l'ombra di tovaglioli o posate che facessero pensare a lei. La conferma che sua sorella voleva che se ne andasse.

Prese dal cassetto tovaglia e posate, e dalla credenza una tazza.

«Non sapevo fossi sveglia, altrimenti avrei preparato anche per te» si affrettò a precisare Addison che, a sorpresa si affacciò alla porta non appena vide Penelope ripiegare il tovagliolo con cura, come non faceva mai. Mise giù Leonard e corse a prendere una tazzina da caffè, sotto lo sguardo assonnato del marito comparso sulla porta.

«Lascia stare, non ce n'è bisogno» rispose Penelope. Stava cercando i cereali al miele che aveva comprato un paio di giorni prima, ma il posto in cui li aveva lasciati era occupato da una confezione di fiocchi d'avena. Rovistò fra le scatole, inutilmente.

Addison si sporse per controllare cosa stesse facendo, fra le mani il bollitore del caffè. «I cereali li ho presi io» disse.

Penelope era stupita. «Non avrei mai detto ti piacessero i cereali al miele» osservò divertita, ma l'altra intercettò subito lo sguardo complice che scambiò con Ryan.

«Li ho gettati» aggiunse lapidaria, gelando il sorriso di Penelope.

«Perché?»

Il sibilo acuto della teiera attraversò la cucina improvvisamente muta.

Addison posò lo sguardo sul figlio. «L'ho fatto per lui, ormai dovresti conoscere le regole di questa casa» rispose. «Cibi del genere non sono i ben accetti qui. Leonard è solo un bambino, non capisce ancora quale pericolo rappresentino per la sua salute.»

Penelope sbatté il suo caffè sul tavolo. Leonard, sempre lui; Addison lo soffocava con i suoi divieti, come se quel bambino non potesse aspirare a una vita normale.

E soffocava anche lei.

Non le era bastato urlarle addosso di averle rovinato l'infanzia, voleva di più. Voleva annientarla, tenerla sotto scacco, ma lei non aveva intenzione di abbassare la testa oltre, non più. Se quello era il modo di sua sorella per allontanarla allora le avrebbe dato ciò che voleva, anche se l'idea di lasciare il giardino e Tristan le toglieva il fiato.

Fece un respiro profondo, gli occhi puntati alle macerie di un rapporto sempre più difficile da gestire.

«Se vuoi che me ne vada non hai che da dirlo. Ci metto un attimo a fare le valigie» ribadì cupa.

Il cellulare di Addison squillò a tutto volume, ma lei lo ignorò. Lanciò invece un'occhiata a Penelope, controllando al contempo l'orologio. Sapeva di essere andata oltre con lei, la coscienza l'aveva pungolata a lungo per le parole che le aveva detto, impedendole di dormire, e di fronte agli occhi tristi della sorella il suo sguardo gelido lentamente si addolcì. Penelope non era più la bambina che le aveva rubato il padre, ed era tempo che lei smettesse i panni della figlia rabbiosa. Era giunto il momento di stabilire una tregua, qualsiasi cosa permettesse a tutti in quella casa di tirare il fiato, almeno per un po'.

Prese cartella e borsa dalla sedia, gli occhi fissi su di lei.

«Sono solo dei cereali, Penelope, non è un ultimatum o un invito ad andartene. Se avessi voluto mandarti via lo avrei fatto, ma non è così, perciò ti prego, non farne una tragedia» disse sforzandosi di assumere un tono conciliante. Rimase in attesa di una reazione, ma Penelope rimase muta. Addison allora sfiorò con un bacio la fronte di Leonard e si diresse verso la porta.

«Perciò adesso te ne vai come se non fosse successo niente, immagino» disse Penelope osservando la sorella alle prese con la chiusura della ventiquattrore.

Addison sollevò lo sguardo. «C'è altro di cui dovremmo parlare?» le domandò, ma l'altra non aveva alcuna voglia di iniziare la giornata con un altro litigio, dando spiegazioni che non sarebbero servite a niente, se non a peggiorare una situazione già difficile. Piuttosto alzò le mani, dandole le spalle.

«Fai come vuoi, non ho voglia di discutere.»

«Bene. Nemmeno io, credimi» concordò Addison. Lasciò la stanza, e dalla porta ricordò a Ryan di passare in farmacia a ritirare le medicine per Leonard; la impensieriva la tosse che si trascinava da giorni, perciò gli raccomandò di seguire alla lettera le istruzioni del pediatra. «Non fare di testa tua come al solito» l'avvertì agitando le chiavi dell'auto. Lanciò un ultimo bacio al figlio, e uscì dal vialetto lasciandosi alle spalle la scia bianca del tubo di scappamento.

La cucina senza di lei si riempì di silenzi.

Ryan chiuse il sacchetto del pane e si voltò verso Penelope, rigida di fronte al bicchiere di succo che le aveva riempito Addison; la pace in famiglia era un filo ogni giorno più sottile, e non bastavano le pareti crema e le pentole di rame appese alla cappa a scaldare il cuore gelido della casa. Da tempo l'inverno si era impossessato di quelle mura, ora Ryan lo vedeva chiaramente, ma non voleva arrendersi a quella realtà, non dopo che Penelope era comparsa nella sua vita.

«Che ne dite di andare a vedere gli alberi di Natale?» propose guardando ora la cognata ora Leonard. «Ci sono delle offerte in un vivaio qui vicino, e non sembrano male. Prima ci guarderemo intorno e più possibilità avremo di trovare l'albero più bello!» aggiunse cominciando a sparecchiare. Bastò un secondo per incassare l'assenso di Leonard, ma a mancargli era l'unico di cui gli importava, quello di Penelope, rimasta appollaiata sulla sedia. Uno sguardo, parole trattenute fra le labbra schiuse. «Non lasciarti rovinare la giornata» aggiunse sottovoce dall'altro capo del tavolo. Ce la stava mettendo tutta con Penelope dalla sera in cui era piombata nel suo studio in lacrime; aveva persino cambiato gli orari della fisioterapia di modo che non dovesse incontrare Tristan. Ryan avrebbe fatto qualsiasi cosa pur di vederla sorridere.

Lei però non aveva voglia di andare a scegliere l'albero di Natale, sarebbe rimasta volentieri in camera a cucire, ma non aveva il coraggio di rifiutarsi. Non se a chiederglielo era Ryan.

Sospirò.

«Dammi qualche minuto e sono pronta» cedette, voltando le spalle alla colazione.

Dopo una prima indecisione il sole fece capolino dalle nuvole, inondando il cielo di una luce azzurrina. Le strade erano state ripulite dagli spazzaneve, lingue di asfalto nero erano riemerse nel paesaggio immacolato.

Penelope, Ryan e Leonard raggiunsero il vivaio in meno di un'ora, e una volta spento il motore il piccolo si precipitò fuori dall'auto saltellando impaziente davanti al cancello chiuso. Erano in anticipo, mancava ancora qualche minuto all'apertura.

«Ero convinto che avremmo trovato più traffico» commentò Ryan guardando l'orologio.

Il negozio sembrava deserto; solo il passaggio sporadico di un'ombra scura sul retro lasciava intendere che ci fosse qualcuno. Lui cercò di vedere oltre la cancellata, incuriosito; schiere di abeti erano state sistemate in un'ala laterale, un grosso cartello all'entrata indicava che era già iniziata la vendita degli alberi di Natale.

Un altro paio di famiglie arrivò poco dopo, cercando come Penelope e Ryan di tenere a freno l'esuberanza dei figli. Uno di loro sfuggì alla stretta materna, andando a sbattere contro la gamba di Penelope.

«Lo scusi, ma è un vero birbante. Non come il suo!» esclamò una donna accennando a Leonard aggrappato alla mano di Penelope, che rispose stringendosi nelle spalle. Spesso capitava che la scambiassero per Addison, ma non le dispiaceva.

Si voltò a cercare lo sguardo complice di Ryan, che la ricambiò con un sorriso; lui era felice che Penelope fosse lì, che per un altro anno non dovesse scegliere l'albero di Natale da solo.

Spesero quasi tutta la mattina fra abeti di ogni forma e dimensione finché non trovarono quello adatto, e stabilirono all'unanimità che era ancora troppo presto per tornare a casa.

«Facciamo una passeggiata in paese, vi va?» propose Ryan indicando i boschi che circondavano il pugno di case in pietra arroccate sulla collina.

La mano di Leonard cercò quella della zia, stringendola forte.

«Perché no?» rispose Penelope.

Camminarono lungo le viuzze del piccolo borgo medievale. Visitarono botteghe artigiane e negozi di specialità di ogni tipo, fermandosi solo il tempo di consumare un pranzo veloce seduti al belvedere, e nel tardo pomeriggio ripresero la via di casa.

Leonard dormì per tutto il viaggio di ritorno, mentre Penelope e Ryan si tennero compagnia raccontandosi le impressioni della giornata.

«Dovremmo farlo più spesso» disse lei svoltando nel vialetto. Piccoli pois incolori decorarono il parabrezza. La pioggia avrebbe sciolto la neve in un paio d'ore, ma non le dispiaceva; aveva ancora i bulbi da piantare, e le piccole nertere da mettere a dimora nel suo angolo d'inverno.

Tirò il freno a mano e prese in braccio Leonard, che si aggrappò a lei continuando a dormire; una volta in casa lei e Ryan trovarono Addison seduta sul divano ad attenderli.

«Finalmente» li salutò gelida.

Penelope mise giù Leonard, che si stropicciava gli occhi insonnolito, ma quando Addison sentì la fitta sequenza di colpi di tosse del figlio partì all'attacco.

Scansò la sorella in cerca del marito, rimasto alle spalle della cognata. Ancora un altro respiro e sarebbe esplosa.

«Scommetto che non hai ritirato le medicine in farmacia» disse pungente.

Ryan trattenne un'imprecazione; per tutto il tempo aveva avuto la sensazione di aver dimenticato qualcosa di importante, e Addison non aveva mancato di ricordarglielo.

«Me ne sono dimenticato, in effetti» ammise colpevole.

«Ci avrei giurato» rincarò la dose Addison, con la voce che sbandava dalla rabbia. «Ti avevo chiesto di fare solo una cosa per Leonard, ma come al solito non l'hai fatta. Ma in fondo di che mi stupisco?»

«Ti ho già detto che mi dispiace» ribadì lui, asciutto; «non mi sembra il caso di farne un dramma.»

«Ah, no?» strillò lei.

Penelope vide all'istante le nuvole scure che si andavano addensando in salotto, e accompagnò Leonard in cucina; suo nipote non aveva bisogno di ascoltare l'ennesimo litigio famigliare. Gli preparò latte e biscotti e poi lo fece sdraiare sulla panca sotto la finestra, sedendosi accanto a lui.

Capiva la paura di Leonard, era la stessa che aveva provato lei da bambina, quando Violet e suo padre si urlavano contro a causa del carattere mutevole di sua madre, di quelle lunghe assenze immotivate e degli sconosciuti che di tanto in tanto facevano capolino in casa loro, perciò fece la sola cosa che le venne in mente; gli raccontò una favola.

Ne pescò una da quelle che le raccontava Claire, e non appena sentì Leonard scivolare nel sonno sgusciò fuori dalla cucina, raggiungendo il salotto dove trovò Ryan e Addison uno di fronte all'altro. L'aria fra loro era rovente.

Sua sorella, come al solito, stava avendo la meglio sul marito.

«Abbi il coraggio di ammettere che non hai mai considerato Leonard tuo figlio» diceva Addison. «Gli hai dato il tuo cognome solo perché non puoi avere figli tuoi, ma non hai mai accettato Leonard.»

Una stoccata crudele. Ryan vacillò, avvampando non appena scorse il profilo di Penelope emergere dalla parete buia. Subito si raddrizzò sulla sedia, sporgendosi verso Addison che lo guardava con gli occhi pieni di odio.

Il temporale esploso qualche minuto prima, intanto, picchiava forte contro i vetri della sala.

«Ascoltami bene, Addison, perché non te lo dirò più; ho dimenticato di passare in farmacia e me ne dispiace, ma non ti permetto di parlarmi in questo modo. Leonard ha solo un po' di tosse, perciò smettila di trattarlo come un moribondo. Nostro figlio sta bene» rimarcò. Una persona portata allo stremo; Penelope non vedeva altro nell'uomo che stringeva i braccioli della sedia a rotelle.

«In effetti Leonard è stato bene fino a quando non siamo rientrati» s'intromise con la speranza di riuscire ad ammorbidire i toni. Una pessima idea

«Cosa vorresti dire, che sono io a farlo star male?» ringhiò Addison.

«No, è ovvio» farfugliò Penelope cercando lo sguardo di Ryan, ma sua sorella le si parò di fronte, i tacchi sottili che rimbalzavano sul pavimento come una sassaiola.

«Bene, perché se è questo che pensi fammi il favore di non immischiarti» aggiunse osservando lei e il marito col piglio dell'avvocato smaliziato, le labbra di filo spinato; li aveva studiati a fondo negli ultimi tempi, e quella che aveva di fronte era la conferma che sperava non sarebbe mai arrivata.

«Vi siete alleati contro di me, è terribile» sibilò dando le spalle alla sala.

Ryan, esausto, stette a guardare la scena in silenzio, mentre Penelope cercava di trovare una spiegazione alla reazione della sorella.

Addison spalancò la porta della cucina, da cui uscì stringendo Leonard mezzo addormentato fra le braccia.

«Che hai intenzione di fare?» disse Ryan a voce alta mentre lei abbottonava il cappotto del figlio.

Penelope si passò la mano sulle labbra screpolate, negli occhi tutta l'infelice compassione per la sorte del nipote.

«Per favore, non fare sciocchezze. Fuori sta diluviando, non è prudente mettersi al volante.»

«Lascia che tuo figlio dorma nel suo letto, stanotte» insisté Penelope, ma Addison serrò la presa su di lui.

«Cos'è, adesso vuoi prenderti anche lui?»

«Straparli, spero che tu te ne renda conto.»

«Non mi sembra, visto che tu e mio marito mi trattate come un'intrusa in casa mia» ribatté Addison afferrando la borsa. «A ogni modo vado da mia zia. Almeno lì io e mio figlio potremo stare in pace» aggiunse. Non disse altro, lasciò che fosse un tuono a parlare per lei.

Penelope guardò dal salotto i fari del SUV farsi largo nel buio, mentre Ryan rimase fermo dov'era. Attese che Addison divenne un punto lontano nella notte, poi voltò le ruote della sedia verso le porte dello studio, che si chiusero con un tonfo.

Penelope sobbalzò, la mano premuta sul petto. Ovunque macerie, e la fissità del silenzio.

Era sola, di nuovo. Il rumore ininterrotto del temporale era il suo unico compagno.

Spense le luci in soggiorno, e salì in camera. Si lasciò scaldare dall'acqua bollente della doccia, e si gettò sotto le coperte senza nemmeno prendersi il disturbo di vestirsi.

La pioggia picchiava incessante sui vetri, mentre le ombre del giardino si rincorrevano sul tetto. Nel silenzio Penelope sentiva il fruscio dell'acqua lungo la grondaia che trascinava a terra le ultime foglie.

Chiuse gli occhi, le mani raccolte sulla pelle nuda, provando a immaginare che cosa stesse facendo Tristan in quel momento; non lo vedeva da un po', le era mancato il coraggio dopo la sera al fiume.

In realtà si sentiva gelare al solo pensiero di rivederlo. Perché si comportava in quel modo con lui? Che cosa l'aveva trattenuta dall'abbandonarsi e dal lasciarsi finalmente la vecchia Penelope alle spalle?

Nessuna risposta, solo il suo silenzio confuso.

L'unica certezza era di non voler stare da sola, non quella notte. Aveva bisogno di lui, di sentire la sua voce bassa ripetergli che sarebbe andato tutto bene. Doveva parlare con Tristan per spiegargli che cosa era successo al fiume, perché se n'era andata senza una spiegazione; gli avrebbe detto che pensava a lui di continuo, e che questo le metteva addosso una paura dannata.

Era spaventata, sì; la intimoriva il legame che si era creato fra loro, ma non voleva perderlo. Con lui stava bene, e il ricordo di Adam sbiadiva in lontananza ogni ora trascorsa in sua compagnia.

Aprì il cassetto dove teneva il cellulare, perennemente spento; lo aveva comprato quattro anni prima, ma dopo la morte di Adam non lo aveva quasi più usato. Lo accese, e fu subito travolta da decine di messaggi e avvisi di chiamata; il mondo sembrava essersi ricordato di lei dopo mesi di oblio.

Ignorò il trillo intermittente del telefono e prese dalle tasche dei jeans il foglio sgualcito con il numero di cellulare di Tristan; se avesse chiamato sul fisso a Beth sarebbe venuto un infarto. Indecisa, lo stiracchiò sulla coperta. Aveva l'indice pronto per far partire la chiamata quando un tuono la fece sobbalzare e fece tremare la casa. Il vento portò con sé uno sfrigolio di cavi in lontananza, accompagnato da un breve calo di tensione. Poi una voce, bassa e calda, che parlava all'altro capo del telefono.

«Tristan?» chiamò, ma le rispose un messaggio. «Tristan?» ripeté, senza capire.

Infine una voce che non poteva dimenticare, quella di Adam, che la chiamava per avvisarla che sarebbe tornato presto.

«Sono pazzo di te» erano state le sue ultime parole prima di riagganciare.

Parole che esplosero in un singhiozzo sul viso di Penelope.

Il messaggio era stato registrato qualche ora prima dell'incidente, eppure quella era la prima volta che lo ascoltava.

Le dita cercarono da sole il modo per riascoltare il messaggio una, tre, dieci volte. Ne aveva bisogno, voleva distinguere tutti i rumori, capire dov'era Adam quando l'aveva chiamata, sentirlo ripetere ancora il suo nome.

Sono pazzo di te era una frase che le diceva spesso.

L'aveva ripetuta anche la sera in cui le aveva chiesto di sposarlo, a Parigi.

Il telefono le scivolò fra le dita, atterrando sul pavimento. Penelope si rannicchiò nelle coperte, le braccia strette intorno alle ginocchia. Tremava.

Il temporale continuava a martellare contro il vetro, un tamburo che non dava tregua.

Si rigirò nel letto, ma le voci nella testa erano troppo forti. Voleva smettere di ricordare, ma il volto sfigurato di Adam riaffiorò dal fondo dei suoi occhi.

Si accucciò nel letto, mentre gli alberi ondeggiavano in ombre sinistre contro la parete. Aveva il fiatone, sudava freddo. Si premette le ginocchia contro il petto, le braccia strette a trattenere un po' del loro calore, ma non c'era tepore nel suo corpo. Penelope lo desiderava disperatamente, ma la sua pelle era un vestito di foglie morte.

Non c'era riposo né pace per lei.

Con uno strattone abbandonò le lenzuola sfatte e aprì la finestra, poi tirò giù dalla stampella un vecchio cardigan e uscì. Scese i gradini scalza, fermandosi di fronte allo studio di Ryan.

Abbassò la maniglia, trattenendo il fiato; lui era di spalle, con la sedia rivolta verso la finestra spalancata. Le luci erano spente, quelle del giardino e i bagliori dei lampi erano il solo chiarore ammesso.

Un bicchiere di brandy era posato sulla scrivania accanto a torri di carta, le sue ricerche. Ryan ci lavorava da settimane, eppure non aveva ancora scritto una riga. La trama era un'idea confusa, una ventina di righe che le aveva mostrato entusiasta, seppure sulle spine in attesa del suo giudizio.

Ryan era esattamente come lei: uno sconfitto in balia del vento. Anche lui cercava calore, l'abbraccio di un corpo che accogliesse il suo dolore. Soltanto un po' di calore, nient'altro.

Piccoli passi.

Penelope gli si avvicinò lentamente, nella testa il desiderio di fuggire via.

Via dal passato, da se stessa, da un corpo che non era più il suo. Via dalla donna affamata di calore, arrabbiata e disperata che ogni mattina vedeva riflessa nello specchio.

Sfiorò la spalla di Ryan, che si voltò mentre il profilo delle sue gambe si disegnava nella linea spezzata di un fulmine.

«Penelope» sussurrò, sorpreso, ma lei lo ammutolì premendogli l'indice sulle labbra.

Gli si parò davanti, gli occhi fissi su di lui. Il corpo sapeva quello che stava facendo, ma la testa era leggera, lontana; rincorreva il temporale oltre la finestra.

Toccò con la punta delle dita il bottone che le sfiorava la coscia, liberandolo. Poi passò all'altro, senza distogliere lo sguardo da Ryan che allungò la mano per fermarla.

«Penelope» la riprese con la voce spezzata, ma quando lei guidò la sua mano sotto la stoffa e la strinse sul suo seno lui sentì ogni barriera crollare. Tutto quello contro cui aveva combattuto gli si offriva nella spontaneità di un corpo nudo. «Penelope» ripeté a bassa voce, lasciando i suoi principi andare alla deriva. Uno sguardo, il profumo di quella pelle bianca, e il pensiero si dissolse. La attirò a sé per liberarla del cardigan, mentre la bocca affamata cercava i suoi seni. Li aveva voluti, desiderati ogni giorno in cui aveva scorto il loro profilo sotto le camicie. Ryan la desiderava da allora, aveva lottato contro se stesso e la gelosia che lo tormentava ogni volta che la vedeva con Tristan, ma lei era lì. Era lì, sopra di lui, a sfilargli i vestiti. Le sue labbra gli sfioravano il collo con baci soffiati, mentre le dita lo liberavano lentamente dei vestiti.

Le sue, invece, cercavano lei, la sua pelle, il calore umido del suo sesso. Non sfiorava un corpo di donna da quando era finito sulla sedia a rotelle, ma non appena sentì le mani di Penelope guidarlo dentro di sé ebbe la certezza di non volere nient'altro che lei.

E quando il piacere giunse, rapido e intenso, non poté far altro che arrendersi a lei, che gli aveva restituito la vita.

«Ti amo, Penelope» sussurrò con la voce alterata dal piacere, ma per tutta risposta lei gli posò il palmo sulla bocca, guardandolo scura. Era ancora su di lui, il maglione sceso sulle spalle a scoprirle il petto, ma era di nuovo lei, i suoi occhi non mentivano.

«Non dirlo mai più» disse con la voce roca. «Mai più» ripeté, correndo via dallo studio.

17

Il vento che si era sollevato all'alba aveva trascinato con sé gli ultimi scampoli del temporale, ma nuda di fronte allo specchio Penelope vedeva ancora intatti i segni della notte appena trascorsa.

Una volta fuori dallo studio di Ryan si era chiusa in bagno, ma il sapone non era riuscito a lavare via il disprezzo che provava per se stessa.

Soltanto fra i vetri appannati della doccia aveva realizzato quello che era successo, le mani di Ryan, i suoi gemiti, ma quando era arrivata a quell'ultima frase, la più crudele di tutte, era crollata. Aveva tradito sua sorella e Adam, e non sapeva il perché. Non era stato per solitudine o disperazione, no; lei aveva voluto il sesso con suo cognato, ma l'idea che lo avesse fatto per compassione, per condividere con lui un dolore lacerante, che non conosceva pause, era inaccettabile.

«Penelope?»

La voce di Addison fu la stilettata che le spezzò il fiato. Tirò via dal letto il lenzuolo, e se lo avvolse intorno, tremante al centro della stanza. Il viso di Ryan deformato dal piacere era di nuovo davanti a lei, una tortura.

«Ehi, ci sei?» insisté Addison picchiettando con la mano sul legno chiaro.

Penelope boccheggiò, farfugliando parole vuote; non aveva scampo, non poteva fuggire se Addison si ostinava a rimanere dietro la porta. Non avrebbe avuto il coraggio di aprirla e guardare sua sorella negli occhi, non dopo aver sentito Ryan gemere fra le sue braccia.

«Volevo scusarmi per ieri; ho sbagliato.»

«Non ti preoccupare» si affrettò a rispondere Penelope, ma l'ombra delle scarpe di Addison era ancora sotto la porta.

«Senti, perché non ne parliamo a colazione? Ryan non c'è, saremo solo noi due. Non è il massimo parlare a una porta chiusa» insisté Addison.

Un'offerta di pace, ma quello era il giorno sbagliato per le riappacificazioni.

Penelope si passò la mano sulla fronte bollente. «È tutto a posto. Scusa se non apro, ma qui dentro c'è un gran caos e oggi ho parecchio da fare in giardino.» Parole serrate come soldati, strette l'una all'altra così da rendere impossibile a Addison intervenire.

Poi il rumore di cassetti aperti, passi rapidi che si rincorrevano sul pavimento.

Addison ascoltava con l'orecchio teso Penelope muoversi nella stanza, perplessa. «Non hai tempo nemmeno per un caffè?» tentò un'ultima volta, ma l'altra declinò l'invito.

Lei trattenne il fiato sino a quando non sentì Addison scendere le scale. Aveva creduto di poter scacciare la solitudine e dimenticare per una notte, una soltanto, il dolore acuto della perdita, e invece quella piantava ancora più a fondo gli artigli dentro di lei. Era nel suo respiro appesantito dalla colpa, nella sporcizia raggrumatasi fra le dita.

Aveva tradito tutti, persino se stessa. Un volo in picchiata.

«Che idiota» sussurrò nascondendo il viso fra le mani che tremavano di vergogna.

Rimase a lungo con la schiena contro la porta, lo sguardo perso nel vuoto fino a quando non decise di indossare gli abiti da lavoro. Doveva smettere di pensare, almeno per qualche ora.

Impiegò l'intera mattinata per ridisegnare i vialetti e ripulire il terreno dal fango, e quando incrociò lo sguardo di Ryan in giardino abbassò la testa, grata dell'indifferenza che le riservò il cognato. Non poteva stargli vicino, non poteva nemmeno pensare di rivolgergli la parola senza sentire lo stomaco ribellarsi.

Premette la fronte sul manico del rastrello, cercando di trovare la forza per sopravvivere a quella giornata. L'indomani sarebbe stato più semplice, ma era difficile resistere alla tentazione di graffiarsi via dalla pelle quell'ultima notte. Voleva pagare il suo debito con la coscienza, con Addison e la sua famiglia, e in fretta.

Tirò fuori dal ripostiglio le nertere che aveva acquistato da Tristan e dette un'occhiata al progetto del giardino che portava sempre con sé. Avrebbe dovuto scavare decine di buche nel terreno per tracciare il perimetro dell'aiuola che Tristan aveva segnato sulla carta, e altrettanta fatica l'aspettava in seguito, quando avrebbe dovuto piantare i bulbi per la primavera. Ripiegò il foglio e lo mise da parte, pronta a quell'ennesima sfida; settimane prima aveva fatto una promessa a Addison, un impegno che dopo quella notte non poteva disattendere.

Prese l'attrezzatura, indossò i guanti e iniziò a scavare, rimestando il composto di terra e minerali che Tristan le aveva preparato. Continuò per ore, ma quando iniziò a sentire prurito fra le dita gettò i guanti e proseguì a mani nude. Aveva bisogno di sentire sotto le unghie il calore resinoso della terra per ritrovare la Penelope che voleva essere; soltanto lì, nel piccolo angolo che segretamente si era ricavata dal progetto di Ryan, si sentiva finalmente al sicuro, lontana da quel vuoto che l'aveva spinta a perdersi.

Ignorò il richiamo di Addison che la invitò a prendersi una pausa, preferendo restituire alle piccole piante colorate l'abbraccio della madre, e una volta finito con loro ricominciò a scavare per la semina della futura primavera. Controllò ogni buca stimandone la profondità con il pugno, ma quando prese una manciata di semi si sentì battere sulla spalla: era Leonard.

«Ti va di darmi una mano?» gli propose di getto, mostrandogli i semi nel palmo. «Da sola non credo di farcela» continuò incassando il sorriso genuino del bambino.

Penelope mostrò a Leonard la quantità di semi da sistemare in ogni singola buca, e lui imitò i suoi gesti mostrando una delicatezza insolita per un bambino della sua età.

Zia e nipote lavorarono fianco a fianco per l'intera mattinata, ma quando Addison si affacciò per richiamarli a pranzo Penelope non seguì Leonard, che pure si voltò indietro per invitarla ad andare.

«Vai pure, tanto qui abbiamo finito» gli disse lei lanciandogli un bacio. Rimase in ginocchio sulla terra bagnata finché non vide Leonard sparire fra le braccia della madre, ma quando tentò di alzarsi un dolore alla schiena la bloccò a mezz'aria.

«Per oggi può bastare» disse. Conficcò la piccola zappa nel terreno e sedette nel prato, in ascolto del vento che le accarezzava il viso. La giornata aveva un sapore invernale, eppure era sudata come se avesse lavorato sotto il sole rovente.

Si spolverò i jeans dalla terra e lanciò un'occhiata alla casa, confidando nel silenzio proveniente dalle mura; secondo la tabella di marcia di sua sorella a quell'ora stavano tutti riposando. Si avvicinò alla veranda in punta di piedi, sbirciando l'interno della cucina; la tavola era sparecchiata e i piatti ad asciugare sul lavello.

Penelope alzò gli occhi al cielo; in questi casi adorava la metodicità di Addison.

Entrò dalla porta secondaria, prese un paio di mele dalla fruttiera e salì in camera per una doccia; aveva bisogno di lavare via il sudore e tutti i pensieri che continuavano a ronzarle in testa, ma la fatica no, quella l'avrebbe conservata. Le serviva come monito, per non sbagliare ancora.

Prese in mano il cellulare. Voleva sentire Tristan, la sua voce.

Rimase con il telefono in mano per qualche istante, poi lo rimise nel cassetto e aprì l'armadio. Non era una buona idea, Tristan non era la persona giusta con cui parlare. Beth, piuttosto; lei avrebbe capito.

Prese dalla valigia il set da cucito e chiuse la porta. Sarebbe stato più semplice raccontarsi con le mani impegnate, ma quando un'ora dopo suonò il campanello dei Faulkner fu lui ad aprirle.

Penelope serrò la presa sul cestino da cucito, mentre lui continuava a fissarla senza parlare.

«Cercavo Beth» farfugliò, lottando contro il ricordo della sera al fiume. «Non credevo di trovarti qui» aggiunse.

Tristan diede un morso alla mela che teneva in mano. «Mi sono preso un giorno libero per finire un lavoro qui a casa, perciò mi dispiace, ma dovrai accontentarti di me» disse spalancando la porta. «Non ne so molto di uncinetto, ma con il tè me la cavo discretamente.» Quando però vide che Penelope rimaneva ostinata sui gradini inclinò la testa, stupito. «Niente tè? Se vuoi ti preparo un caffè, o una birra. Sì, la birra è meglio; devo giusto trovare l'apribottiglie.» Il suo sorriso era aperto, di una sincerità disarmante. «Dài, entra; non ti mangio mica.»

Una mano tesa; Penelope l'afferrò senza pensarci oltre.

Si sedettero in cucina, sulla tovaglia c'erano un pacco di biscotti e una tavoletta di cioccolata avvolta nella stagnola.

«Mi manca» disse lei, di getto.

Era rimasta in silenzio a lungo prima di decidersi a parlare, e quando lo aveva fatto Adam era il solo argomento di cui volesse raccontare. Aveva creduto di proteggerlo rinchiudendolo nei suoi ricordi, e aveva fallito. Non si era resa conto dello stato di isolamento che si era inflitta, ma quando la sua natura umana era riemersa e la solitudine era diventata insopportabile era crollata. Allora aveva sentito imprescindibile il bisogno di calore, di quella comprensione da cui era fuggita per mesi, ed era andata a cercarli nel dolore del cognato, così simile al suo, senza pensare alle conseguenze.

Sofferenza e umiliazione; a Penelope non restava altro, di quella notte.

«Mi manca la persona che ero con Adam, che potevo diventare con lui» continuò. Non riusciva nemmeno a guardare Tristan, i suoi occhi vagavano senza meta per la cucina. «Lui se n'è andato da tempo ormai, e quello che ha lasciato è una donna rabbiosa, che cerca consolazione dove non c'è altro che dolore. Una ragazzina che manda in pezzi la sua vita nel giro di una notte» aggiunse ripiegando il tovagliolo.

Tristan abbassò lo sguardo. Il racconto di Penelope gli aveva lasciato sulle labbra un sapore agrodolce, venato di gelosia.

«Puoi liberarti di lei, se vuoi» le disse piano. Le parole camminarono lente sino a Penelope, stretta intorno al suo tè. «Guarda questa tazza» aggiunse ruotandola verso di lei. «Me l'ha comprata mia madre il giorno in cui l'hanno uccisa.»

Minuscole efelidi colorarono il viso di Penelope, paralizzata sulla sedia. Nella testa si proiettò il racconto di Beth, della sparatoria che aveva reso Tristan orfano quando era solo un bambino.

«Mi dispiace; non volevo risvegliare brutti ricordi» disse mortificata, ma lui le prese la mano e la strinse nella sua.

«Non devi scusarti, perché è proprio questo il punto» insisté. «Avevo sfiancato mia madre pur di avere questa tazza, e alla fine lei aveva ceduto. L'aveva messa nel carrello e poco dopo è scoppiato il finimondo; non so bene cosa sia successo di preciso, ma quando in ospedale mi hanno riportato lo zaino l'ho trovata. Ancora oggi fatico a spiegarmi come sia stato possibile, ma allora non mi feci tante domande; pensai che quello doveva essere una specie di messaggio, e che nella vita sarebbe potuto succedermi di tutto, ma mia madre sarebbe rimasta con me. Per sempre» precisò. Fece una pausa. Sapeva perfettamente che lei stava pensando a Adam, eppure non fece nulla; la lasciò macerarsi nel ricordo, nei sogni svaniti, e si sporse in avanti. «Non per questo, però, ho messo la tazza sottochiave. Ho continuato a usarla, mi è caduta almeno una decina di volte, e per dieci volte ho rimesso insieme i pezzi.» Le mostrò le nervature della ceramica tenute insieme dalla colla, il bordo sbeccato del manico.

Amore. C'era amore persino nella colla sovrabbondante fuoriuscita dalle fessure.

«Mia madre avrebbe voluto che la usassi anche se questa tazza mi avrebbe ricordato per sempre il giorno in cui l'ho persa. Lei vuole che io stia bene, lo so.» Serrò il pugno, mentre il gorgoglio del bollitore lanciava nuvole di vapore acqueo. «È morta quando ero un bambino, ma non per questo ho smesso di usare la "sua" tazza. E credo che valga lo stesso per te.»

Penelope si sentì a disagio; Tristan era capace di leggerle l'anima.

«Tu però hai qualcosa di meglio da fare che rimettere a posto una vecchia tazza» disse.

«Ti riferisci al giardino?» gli domandò.

«Non proprio. Prova, non è difficile» la spronò, ma lei si appoggiò contro lo schienale, guardandolo confusa. Tristan allora inclinò la testa, negli occhi la voglia di aiutarla. «Che lavoro facevi prima?»

«Quando ho conosciuto Adam lavoravo in un'agenzia di viaggi» rispose Penelope prontamente. Era facile rispondere a cosa era stata prima di lui, ma lui scosse la testa.

«Questo lo so. Io intendevo dopo. Che lavoro facevi dopo averlo conosciuto» precisò, ma Penelope si mise subito sulla difensiva.

«Cos'è, un test?»

«Rispondi e basta.»

Lei sbuffò. «Un paio di mesi dopo il nostro incontro persi il lavoro, così chiesi a un'amica che aveva una sartoria se potevo collaborare con lei. Mi occupavo per lo più di piccole riparazioni, e ogni tanto creavo qualche capo da mettere in vendita» raccontò mentre a poco a poco lo sguardo si perdeva in giornate piene di colori. «Sono rimasta per un po'; anche se lo stipendio non era dei migliori riuscivo a pagarci affitto e bollette, ma dopo l'incidente non ci sono più tornata. Non me la sono sentita.»

«E com'era?»

«Com'era cosa?»

«Lavorare in sartoria. Era divertente?» le domandò, e in quel momento sul viso di Penelope sbocciò un sorriso. Per un momento, uno soltanto, aveva ricordato com'era stato essere felice. Lo confermavano le sue mani, ma più di ogni altra cosa erano gli occhi, luminosi come lui non ne aveva mai visti. Lo sguardo di Penelope raccontava una storia che non avrebbe mai smesso di ascoltare, ma quando l'esplosione di ricordi si affievolì nella nostalgia lui tornò in cerca della sua mano.

«Hai trovato la risposta» le disse piano.

«Di quale risposta stai parlando?» ribatté lei, scettica, ma a quel punto fu semplice per lui prendere il set da cucito e metterlo al centro del tavolo.

«Questa risposta» continuò stringendo fra le dita qualche

tassello di stoffa colorata. Osservò i pezzi di tessuto, l'accostamento delle fantasie che Penelope aveva selezionato e la struttura cromatica dell'insieme, e gli sembrò lampante che quella era la sola strada perseguibile per lei, per ritrovarsi. «Tu hai un dono; sai scegliere i colori giusti da accostare, sai qual è il filo adatto con cui tenerli insieme. Dovresti fare questo, se ti rende felice» insisté mentre con la coda dell'occhio controllava le reazioni di Penelope. Lei lo studiava dalla sedia con le gambe accavallate e le dita affusolate intrecciate sul petto; i capelli scuri erano annodati in una treccia che scendeva morbida lungo le spalle. Era bella, con i suoi tratti delicati, gli zigomi alti e gli occhi di quell'indaco raro e profondo, bella come Tristan non aveva mai visto nessuna, prima di allora. Prima che quella piccola scintilla di luce divampasse nella sua vita in chiaroscuro.

«Vivere non è sbagliato» disse serio. Girò intorno al tavolo e si inginocchiò davanti a lei, le mani tese nella speranza che Penelope vi appoggiasse le sue, ma non lo fece. «Non puoi evitare di vivere e pretendere di non pagarne il prezzo, ma se quel prezzo è troppo caro allora reagisci» continuò.

Stava tentando il tutto per tutto pur di non vederla impallidire come quella sera al fiume, quando era scappata via da lui, dalle tante domande che si annodavano fra loro. «Sei brava a rimettere insieme i pezzi, ma è arrivato il momento di farlo con la tua vita, perciò inizia con questo» continuò indicandogli il cesto del cucito. «Trasforma la tua passione in un lavoro, fa' quello che ti piace. Se vuoi posso aiutarti ad avviare un negozio online dove vendere i tuoi lavori, almeno Beth non mi rimprovererà di aver sprecato la mia quasi laurea in informatica.» Un sorriso, leale come solo quello di un amico sincero sa essere, scaldò lo sguardo d'inverno di Penelope.

«Posso chiedere a mia nonna di spargere la voce, contattare

qualche negozio» continuò, ma tutte le parole che lui le diceva si arenavano di fronte a una domanda, la sola che lei trovasse sensata.

«Perché?» gli domandò. Non c'era ragione che lui si spendesse tanto per lei; non sarebbe rimasta a lungo, non dopo quell'ultima notte.

Tristan non poteva fare niente per aiutarla, eppure le aveva appena promesso che sarebbe tornata a vivere nel mondo, prima o poi, anche senza Adam. Le aveva promesso che le sarebbe rimasto accanto, che non era sola. Doveva solo lasciarsi aiutare, ma lei era terrorizzata da tutte quelle parole.

Si chinò verso di lui. Accolse la mano di Tristan fra le sue e la strinse forte, più di quanto volesse. «Penelope» sussurrò Tristan, ma a quel punto Penelope intrecciò le dita alle sue e se le portò al petto. Un salto nel buio, un altro dopo il giardino, la chance di ritrovarsi, di provare ad amare il mondo anche senza Adam.

Poteva rischiare se Tristan le stava accanto, poteva fidarsi dei suoi occhi profondi, del calore della sua voce. Un respiro, un battito.

«D'accordo» sussurrò. «Ma se davvero vuoi aiutarmi dovrai farlo anche con il giardino; non posso occuparmi di entrambe le cose, ho bisogno di te.»

Tristan guardò la sua mano, fusa con quella di lei. «Siamo una squadra, allora.»

«Siamo una squadra» ripeté Penelope. Era confusa e tremava, ma qualcosa le diceva che non aveva più paura.

18

Con l'aiuto di Tristan i lavori in giardino procedettero spediti; in meno di due settimane i bulbi furono piantati, le aiuole recintate con le pietre del fiume prese durante le passeggiate nei weekend e la ghiaia sparsa sui vialetti.

Il caos che minacciava di strangolare il giardino lentamente si dissolse, e in pochi giorni tutto assunse un aspetto ordinato e pulito. Persino il capanno degli attrezzi ai margini della proprietà, una vecchia casupola di legno, tornò a nuova vita; Penelope e Tristan ci erano entrati per caso in cerca di qualche attrezzo, ma una volta oltrepassata la porta era bastata un'occhiata per stabilire che il giardino non era il solo ad aver bisogno di una sistemata. L'odore di muffa lì dentro era insopportabile, e la polvere un ospite troppo invadente per essere ignorato.

«Ti do una mano, non ci vorrà molto; basta dare una sistemata alle assi, comprare un po' di smalto ed è fatta» le aveva detto lui mentre adagiava le ultime azalee giapponesi nella terra. Tristan aveva un modo tutto suo di mettere a dimora le piante, una delicatezza quasi femminile, se non fosse stato per le mani enormi e callose.

«Mi fa piacere sentirtelo dire» esclamò sollevata. Fino ad allora aveva utilizzato la cantina come deposito, ma presto Addison avrebbe cominciato a lamentarsene.

«Vedrai, quando avremo finito anche tua sorella ti ringrazierà.» Tristan sorrise premendo la terra intorno alla pianta con il dorso della pala.

Era sempre così tra loro, ormai lei aveva smesso di stupirsene. Sempre più spesso aveva la sensazione che lui le leggesse nel pensiero, ma dopo settimane di assidua frequentazione pensò fosse normale un po' di complicità.

Un'affinità che sua sorella non mancava di sottolineare con sorrisetti maliziosi ogni volta che portava loro sandwich e tè.

Persino l'incontentabile Addison era entusiasta di Tristan; solo Ryan aveva sospeso il giudizio su di lui. Dopo la sera del temporale il suo atteggiamento era cambiato radicalmente nei confronti di Penelope; trascorreva intere giornate nello studio, e l'aveva sollevata dall'incombenza di accompagnarlo alle sedute di fisioterapia, trattandola come un ospite qualsiasi le rare volte in cui sedevano a tavola insieme.

Solo una sera, a cena, si era concesso uno scoppio d'ira, e anche quella volta era Tristan il punto focale del suo malumore.

Penelope stava raccontando a Addison quanto lui l'avesse aiutata, dell'intuito infallibile dell'amico nello scegliere le piante più adatte, che Ryan aveva battuto il pugno sul tavolo raggelando l'intera tavolata. Non aveva detto granché, si era limitato a borbottare il nome di Tristan sottovoce, contrariato, ma erano bastati i suoi occhi taglienti e cupi a dire tutto quello che in realtà si agitava nella sua testa.

Addison aveva continuato a fissarlo con il piatto delle verdure ancora fra le mani, gli occhi sbarrati su di lui in cerca di una risposta, mentre Penelope teneva i suoi incollati al tovagliolo. Poi un sospiro, carico d'ira.

«Posso avere dell'altro purè?» aveva bisbigliato Ryan poco dopo, stizzito, realizzando solo in quel momento di aver passato il segno. Non aveva distolto nemmeno per un momento lo sguardo da Penelope, che invece desiderava soltanto essere invisibile.

Lei non voleva più esistere per il cognato, voleva sparire, come se non avesse mai varcato la porta di quella casa. Tutto pur di stare lontano da quegli occhi che setacciavano ogni suo gesto, ogni pensiero.

«Ho quasi finito il sito; ancora qualche giorno e sarai online» le annunciò Tristan crollando a sedere accanto a lei. Si asciugò il collo fradicio, sciacquandosi le mani con dell'acqua fresca; il sole sembrava intenzionato a regalare loro una giornata finalmente calda, dopo la neve e le gelate delle ultime settimane.

Penelope lasciò cadere nel vuoto il ricordo di quella serata. Aprì la bottiglia e prese un paio di panini dal cestino del pranzo, passandogliene uno. Scartò la stagnola che avvolgeva il pane, pregustando il sapore dolciastro del salmone affumicato immerso nella salsa rosa. «È carino?» s'informò, curiosa.

Lui dette il primo morso al suo panino e annuì. «Dato il tuo pessimo rapporto con la tecnologia ho cercato di semplificarlo il più possibile, ma sta venendo bene.»

«Fantastico» disse lei passandogli una lattina di birra.

«Nel frattempo ho contattato qualche negozio, e Beth sta spargendo la voce in paese» aggiunse. Poi sollevò la lattina, e insieme a lei brindò alla buona riuscita del progetto.

Dopo i tentennamenti iniziali Penelope aveva deciso di dedicarsi completamente a quel progetto; tutte le sue serate erano dedicate al cucito, e sebbene non riuscisse a dormire più di quattro ore a notte era felice.

Divise un altro panino con Tristan, ma il sandwich le si bloccò in gola non appena vide Addison marciare verso di loro. Portava al braccio un cestino di biscotti all'uvetta, ma sapeva per esperienza che la generosità di sua sorella era sempre subordinata a un tornaconto personale.

«Vengo in pace» li salutò con un sorriso smagliante, offrendo ai due le sue dolcezze.

Penelope prese un sorso di birra e diede un morso al biscotto, guardinga, mentre Addison si sincerò che Tristan trovasse i biscotti di suo gradimento, sistemandosi lentamente una ciocca di capelli dietro l'orecchio.

«Mi rendo conto che state lavorando sodo, ma visti gli ottimi risultati pensavo di chiedervi se poteste finire in tempo per il compleanno di Leonard. Mi piacerebbe festeggiare qui in giardino, e ci terrei che fosse tutto in ordine» continuò alludendo alla sporcizia che Penelope e Tristan avevano ammassato fuori dal capanno e alle aiuole ancora da sistemare.

Negli ultimi giorni si erano concentrati sul giardino invernale che a breve sarebbe sbocciato in tutta la sua magnificenza, ma c'era ancora molto da fare per completare l'opera.

«Al momento il giardino sembra un cantiere; è impossibile organizzare una festa per bambini in questo caos» continuò fissando vecchi barili e damigiane sbeccate dove aveva immaginato cespugli e aiuole fioriti.

"Per lei deve essere un inferno" pensò Penelope osservando la sorella. «Sei sicura di voler dare una festa qui. Sarà freddo per i bambini.»

«Certamente» rispose Addison ritrovando un buonumore istantaneo; se Penelope aveva rilanciato in quel modo allora esisteva una possibilità che le cose andassero come stabilito. «Ho controllato personalmente il bollettino meteo; per il compleanno di Leonard splenderà il sole, e nel Kent godremo tutti dell'arrivo di una magnifica corrente calda proveniente dal Mediterraneo.»

«Wow, parli proprio come quelli della televisione!» la stuzzicò Penelope, cercando lo sguardo complice di Tristan. Finì la birra e prese un altro biscotto, ma non appena vide il rossore arrampicarsi come glicine sul collo candido di Addison le promise che avrebbero cercato di finire in tempo.

«Dovremmo farcela, non ci manca molto» la supportò Tristan.

Un sorriso raggiante comparve sul viso della donna.

«Perfetto» cinguettò, sollevata. La sua famiglia aveva bisogno di ritrovare un equilibrio che nelle ultime settimane le era sembrato vacillare pericolosamente; finalmente anche lei aveva un po' di tempo; il processo che stava seguendo ormai era stato impostato, quindi poteva concentrarsi su Leonard e Ryan.

Ryan.

Da un po' di tempo suo marito era cambiato.

Camminò a passo svelto verso la porta, e una volta nel corridoio si sentì di nuovo avvolgere dal silenzio spettrale che da giorni ammantava la casa.

Si voltò a destra, davanti alla porta dello studio, e sospirò.

Da quanto tempo non parlava con suo marito? Ultimamente era stata talmente assorbita dal lavoro da non avere tempo nemmeno per se stessa. Non si era nemmeno accorta che da qualche giorno lui non dormiva nel loro letto, preferendogli il divano dello studio. Solo il cuscino intatto, al mattino, l'aveva spinta a sospettare che ci fosse qualcosa che non andasse.

E poi Ryan non faceva che isolarsi dal resto della famiglia, comportandosi come un naufrago che rifiuta ogni mano tesa a prestargli soccorso. A cena era sempre silenzioso, e il giorno una presenza invisibile. Da tempo ormai la notte non la cercava più nel letto; se ne stava in disparte, come se non volesse più vivere nel mondo. Come se la sua famiglia gli fosse diventata estranea.

Ryan però era lì, eppure Addison non riusciva a sfiorarlo nemmeno con le parole.

Una seconda occhiata al corridoio, nella pelle il bisogno di far luce su quella storia.

Calpestò a piccoli passi il parquet lucido, la porta dello studio sempre più vicina.

Una volta raggiunta tese la mano a sfiorarla, ma era chiusa. Oltre la parete di legno chiaro c'era suo marito, lontano, in un altrove in cui lei non era desiderata. Di fronte, un muro invalicabile di silenzi.

Toccò la maniglia, dolcemente, quando un leggero colpo di vento fece scattare la chiusura.

La porta si aprì e un minuscolo spiraglio di luce si disegnò sul pavimento, colorando di chiaro l'ambiente cupo dello studio.

Ryan era seduto alla scrivania, davanti al monitor del computer. Spento.

Gli occhi guardavano fisso in avanti, in un tempo da cui Addison si sentiva estromessa. A cosa o chi fossero rivolti a lei non era concesso saperlo.

Da un prima occhiata stimò che non doveva aver dormito molto; aveva la faccia stralunata, sulle guance la barba di un paio di giorni e i capelli spettinati a fare da cornice a un viso sbiadito. Il colletto della camicia era allentato, le maniche arrotolate sino ai gomiti.

Non era quello suo marito, l'uomo che aveva conosciuto e stimato, ma non era più nemmeno il Ryan che combatteva con la sua disabilità con tenacia e coraggio.

Addison non sapeva nulla dell'uomo seduto nello studio, non aveva la minima idea di chi fosse quell'estraneo, ma era più che mai convinta che quella festa, un piccolo ricordo di famiglia da serbare per il futuro, fosse il solo rimedio possibile per riavere indietro anche solo un frammento dell'uomo che aveva amato. Lo doveva a Ryan, a se stessa, alla sua famiglia.

Persino a Penelope, rimasta a guardarla sparire oltre la porta d'ingresso. «Mia sorella è proprio assurda. Hai visto come sorrideva?» disse dando un colpetto a Tristan. «Sembrava uscita dalla pubblicità di un dentifricio.» Si liberò delle briciole e si alzò in piedi, rimanendo incantata dal panorama che la circondava. I lavori erano estenuanti, ma la soddisfazione di aver restituito la vita a qualcosa considerato senza speranza non aveva eguali: aiuole, siepi di gelsomino e un sentiero che scendeva al fiume, il suo orgoglio che in primavera sarebbe esploso in una pioggia colorata di fresie. Se solo guardava al giardino con gli occhi del futuro sentiva già il profumo dei fiori riempirle i polmoni, la vita tornata a sbocciare dopo un lungo, lunghissimo inverno.

Lasciò svanire le ultime immagini di quel paradiso e si voltò verso Tristan che se ne stava seduto sul barile con i gomiti piantati nelle cosce a guardarla sognare a occhi aperti. Non disse una parola, ma Penelope sentì il suo sguardo accarezzarle la pelle; era caldo, quel vento tiepido che aveva immaginato, ma scacciò subito quel pensiero.

Prese i guanti da lavoro e se li infilò in tasca, diretta verso il lato del capanno da sistemare.

«Io vado sul retro. Se dobbiamo finire in tempo per il compleanno di Leonard, sarà meglio sbrigarci» disse sparendo dietro la parete, improvvisamente tesa. Non aggiunse altro, preferendo lavorare con la sola compagnia dei ricordi. Sapeva di non potersi concedere distrazioni, di nessun genere. Aveva imparato a sue spese quanto fosse doloroso fantasticare; il suo corpo era devastato da ferite di cui il tempo non avrebbe avuto ragione.

Immerse il pennello nella vernice, coprendo quei pensieri con una mano densa di smalto. Cancellare, dimenticare per sopravvivere un altro giorno; dalla sera dell'incidente non aveva altri obiettivi.

«Ho finito, per oggi può bastare» annunciò Tristan. Richiuse la scala di metallo e l'appoggiò contro il muro, asciugandosi il sudore con il polso.

Penelope si affacciò a controllare, la testa che sporgeva dalla parete verniciata di fresco.

Lui era chino sulla borsa degli attrezzi; non si era voltato a guardarla nonostante sapesse che era alle sue spalle. Prese la borsa e si avviò fischiettando verso il camioncino senza nemmeno salutarla. Fu allora, quando Penelope non vide che la sua schiena davanti a sé, che sentì uno strappo allo stomaco. Di nuovo la inghiottì il buio. Sino ad allora Tristan era stato il laccio stretto a contenerla, ma la sua indifferenza era il segnale che anche lui iniziava a cedere.

Coprì in poche falcate la distanza che li separava, ma quando arrivò a un paio di metri da lui le ginocchia si bloccarono. Non avrebbe convinto il suo corpo a muovere un solo passo; era piantata a terra, con il fiato corto.

«Tornerai domani?» gli chiese, in ansia.

Voleva una risposta, solo che lui le dicesse qualcosa, che la guardasse ancora. In quel momento niente aveva più importanza, ma Tristan lanciò la sacca sul sedile e tirò fuori le chiavi dalla tasca. Strinse il mazzo colorato nel palmo, muto.

«Certo che torno» bisbigliò, contrariato.

Alzò la mano in un cenno di saluto, salì in auto e mise in moto. Poi solo una nuvola di polvere, e la figura esile di Penelope rimpicciolire fino a sparire nello specchietto retrovisore.

19

«Ieri ho venduto un paio di coperte online, e Beth una trapunta da neonato a un'amica. A quanto pare la tua idea di mescolare tutte quelle stoffe ha successo» le riferì Tristan riempiendosi la tazza del thermos di tè bollente.

Aveva preferito fare a meno delle scuse che Penelope gli aveva offerto non appena si era presentato al cancello, la mattina dopo, perché non sapeva che farsene se poi tornavano sempre allo stesso punto, se lei si ostinava a rimarcare le distanze ogni volta che le si avvicinava.

Penelope sfilacciò i polsini logori della felpa. «In realtà non ho inventato niente; quello che faccio si chiama patchwork» sussurrò. Controllò il panorama fuori dalla finestra, ma pioveva ancora.

La grandine li aveva sorpresi nel mezzo di una mattinata di sole, obbligandoli a cercare rifugio nel capanno appena sistemato; lei trovava ridicolo starsene lì, a poche decine di metri da casa, ma solo un'ora prima la veranda le era sembrata una meta inarrivabile. «Una volta finiti gli ultimi ritocchi daremo a Addison la bella notizia» aggiunse, cambiando argomento. Era chiusa nel capanno con Tristan da più di mezz'ora, ma le sembrava un'eternità se lui continuava a guardarla accigliato.

Tristan annuì, grattandosi la barba ispida cresciuta sulle guance. «Pensavo di utilizzare i tuoi lavori per allestire la festa. Addison ha invitato parecchie persone, sarebbe un'ottima pubblicità.»

Penelope gli si avvicinò, sfiorandogli il ginocchio. Era una situazione insostenibile, doveva metterci un punto. «Mi dispiace per l'altro giorno, sul serio» disse. «È solo che...» provò a spiegare, senza riuscirci. I pensieri si intrecciarono non appena aprì bocca, intrappolati fra parole dette a metà.

«Lascia perdere, è tutto a posto» assicurò lui. Finì il tè e rimise il thermos nella borsa, mentre una folata improvvisa spalancò la porta del capanno.

«Volevo solo accertarmi che steste bene, scusate il disturbo» disse Addison, sulla soglia.

«Va tutto benissimo, grazie» si affrettò a precisare Penelope.

«Abbiamo approfittato del temporale per fare una pausa» aggiunse Tristan restituendole il thermos. «Grazie ancora per il tè.»

«Figurati, è un piacere» rispose Addison soffermandosi un momento di troppo sulle facce scure dei due. Lanciò loro un'altra occhiata; Tristan non stava un attimo fermo, mentre Penelope teneva lo sguardo inchiodato fra i lacci delle scarpe. Strinse la presa sul thermos mentre la sorella iniziava a radunare gli attrezzi; quando vide Tristan rivolgerle uno sguardo affranto un sorriso le affiorò sulle labbra. «Perché non ti fermi a cena? Hai lavorato tutto il giorno, sarai affamato» gli propose, ma a Tristan bastò uno sguardo per capire di non essere un ospite gradito, almeno da una delle sorelle, perciò tirò fuori le chiavi del camioncino e un mezzo sorriso. «A dire la verità vorrei solo farmi una bella doccia, ma grazie lo stesso per l'invito» disse a Addison.

«Come preferisci» rispose lei. «Vorrà dire che sposteremo la cena a sabato prossimo.»

«La vigilia del compleanno di Leonard?» intervenne Penelope, ma Addison sgranò gli occhi da cerbiatta.

«Esatto. Avrò bisogno di una mano per sistemare il giardino, e mi piacerebbe festeggiare la fine dei lavori con le due persone che hanno reso possibile questa meraviglia» rispose voltandosi a guardare ammirata il paesaggio. «Sabato prossimo, allora, alle sette e trenta» disse a Tristan. «In tuo onore preparerò il mio arrosto speciale, perciò non farmi aspettare» lo ammonì con un sorriso affabile, prima di prendere la via del ritorno.

Penelope rimase con gli occhi fissi sul punto in cui era scomparsa la sorella, le labbra incollate dalla rabbia. Addison non capiva, non immaginava quali potevano essere le conseguenze di quella decisione. Lei però le conosceva. Erano i tuoni che si avvicinavano alla villa, il vento gelido che montava da nord.

«Che assurdità» sibilò.

Tristan si voltò, impassibile, nonostante si sentisse esplodere. A dispetto dei suoi sforzi lei era di nuovo lontana, inarrivabile. Irrigidì le mani nelle tasche; non poteva più rimanere lì.

«Una vera assurdità» le fece eco oltrepassandola. La urtò con la spalla, ma non si girò a scusarsi; continuò a camminare spedito, la testa che mirava dritto davanti a sé.

Penelope invece avrebbe voluto fermarlo; sollevò un braccio che poi crollò vinto lungo i fianchi, accompagnato da un respiro spento.

Il camioncino con la pubblicità del vivaio sulla fiancata uscì dal vialetto, avvolto in una nuvola di fumo bianco che portò via con sé tutti i suoi buoni propositi.

«Una pessima idea» sussurrò guardando le nuvole sulla sua testa.

20

Tristan si tamponò le labbra con il tovagliolo e si voltò verso Ryan, che lo fissava accigliato.

«Dunque è sua l'idea di piantare le fresie e i crocuss lungo il sentiero che scende al fiume?» gli chiese il padrone di casa. Le schermaglie fra loro duravano già da mezz'ora, ed era sempre più difficile per Tristan mantenere la calma.

«Sì, ma non mi fraintenda; le rose sono eccezionali, però hanno bisogno di un ambiente con caratteristiche molto particolari per crescere al meglio.»

«Davvero?»

«Certamente. Purtroppo il ph del terreno che si affaccia sul fiume è troppo alto, non è adatto» spiegò allentandosi il collo della camicia.

«Strano» commentò Ryan tagliando in pezzetti minuscoli l'arrosto di Leonard; il tono era pacato, ma la nota di fondo lasciava intuire un intento malevolo. «La settimana scorsa l'ho fatto analizzare, ma nessuno mi ha parlato di controindicazioni di questo tipo.»

«Non sapevo ti fossi addirittura informato sulla composizione chimica del terreno» intervenne Addison meravigliata, servendo ai commensali le sue celebri patate al burro. In occasione della cena con Tristan aveva sfoderato il servizio di porcellana regalatole per il suo secondo matrimonio, un particolare che Ryan digerì con un sorriso compassato.

«Diciamo pure che mi piace sfruttare al meglio il mio tempo libero» rispose alla moglie, senza perdere d'occhio Tristan. Odiava l'idea che aveva avuto Addison, quella maledetta cena. «Il nostro vivaista si è gentilmente offerto di sostituirmi nei lavori di fatica, per cui ho pensato di contribuire con i mezzi che mi rimangono. Il corpo mi ha tradito, come vede, ma questo funziona ancora» continuò premendo l'indice sulla tempia.

Un sorriso fugace, solo un accenno, si posò sulle labbra rigide.

Addison captò la tensione crescente fra i due uomini; Ryan e Tristan si guardavano appena, ma le poche occhiate che si rivolgevano assomigliavano a colpi di fucile.

Cercò il sostegno della sorella, ma invece di aiutarla a smorzare i toni di Penelope se ne stava con la mano sulla guancia a guardare il panorama, distratta come al solito. La serata si sarebbe rivelata un disastro se non fosse intervenuta. Sollevò il bicchiere, decisa a proporre un brindisi, ma al momento di sollevare i calici non seppe cosa dire.

«A mia madre» suggerì Ryan, ma Addison aggrottò la fronte.

«A tua madre?» gli fece eco lei con un sorriso forzato. Ryan si sistemò il nodo della cravatta, compiaciuto di essere l'unico uomo a tavola a sfoggiare un completo di alta sartoria.

«Mi sembra il minimo, cara. Le rose che pianterò sono le sue, e sai quanto sia legato a lei. È a mia madre che devo la mia carriera medica, perciò a lei sarà intitolato il nostro giardino» chiarì, forzatamente affabile. Addison rimase con il bicchiere sollevato, meravigliata dall'insistenza del marito. Sperava solo che Tristan trovasse un modo per accontentarlo; qualsiasi cosa purché la smettesse di provocarlo. «Alle rose di tua madre, allora» disse.

Ryan fu il primo a finire il vino, ma non gli sfuggì lo sguardo che Tristan rivolse alla cognata, che il bicchiere non lo aveva nemmeno sfiorato. Nella testa Penelope aveva solo le rose, quei fiori spinosi che avrebbero invaso il suo giardino con l'odore prepotente dei ricordi, di nuovo.

«Certo è un peccato che questo desiderio abbia incontrato così tanti ostacoli» riprese Addison con le guance colorite dal vino. «Se Tristan sostiene che il terreno non va bene vuol dire che dovrai trovare loro un'altra collocazione» disse, ignorando l'espressione glaciale del marito.

«Con tutto il rispetto non credo che un giardiniere di provincia sia un esperto mondiale di rose.»

«Se è per questo nemmeno tu» precisò Addison. L'aveva stancata l'atteggiamento del marito; non tollerava che si mancasse di rispetto ai suoi ospiti, e non sapeva che cosa passasse quella sera per la testa di Ryan, per essere così sgradevole. «Non capisco perché ti sia così intestardito con questa storia» aggiunse incrociando le posate sul piatto.

«Sono le rose di mia madre» insisté Ryan.

Addison serrò la stretta sul bicchiere; doveva trovare qualcosa per mettere fine a quella discussione. Le bastava un'idea, una soltanto. «Piantale in vaso, allora.»

«No.»

«Perché? Sarebbe tutto più semplice» insisté, ma si ammutolì non appena vide Ryan stringere la presa sul coltello.

«In effetti non è una buona idea metterle in terra» intervenne Tristan. La tensione fra marito e moglie stava salendo rapida, e non aveva intenzione di assistere a una lite. Il posto in prima fila per un dramma famigliare non era il modo in cui sperava di finire la serata. «Le rose soffrirebbero se fossero costrette a vivere in un terreno inadeguato» spiegò. Cercò fra le spighe dorate del centrotavola lo sguardo di Penelope; suo cognato lo stava esasperando, e non sapeva per quanto ancora avrebbe resistito.

Aveva accettato di mentire per Penelope, perché gli aveva chiesto di farlo senza dargli nemmeno una spiegazione; non esistevano impedimenti reali alla coltivazione delle rose, ma non avrebbe continuato a tenerle il gioco se il prezzo era essere torchiato da un uomo che non conosceva la distinzione tra un rizoma e uno stolone.

Ryan si tamponò le labbra con l'angolo del tovagliolo, la faccia scura. «Vedremo» disse sibillino. Versò nel piatto del figlio una cucchiaiata di patate, ma il bambino iniziò a protestare: lanciò a terra le posate, la bocca sigillata, e non volle saperne di tornare a ragionare nemmeno di fronte al budino che gli aveva preparato Addison, che pure gli era sempre piaciuto. Con le lacrime che gli colavano sulle guance Leonard puntò il dito verso la charlotte che la madre aveva appena portato in tavola, un trionfo di panna e frutti di bosco meringati, ma quando lei gli spiegò che non avrebbe potuto mangiarla cominciò a urlare. Strillò con tutto il fiato che aveva, incurante delle preghiere della madre, quando a un tratto Ryan batté il pugno sul tavolo.

«Finiscila!» tuonò.

I bicchieri tintinnarono, e tra i commensali calò un silenzio imbarazzante. Addison, in piedi, era impallidita; stringeva in una mano la paletta da dessert, nell'altra un piattino vuoto.

Penelope e Tristan rimasero fermi al loro posto, mentre Leonard si mordeva il labbro per non esplodere di nuovo in singhiozzi.

«Sei un ragazzino insopportabile» continuò spingendo indietro la sedia a rotelle. Voltò le spalle alla tavola e si diresse verso la porta, lontano dalla sala, da Addison e Penelope. Lontano da Tristan.

Il silenzio che lasciò Ryan dietro di sé fu rotto di nuovo dal pianto di Leonard, più acuto e disperato del precedente. Addison si precipitò a consolarlo, stringendolo al petto.

«Scusatemi» balbettò, ancora scossa dalla reazione del marito. Ryan non aveva mai alzato la voce con lui, mai da quando si erano conosciuti. Strinse Leonard, e con lui si avviò verso la scala. «Scusatemi» ripeté cercando tentoni il corrimano, negli occhi bassi lo sconforto per una serata sbagliata.

Penelope sospirò, lo sguardo sperso fra l'opulenza della charlotte e la desolazione di una tavola vuota. Lo scheletro di un palazzo bombardato; ecco cosa le veniva in mente se guardava i resti di quella cena.

Appallottolò il tovagliolo e si voltò a guardare fuori; il vento si era finalmente calmato, quasi andasse all'unisono con i battiti della casa. Non sarebbe rimasta lì dentro un minuto di più. Lanciò un'occhiata alla porta e afferrò la mano di Tristan, conducendolo con sé in veranda.

Fuori l'aria graffiava la pelle, ma almeno lì non avrebbe sentito l'ombra incombente di Ryan; non capiva perché suo cognato si comportasse in quel modo proprio alla vigilia del compleanno del figlio, da dove provenisse tutta quella rabbia, ma non aveva voglia di scoprirlo. Desiderava solo un po' di pace, con Tristan; con lui poteva permettersi il silenzio.

«Serata storta, eh?» le disse appoggiandosi alla ringhiera.

«Puoi dirlo forte» ribatté Penelope sfregandosi le braccia. Vagò con lo sguardo per il giardino, un tripudio di nastri e stoffe colorate in cui campeggiava ovunque il nome di Leonard. Nella tarda mattinata del giorno dopo avrebbero dovuto montare gli ultimi festoni e portare fuori i tavoli per il buffet.

Sembrava impossibile, eppure Addison aveva avuto ragione anche quella volta; nonostante l'aria pungente della sera, durante il giorno il clima era sorprendentemente mite.

Il Natale era ormai dietro l'angolo, ma era plausibile pensare che difficilmente per quell'anno gli abeti venduti a metà prezzo nei vivai avrebbero visto la neve, eppure non le importava; lei avrebbe fatto volentieri a meno del clima natalizio, dello sfoggio di pacchetti e sorrisi zuccherosi, ma non dell'autunno. Aveva un debole per il profumo delle castagne, per i colori vividi degli alberi che infiammavano i viali, e adorava sentire sulla lingua il sapore rotondo delle spezie del punch che aveva scoperto nel Kent con Tristan.

Fece un respiro profondo e si avvicinò alla ringhiera. Gli sfiorò con una ciocca di capelli il braccio, mentre con uno sguardo lo invitò a seguirla in giardino. La terra cedeva morbida sotto le scarpe, impregnando l'aria degli odori del bosco.

Penelope chiuse gli occhi, le dita a cercare quelle di lui. «Non è meraviglioso?» sussurrò mentre un sorriso si schiudeva lento sulle sue labbra.

Tristan le sorrise, gli occhi fissi su si lei. «Meraviglioso, sì» disse sottovoce.

Si sedettero su una vecchia panchina che Ryan aveva scovato nel garage di un amico, e lei gli appoggiò la testa sulla spalla, gli occhi rivolti alle stelle. Era rara l'intimità che si concedeva con Tristan, ma il suo torace aperto e lo sguardo limpido erano credenziali sufficienti per il suo istinto, anche se Penelope sentiva che c'era dell'altro.

Appoggiò la testa contro la sua pelle, il palmo premuto sulla camicia. Sentiva il battito, il passo di quella stessa vita che si era spenta nel petto di Adam. Le sembrava tutto così assurdo, a ripensarci; ritrovarsi a guardare le stelle insieme a un altro, sentire un altro battito premere contro la sua mano.

Il passato era stato un sogno meraviglioso, e Tristan un presente nuovo, ma in quel momento Penelope sentì inequivocabile la presenza di Adam accanto, finalmente in pace. Lui era lì, vicino a lei.

«Potrei rimanere qui tutta la vita, sai?» sussurrò guardando le stelle accendersi come decine di candeline su una torta di compleanno. Come se quella fosse la sua festa.

Tristan abbassò lo sguardo sulla testa scura che premeva contro la sua spalla; anche lui sarebbe rimasto su quella panchina per un tempo infinito. Dopo anni passati a chiedersi quale direzione dare alla sua vita si sentiva finalmente pronto a prendersi cura delle ferite di qualcun altro, a sognare un futuro che prima non lo aveva mai sfiorato. Quando era con lei sentiva concreta la possibilità di realizzare quel sogno; bastava che si fidasse di lui, ancora una volta.

Bastava che lei lasciasse andare il passato e si permettesse di essere felice.

Infilò la mano nella tasca dei jeans mentre con l'altra le circondò le spalle. «Se quello che vuoi è rimanere qui posso accontentarti, sai?» disse mostrandole un foglio spiegazzato. Era una stampata da internet, una proposta di collaborazione da parte di un negozio di oggettistica di York con la signorina Penelope Dickinson.

Penelope afferrò subito il biglietto e tese la carta fra le mani, cercando di leggere nella penombra.

«Te l'avevo detto che i tuoi lavori hanno fatto centro.» Tristan voleva a tutti i costi darle una ragione per restare, perché non avrebbe sopportato vederla andare via.

Lui voleva più di una stagione. Voleva tutto per la prima volta nella sua vita, e quel tutto era Penelope. Era successo senza che se ne accorgesse, ma quando aveva capito che cosa gli stava accadendo era troppo tardi, lei gli era entrata sottopelle. Si era innamorato di lei, ormai era in trappola, eppure Penelope sembrava non accorgersene; continuava a parlargli del passato, della vita che sentiva scorrerle accanto, del vuoto che aveva dentro, la notte, senza capire invece quanto lui desiderasse riempirlo, quel suo cuore cavo.

Avrebbe voluto prenderla per le spalle e dirle tutto, confessarle che si era innamorato di lei e che non passava giorno senza che pensasse a quanto sarebbe stato meraviglioso poter costruire un futuro insieme, soltanto loro due. Aveva trovato in lei la ragione per mettere radici dopo una vita randagia, il nutrimento per un'anima che aveva creduto solitaria troppo a lungo.

Ma lei era stata di un altro, uno che non voleva lasciarla andare, non ancora.

Tristan avrebbe voluto cancellare via dagli occhi di Penelope il ricordo di Adam una volta per tutte e sostituirlo con il suo, con tutto l'amore che sentiva di poter dare, finalmente, ma lei era ancora troppo distante, persa fra le maglie di un passato rimastole addosso. Anche quella sera, mentre le parlava della campionatura che avrebbe dovuto inviare a York, lei non lo ascoltava.

Era sempre altrove con la testa, in un posto in cui lui non poteva raggiungerla.

Penelope era con Adam, ne era sicuro, ma piuttosto che vederla appassire nel ricordo di un amore ormai morto si sarebbe dannato l'anima pur di portarla via da lui.

«Scommetto che non hai sentito nemmeno una parola di quello che ho detto, vero?» la rimproverò con un sorriso rassegnato.

Lei alzò la testa, guardandolo con aria colpevole. «No, in effetti no» ammise.

«Non importa, ma promettimi che ci penserai. Sembra una

proposta interessante, dovresti prenderla in considerazione.» Una proposta di collaborazione era quello di cui aveva bisogno per rimettersi in carreggiata, ne era sicuro.

«Non lo so, Tristan» disse lei restituendogli il biglietto. Ma lui lo respinse al mittente.

«Guarda che non devi decidere ora, datti del tempo» insisté, mentre Penelope continuava a fissare il biglietto come se bruciasse. Non era semplice andarsene, non se Addison continuava ad augurarle la buonanotte da dietro la porta. Se Tristan continuava a guardarla in quel modo. La mano era ancora appoggiata sulla sua camicia, ma il battito aveva accelerato.

«Tristan, io non posso accettare. Non posso restare qui.»

«Perché?» gli domandò, allarmato. Penelope accennò a un sorriso e si guardò intorno, le spalle strette per lasciarsi abbracciare dal panorama.

«Questa non è casa mia, lo sappiamo entrambi; qui ci vivono Addison, Ryan e Leonard, non io. Io non posso vivere immersa nelle loro nevrosi, non voglio. Voglio essere libera di respirare, di girare il mondo anche senza meta, se mi va. Devo molto a questo posto, è qui che sto guarendo, ma lo considero una specie di ospedale: ci stai per un po', finché non sei abbastanza forte per cavartela da solo, ma poi te ne devi andare e riprendere la vita che hai lasciato in sospeso là fuori» spiegò indicando un punto oltre la siepe.

Una doccia fredda. Tristan sbuffò, la testa che ciondolava stanca. Proprio non si aspettava quel colpo. Si asciugò i palmi sudati sulle cosce, il respiro affannato. «Io proprio non ti capisco, sai?»

«Non è importante che tu capisca, quanto che io stia bene con me stessa. Devo trovare il mio posto nel mondo, Tristan, e per quanto sia legata a questo so che il mio destino è altrove.»

La sua voce dolce si perse nel respiro della notte, fra i rumori del giardino assonnato.

Una goccia le rimbalzò sul dorso della mano, ma quando Penelope alzò la testa non vide nuvole nel cielo. «Che cosa?» disse arricciando il naso. Quando si voltò verso di lui sentì il cuore sbriciolarsi. Tristan aveva cambiato espressione, ed era fradicio. Penelope strizzò gli occhi, ma quando gli chiese di avviarsi con lei verso casa lui scosse la testa.

«Non ci riesco, non ce la faccio» confessò.

«Tristan» balbettò Penelope, impaurita. «Tristan!» lo richiamò, ma si sentì raggelare quando lui l'afferrò per la manica.

«Aiutami, ti prego» sussurrò lui, e in quel preciso istante lei sentì franare la terra sotto i piedi.

Di nuovo.

«Penelope» balbettò Tristan cercando la sua mano, sempre più fiacco, ma bastò la sua stretta a riportarla nel presente.

Allora lei gli si strinse contro e sfregò le mani contro le sue, nel tentativo di scaldarle.

«Dimmi come posso aiutarti» lo implorò cercando di mantenere la lucidità, ma Tristan aveva la mascella contratta e le labbra esangui, appiattite nello sforzo di arginare il dolore. «Che ti succede Tristan, che c'é? Vuoi stenderti, vuoi che ti sollevi le gambe? Dimmi cosa posso fare» insisté lei in preda al panico.

«Tristan!» lo richiamò non appena lo vide accasciarsi, ma quando lui le chiese di portarlo in ospedale Penelope non ci pensò due volte. Lo aiutò ad arrivare fino al camioncino, poi rovistò nelle sue tasche e prese la chiave, allontanandosi dalla casa dei Walker a tutta velocità.

«Avrei dovuto chiamare un medico» si rimproverò con le mani incollate al volante. Tristan era tremendamente pallido, e tremava. Di nuovo le curve a gomito che si perdevano nei campi, e l'inferno delle strade disseminate di buche. Penelope odiava l'intero Kent, quella notte.

Ogni tanto si girava a controllare Tristan, disteso sul sedile accanto al suo con la giacca a mo' di coperta.

«Il dottor Milton è troppo vecchio per correre da una parte all'altra del paese» rispose lui con un filo di voce mentre lei sterzava per schivare una volpe apparsa a bordo strada.

«Si può sapere che ti succede?» gli chiese allontanando per un momento lo sguardo dal volante, pallida anche lei.

Tristan si premette la mano sul cuore. Aveva l'impressione che premendo sul torace il dolore si affievolisse, ma la vista cominciava ad appannarsi e la stretta a diventare più debole.

«Un infarto, credo» sussurrò.

«Un infarto?» esclamò lei senza badare all'affondo sull'acceleratore. Doveva arrivare al pronto soccorso e assicurarsi che lui stesse bene, il resto non aveva importanza. Si rendeva conto che stava peggiorando; le labbra erano diventate scure, farfugliava, e il sudore gli aveva completamente intriso la camicia, Di fronte a lei finalmente la croce rossa dell'ospedale, e una freccia a indicarle l'entrata al Pronto Soccorso.

Tirò il freno a mano e scattò fuori dall'auto, ma quando vide due infermieri tirare fuori dal camioncino Tristan privo di sensi e assicurarlo sulla barella Penelope si sentì svenire.

«Credo abbia avuto un infarto» riferì alla dottoressa china su di lui per una prima visita. Quando la donna gli aprì la camicia per auscultargli il petto Penelope si premette le mani sulla bocca: la cicatrice correva lungo lo sterno, centimetri interminabili di filo spinato.

Il medico diede istruzioni ai due infermieri e cominciò a camminare svelta accanto alla barella. Penelope la seguì, un passo indietro per non essere d'intralcio, ma una volta arrivata di fronte al reparto di cardiologia la donna, presentatasi come la dottoressa Douglas, la bloccò.

«Lei deve restare qui. Tristan starà bene, si fidi in noi.» Fece un cenno agli infermieri, ma Penelope si frappose fra loro e la porta, gli occhi fissi su di lui. Non credeva a una parola della dottoressa; aveva smesso di credere ai medici da troppo tempo, ormai.

«Che cosa gli è successo?» insisté.

L'altra si sistemò il fonendoscopio intorno al collo, spazientita. Era impossibile auscultare il petto di Tristan e prestargli le cure necessarie se Penelope non la smetteva di strepitare.

«Il nuovo cuore potrebbe aver avuto un cedimento. Non possiamo perdere altro tempo» rispose perentoria. E la barella scomparve oltre le porte.

Penelope rimase nella sala d'attesa.

Si era precipitata in ospedale spinta dall'angoscia, ma una volta ristabilito il silenzio nel corridoio aveva realizzato di essere tornata nell'unico posto in cui non avrebbe più voluto mettere piede. Mai più.

Si sedette, le mani a sostenere il peso di ricordi che tornavano a offuscarle lo sguardo. Si era lasciata il passato alle spalle solo per un momento, e quello, offeso, l'aveva trascinata di nuovo giù.

Rivivere la morte di Adam, lo stesso dolore, la terrorizzava. Se fosse accaduto di nuovo, se Tristan non ce l'avesse fatta, le sarebbe stato impossibile rialzarsi.

Si guardò i palmi umidi di sudore. Tristan era cardiopatico, ancora stentava a crederci.

Lei aveva visto la cicatrice, immaginava che soffrisse di cuore, ma dato il suo fisico allenato e l'aspetto sano le sembrava impossibile immaginarlo disteso in un letto d'ospedale attorniato da monitor e tubi, con il cuore *così* fragile.

«Si è trattato solo di affaticamento, niente di cui preoccuparsi» le assicurò qualche ora dopo la dottoressa.

Si sedette accanto a Penelope, il volto disteso dalla consapevolezza di aver svolto un buon lavoro. «Spesso uno sforzo prolungato o lo stress può provocare piccoli infarti, ma fortunatamente non è il caso di Tristan. Il nuovo cuore è forte.»

La dottoressa proseguì a illustrarle le sue condizioni, certa che quelle fossero ottime notizie, ma la lasciò interdetta il silenzio di Penelope, quel continuo fissarsi le mani.

«Capisco» ripeteva lei ogni volta. Non riusciva a dire altro. Ma non era vero, in realtà la dottoressa Douglas non capiva affatto; lei non aveva sentito il fiato venirle meno e le mani non volerne saperne di stare ferme, e non aveva idea con quanta intensità avesse pregato per lui, supplicando un Dio in cui aveva smesso di credere solo per saperlo in salvo dalla morte.

Dall'alto del suo pancione al quinto mese di gravidanza la dottoressa non sapeva quanto dolore ci fosse dietro un addio; lei non poteva sapere quanto le fosse costato partecipare al funerale di Adam e sopportare ancora l'odore delle rose che Ryan voleva piantare in giardino.

«Posso fare qualcosa per lei?» sussurrò la donna, ma lei girò la testa dall'altra parte.

«Mi lasci sola, per favore.»

«Il suo fidanzato sta bene, non c'è niente di cui preoccuparsi. Lo terremo in osservazione sino a domani, ma è solo una formalità.» Avrebbe continuato con una sequela di rassicurazioni sino a suggerirle di andare a casa e tornare il giorno dopo, ma Penelope la piantò nel corridoio. Ne aveva abbastanza della sua voce impersonale che le riempiva le orecchie.

Fece cadere un paio di monete nel distributore nella sala d'attesa, ma al momento di selezionare la bevanda l'indice aveva indugiato sul tasto del tè; lei non ci andava matta, ma Tristan lo adorava. Sorrise di fronte alla scritta in neretto con l'opzione pesca o limone. Era salvo, lei poteva tornare a respirare.

Aspettò il segnale, e ritirò il suo caffè. Scelse una sedia isolata, la più vicina alla finestra, e una volta finito appoggiò il bicchiere vuoto a terra.

Pace.

Penelope non cercava altro, ma non ne aveva più avuta da quando Tristan era entrato nella sua vita. Lui non le dava respiro. Il passato svaniva, soppiantato da un presente capace di incrinare ogni certezza.

Abbassò la testa, le mani premute sugli occhi chiusi mentre il sole riempiva le pareti dell'ospedale inondandole il viso di luce.

Penelope aveva il caos nella testa, nelle mani, nel petto. Tutto era in moto dentro di lei, che pure se ne stava immobile con una domanda in bilico sulle labbra, sempre la stessa.

Un sospiro, il più lungo della sua vita, le scalfì il sorriso.

«Chi sei diventata, Penelope?» sussurrò, cercando una risposta nel sole che le scaldava le guance.

21

Penelope riconsegnò le chiavi del camioncino di Tristan nelle mani di Beth, che la trattenne sulla porta con un lungo abbraccio. Le parole non erano mai state il suo forte, ma le mani aggrappate alla sua giacca trovarono da sole la loro strada più autentica.

La donna l'abbracciò con tutta la forza che aveva, guardandola di malavoglia andare via.

Penelope la salutò dal fondo del vialetto, il viso sgualcito da una nottata interminabile. Raccontare di quella notte a Beth le era costato la poca energia rimastale, ma una volta date le spalle al cottage dei Faulkner, sapendo Tristan al sicuro, la giornata non le sembrò poi così grigia.

Dicembre era arrivato senza che se ne accorgesse, uno schiaffo di vento che aveva spazzato via l'autunno rimasto aggrappato al calendario. Penelope camminò distratta per le strade, con le mani in tasca, alzando lo sguardo solo quando una rondine le sfrecciò davanti mostrandole il fiume ingrossato che correva fra le sponde.

Una polvere dorata colorò di malinconia il paesaggio, foglie di betulle che si arrendevano agli ordini dell'inverno.

Penelope calciò un mucchio di foglie ingiallite; sarebbe dovuta tornare per aiutare Addison per i preparativi della festa, ma le gambe si rifiutarono di seguire la rotta di casa. La villa dei Walker sarebbe stata la meta ultima del suo peregrinare, prima aveva bisogno di sciogliere le tensioni accumulate. Si prese tutto il tempo necessario per raggiungere il centro, ma una volta arrivata notò che le persiane delle case erano quasi tutte chiuse; solo una vecchia signora in vestaglia e bigodini era fuori, a innaffiare piante ormai assopite.

Penelope si fermò giusto il tempo di mettere a fuoco la sua figura esile; un'altra giornata era iniziata, la vita era un film senza pause.

Attraversò la piazza e continuò a camminare sino a quando l'orizzonte si schiuse alle campagne, e le case con le tendine di pizzo alle finestre lasciarono il posto ai pascoli puntinati del bianco candido delle greggi. Allora Penelope si fermò, immobile sul ciglio della strada. Accanto a lei il muro di cinta del cimitero, e qualche metro più in là il cancello. Aperto.

Un tuffo al cuore la sorprese al primo soffio di vento. Penelope riconosceva quel tepore, il profumo intenso di mughetto che le soffiava tra i capelli.

Chiuse gli occhi, la mano premuta sul petto di colpo rovente. Adam, era lui.

Due anni. Più di seicento giorni li separavano, e altre migliaia li avrebbero visti seduti sulle rive opposte dello stesso fiume.

«Oggi sono due anni che te ne sei andato» sussurrò dalla panchina di fronte alla lapide di Kate.

Penelope premette il pugno sul petto, gli occhi fissi sul sorriso di Kate, e che pure guardavano altrove. Lei cercava Adam, sempre lui.

«Mi manchi» mormorò.

Poi la voce squillante di un bambino la trascinò nuovamente alla realtà.

Si alzò e uscì di fretta dal cimitero. Era entrata per ritrovare Adam, la promessa che si erano scambiati, ma lui non c'era.

Se n'era andato, scivolato nell'abisso di ricordi che andavano sbiadendo. Lo avrebbe perso, e quella volta sarebbe stato per sempre anche se non voleva, se continuava a lottare pur di saperlo al suo fianco.

Guardò un punto chiaro all'orizzonte, e iniziò a correre. Si lanciò in avanti per smettere di pensare, ritrovandosi poco dopo oltre i confini del paese, con le ginocchia immerse nell'erba alta. Oltrepassò steccati di legno e muretti a secco, avventurandosi per strade sconosciute. Costeggiò prati incolti e terreni pettinati per la semina, con la terra brulla rivoltata in vista della prossima stagione, lasciandosi alle spalle i brandelli di una donna che lentamente stava cambiando pelle.

Penelope corse con la mente vuota sino a raggiungere la villa dei Walker, le mani aperte a lasciarsi accarezzare dall'erba cresciuta lungo i muri di confine, indifferente agli strepiti del cuore, ma si bloccò alla vista del fiume che serpeggiava fra le canne alte.

Una volta le era sembrato di scorgere il profilo di Adam sull'altra riva, ma di fronte a quelle acque torbide aveva capito che non lo avrebbe mai raggiunto; avrebbe potuto gettarsi in acqua e sfidare le correnti, ma il fiume avrebbe continuato a dividerli.

Era arrivato il momento di lasciarlo andare e permettersi di guarire.

Il fiume non la voleva con sé; Adam voleva che lei scegliesse la vita.

Penelope crollò a sedere sul prato umido, le braccia strette intorno alle ginocchia. Immaginò che Tristan stesse riposando, ma mai come allora sentì il bisogno di averlo accanto. Desiderava solo che lui le ripetesse che ce l'avrebbe fatta.

Che qualcuno, per una volta, mantenesse le promesse fatte.

Era disposta a pagare qualsiasi prezzo pur di tornare al momento in cui si erano seduti a guardare insieme le stelle.

«Allora è lì che eri nascosta!» esclamò Addison facendo capolino dal giardino con una voce che sprizzava buonumore.

Penelope l'ascoltò a bocca aperta. Sul viso di sua sorella non c'era più traccia dell'imbarazzo della sera precedente.

La seguì senza proferire parola, guardando stupita il caos che aveva invaso il giardino; ovunque c'erano scatole, tavolini e cumuli di oggetti indefiniti.

Addison si calcò il berretto da baseball sulla fronte, tenendo d'occhio Penelope che si guardava intorno smarrita. Mancava poco alla festa e avevano ancora molto da fare, le spiegò, ma Penelope non ascoltava una parola; i suo delicati narcisi Paperwhite non sarebbero sopravvissuti indenni al manipolo di bambini che Addison intendeva riunire in giardino. Le callune, poi: l'esuberanza dell'infanzia le avrebbe fatte a pezzi.

«Ehi, vuoi dirmi dove sei stata tutta la notte?» continuò Addison con gli occhi fissi sugli abiti spiegazzati della sorella, gli stessi della sera prima.

«Ho avuto da fare» la liquidò Penelope. «Adesso scusami, ma ho bisogno di una doccia» disse girandosi verso la casa, ma Addison le sbarrò la strada.

«Non dirai sul serio, spero?» esclamò. Per poco Penelope non scoppiò a piangere.

«Secondo te ho l'aspetto di una che scherza?» ribatté accennando ai capelli e agli abiti sporchi d'erba, ma Addison non sembrò gradire il suo umorismo.

«La doccia sarà la nostra ricompensa, tesoro, ma fino a quando non avremo finito con l'allestimento della festa noi due non muoveremo un passo da qui» stabilì. Le riempì le braccia di festoni colorati e giochi, indicandole il settore di cui doveva occuparsi. Non le tolse gli occhi di dosso finché non la vide mettersi al lavoro, ma quando dopo un'ora Penelope le chiese del cognato Addison irrigidì subito le spalle.

«Immagino sia nel suo studio» rispose. «Leonard invece è da Dorothy; voglio che la festa sia una sorpresa» aggiunse pimpante.

Addison ostentava allegria, ma l'accenno a Ryan bastò a guastare il suo buonumore.

All'improvviso non c'era niente che andasse come doveva; l'amica che gestiva il catering era in ritardo, il mago che aveva ingaggiato aveva avuto un contrattempo e le begonie che aveva piantato Tristan inguardabili.

«Le foto con il taglio della torta saranno orribili con quello sfondo» sbuffò. «Tristan avrebbe anche potuto sistemare quelle maledette piante da un'altra parte, ha combinato un disastro!» protestò indicando gli spazi verdi che circondavano la casa.

«Le foto verranno bene ugualmente, non temere» cercò di calmarla Penelope posizionando l'ultima lanterna fra i tavoli, ma non erano i capricci di Addison a impensierirla. Era a Tristan che pensava. Voleva sapere dalla sua voce che si era ripreso, e che magari avrebbe fatto un salto alla festa; senza di lui non avrebbe superato la giornata, non con Addison alle calcagna.

«Ecco fatto» disse agganciando l'ultimo festone. Scese in tutta fretta dalla scala e marciò dritta verso casa. Era stanca, le facevano male le mani e teneva gli occhi aperti a fatica, ma non appena varcò la porta di servizio il suo primo pensiero fu di correre al telefono. Compose il numero dei Faulkner a memoria, ma Beth le disse che in quel momento suo nipote stava riposando, e che l'avrebbe informato della sua chiamata.

«Mi dispiace, tesoro, non credo che ce la farà a venire» aggiunse quando Penelope le chiese della festa, raccomandandole di dare un bacio a Leonard prima di riagganciare.

Penelope ripose il cordless e affrontò la scala rassegnata, ma anche il bagno da sogno che le aveva promesso Addison si rivelò una chimera; la donna delle pulizie doveva finire di sistemare la casa in vista dell'arrivo degli ospiti, perciò fu costretta a ripiegare su una doccia veloce. Una volta nella sua stanza chiuse le tende e si gettò sul letto.

La festa era l'ultimo dei suoi interessi; lei non aveva proprio niente da festeggiare, perché due anni prima, in quello stesso giorno, un camion si era scontrato con l'auto di Adam, e in quella cornice il compleanno di suo nipote era del tutto insignificante.

Si girò di lato, mentre un rettangolo di luce illuminava l'armadio; Addison era entrata nella sua stanza senza nemmeno bussare.

«Gli invitati sono arrivati, sbrigati!» disse, ma Penelope non si mosse.

«Lasciami stare» mugolò.

Addison incrociò le braccia, fissando impaziente la schiena della sorella. Aveva indossato uno dei suoi abiti da cocktail, con le gambe asciutte in bella mostra e gli orecchini che le aveva regalato il suo primo marito; nessuna avrebbe potuto competere con lei.

«Comportati da adulta, Penelope. Mettiti qualcosa addosso e scendi, la festa sta per cominciare.»

«Vai tu, io rimango qui» ribadì. «Ti ho aiutato a organizzare tutto, ma non costringermi a partecipare. Non sono dell'umore giusto.»

Il picchiare di un tacco sul parquet, segno inequivocabile che Addison si stava innervosendo. «Secondo te che cosa dovrei dire agli invitati?» ribatté.

Il tono era salito di un'ottava, sempre più ruvido.

«Non se ne accorgeranno nemmeno. Per il novanta percento hanno meno di sei anni, non gli mancherò.»

«Sì, ma i genitori chiederanno di te.»

Penelope rimase di schiena, gli occhi sul vestito verde appeso sulla gruccia. Tutte quelle persone non c'erano quando lei era immobilizzata in un letto, mentre Adam si spegneva nel corridoio opposto. Non erano andate al suo funerale, non avevano inviato nemmeno un telegramma.

Erano poco più che ombre. Ombre su uno sfondo nero.

«Quelle persone nemmeno mi conoscono.»

Addison unì i palmi, inspirando a fondo. Era una giornata difficile; di primo mattino aveva avuto una discussione con Ryan, l'ennesima, terminata con l'avvertimento di non farsi vedere al compleanno di suo figlio, e a festa iniziata Penelope si comportava da primadonna. «Senti, ti do cinque minuti. Se per allora non sarai pronta giuro che faccio salire l'intero vicinato in camera tua» la minacciò.

«Fai come vuoi.»

«Suppongo che questo sia il tuo modo di ringraziarmi. Complimenti, molto maturo da parte tua» disse gelida, tirandosi dietro la porta.

Il tonfo che ne seguì affondò nel petto di Penelope come una stilettata.

Addison aveva ragione; erano figlie di donne profondamente diverse, un tempo nemiche, ma nonostante questo lei le aveva aperto le porte della sua casa. Sua sorella l'aveva invitata a rimanere anche quando le cose fra loro non andavano, a riprova di un legame più forte di qualsiasi parola potessero scagliarsi addosso in preda alla rabbia. Quello che le univa era più forte persino di Ryan, del senso di colpa che le scavava nel sangue sporco di vergogna; da quella notte Penelope non era più riuscita a guardarsi allo specchio.

Si avvolse nelle coperte; il vestito sulla stampella di fronte a lei un monito colorato. Indossarlo avrebbe reso felice Addison, la donna che più di ogni altra aveva ferito.

«D'accordo, te lo devo» cedette abbassando la zip che correva lungo la schiena.

Evitò di guardarsi allo specchio mentre copriva le occhiaie con una dose extra di correttore, e nascose la malinconia del viso con una pennellata di fard pesca; la polvere colorata dava luce alle guance, ma lo sguardo velato di mascara era lo specchio impietoso del suo malessere.

Si concesse un tocco di rossetto, spense la luce e si fece rapire dalla luce aranciata proveniente dalla finestra. I bambini si rincorrevano fra i tavoli, ridendo spensierati fra le lanterne che lei aveva disseminato in tutto il giardino, trasformato in un enorme tappeto di luci.

Invidiò ai piccoli invitati l'allegria innocente, lei che un'infanzia vera non l'aveva mai avuta, e voltò le spalle alla sua camera decisa ad assecondare la sorella.

Attraversò la casa silenziosa come in trance, senza badare al caos che le gravitava intorno; a destra, in fondo al corridoio, la porta chiusa dello studio di Ryan. Una prigione di silenzi.

Penelope gli dedicò solo un'occhiata, distogliendo lo sguardo non appena gli echi di quella notte affiorarono dai suoi ricordi. Si girò di nuovo verso la porta, oltre la quale sentiva gli schiamazzi dei bambini rimproverati a turno da genitori iper protettivi. Il corridoio era lo spartiacque di una vita al bivio, la sua.

Un profondo respiro, e la luce.

Addison l'accolse in giardino con un sorriso formale e la presentò ai suoi amici, che si prodigarono con lei in una rinnovata gara di solidarietà.

Penelope li ascoltava frastornata, imbrigliata in un tempo che sembrava essersi sdoppiato; si trovava nel presente di un anniversario infelice, eppure le sembrò di essere stata catapultata di nuovo al funerale di Adam.

In passato avrebbe rimproverato Addison per la sua indiscrezione, ma non allora, non con un tradimento che le pesava sul cuore. Continuò a stringere mani e ringraziare gli invitati, ma sotto la cipria voleva urlare.

Finì il punch in un paio di sorsi, decisa a scrollarsi di dosso quella sensazione almeno per un paio d'ore. Osservò contrariata il bicchiere già vuoto, così se ne versò dell'altro e si avviò dove sapeva che Addison aveva vietato l'accesso agli ospiti.

Sua sorella era terrorizzata dal fiume, mentre per lei le rive invitanti erano un riparo dall'irruenza di una vita per la quale ancora non era pronta. Lì sarebbe potuta stare in pace, da sola.

Appoggiò il bicchiere sull'erba, gettando la testa indietro per gustarsi lo spettacolo offerto dal cielo. Presto la notte avrebbe soffiato via quegli ultimi tepori e Addison radunato gli ospiti per il taglio della torta, prima di congedarli. Anche lei aveva le sue candeline da spegnere, e con loro il desiderio di trasformare quel giorno in una data qualunque. Finalmente.

«Me ne offriresti un sorso?»

«Come?» disse voltandosi un attimo prima che l'esile falce di luna le colpisse la guancia, ma vedere Tristan alle sue spalle era il regalo più bello e inaspettato. «Beth mi aveva detto che non saresti venuto» spiegò cercando di tenere a freno il sorriso che le scaldava il volto.

«Credevi che ti avrei abbandonata dopo tutto quello che è successo?» ribatté lui stringendosi nelle spalle, come se la sua presenza fosse scontata. Bevve un paio di sorsi del punch che lei gli aveva appena offerto, e glielo restituì.

«Non posso bere troppo. Ordine dei medici» spiegò serio a dispetto del sorriso che gli disegnò un paio di fossette agli angoli della bocca.

«Veramente non potresti bere affatto» lo corresse lei, senza voglia di scherzare, ma Tristan fece spallucce, come sempre.

«Una festa senza alcolici non è una festa.»

Era difficile per Penelope capire come fosse possibile, ma ogni volta che ne aveva bisogno lui spuntava fuori dal cilindro, a dirle le parole che desiderava sentire. Era qualcosa che non si spiegava, una sintonia nata dal nulla la prima volta che si erano incontrati, cresciuta a poco a poco all'ombra del giardino. Con Tristan la sua vita era diventata più ordinata, più sua. Grazie a lui Penelope aveva ritrovato la voglia di fare progetti, sperimentare; i festoni di stoffa che addobbavano il giardino e gli ordini che arrivavano dal sito internet ne erano la prova.

Si alzò in piedi avvicinandosi alla sponda, ma era impossibile camminare con quelle scarpe; i tacchi affondavano nella terra morbida, e quando oscillò pericolosamente in avanti lui la sorresse appena in tempo.

«Tu sei la mia boa» sussurrò Penelope aggrappandosi a Tristan, che la guardava corrucciato.

«Speravo in qualcosa di più romantico, sai? Non credo di essere così grasso» protestò, ma per tutta risposta lei gli dette un pizzico.

«Sai benissimo cosa intendo, Tristan Faulkner.»

«Certo; che adesso sono una boa sgonfia» si lamentò lui tastandosi lo stomaco. Continuarono a punzecchiarsi, ma entrambi rimasero senza fiato quando dall'ansa nascosta dal canneto videro uno stormo di aironi alzarsi in volo; erano decine, eppure si muovevano tutti all'unisono, un lungo serpente grigio che danzava al ritmo delle correnti.

«Sono meravigliosi» sussurrò Penelope seguendo la scia cenerina volare verso il tramonto, incantata dal fruscio di quel battere d'ali.

Tristan le fu subito accanto, spalla a spalla a contemplare con lei uno spettacolo inaspettato.

«Tra qualche mese cominceranno a nidificare» le spiegò. «Sarebbe bello vedere i piccoli, quando si schiuderanno le uova.»

Un'allusione, un passo alla volta verso il futuro.

Penelope annuì mentre lo sguardo accarezzava il profilo di Tristan sul cielo opaco.

«Sì» concordò senza staccare gli occhi da lui. Se lo osservava con attenzione, se lo guardava davvero, Penelope arrivava a credere persino che con lui sarebbe stato possibile fare il grande salto e andare avanti, finalmente.

Tristan era il solo con cui era riuscita a stabilire un legame, ma se si fermava a riflettere sulle conseguenze di una decisione simile sentiva il panico invaderla. Lei non riusciva a vedere un futuro, e sapeva in partenza che una relazione con lui era un'illusione, seppure meravigliosa. Lei e Tristan erano troppo diversi e troppo simili per vivere in una stessa vita, a guardare gli aironi.

«Tristan» sussurrò, mentre in sottofondo la voce di Addison richiamava gli invitati per il taglio della torta.

«Vogliamo andare anche noi?» Aveva intuito che qualcosa non andava, Penelope era improvvisamente seria.

Scosse la testa scostando una ciocca di capelli dal viso; non aveva bisogno di una dose di allegria artificiale, non voleva vedere i sorrisi della gente. Doveva decidere se prendere fiato e saltare o rimanere a guardare il fiume scorrere per tutta la vita ed era giunto il momento di farlo.

Si liberò del bicchiere e si avvicinò a Tristan. Sentiva sulla pelle il tepore del suo respiro, una sensazione che aveva dimenticato di saper provare. Quella sarebbe stata l'ultima tentazione, il banco di prova per una vita senza Adam, ma rimase spiazzata quando sentì le mani di Tristan risalire le sue braccia, delicatamente, e il viso sporgersi a cercare il suo.

Il corpo tentò un'ultima difesa, ma quando Penelope appoggiò la mano sul petto di Tristan e ne ascoltò il battito, tutto tornò in un istante.

Il sangue trattenuto per mesi si liberò nelle vene, mentre un bacio tornava a scaldare labbra inaridite da un inverno infinito.

Penelope si lasciò scomparire nell'abbraccio di Tristan, tra le maglie di un destino che aveva rinunciato a capire. Il corpo di lui era caldo e premeva contro il suo, che lentamente era tornato a respirare nella vita di un altro, senza sforzo; la pelle aveva ceduto senza strappi.

Un bacio che aveva il sapore di un ritorno a casa.

La sua, finalmente.

Penelope avrebbe voluto prolungare il contatto, sentire ancora le labbra di Tristan premere sulle sue e lasciarsi andare alla vertigine in cui rischiava di perdersi, ma lui si ritrasse.

«Tu mi hai fatto rinascere» sussurrò prendendole il viso fra le mani, mentre la bocca continuava a reclamarla. Avrebbe voluto avere tutto di lei, scendere nella sua carne e risalire lento in superficie per godersi appieno il viaggio di ritorno, ma Penelope lo guardava con occhi vuoti.

Non sapeva che dire, cosa aspettarsi da quelle mani che continuavano ad accarezzarla, ma quando le confessò il suo segreto più grande, quando si dichiarò a lei senza difese, Penelope sentì il suo mondo capovolgersi.

Di nuovo.

Tristan si slacciò la camicia, incurante del vento pungente, guidando la mano di lei sino alla cicatrice lungo lo sterno. Un'incisione di trenta centimetri, una ferita che correva sulla pelle a formare un piccolo cordoncino in rilievo.

Era folle, se ne rendeva conto, eppure quella gli sembrò la cosa più naturale da fare. Si era innamorato di lei dal giorno in cui si erano guardati negli occhi, e la vita gli aveva insegnato che sprecare il tempo era un crimine imperdonabile.

«Tu sei stata il mio secondo chirurgo, persino migliore di quello che mi ha operato due anni fa. Non hai avuto bisogno del bisturi per arrivare dove dovevi» sussurrò.

Penelope barcollò, stordita.

«Due anni fa?» ripeté. Il battito si era fermato, la voce incrinata nel dubbio.

Tristan le sfiorò la guancia con il dorso della mano, ma lei era insensibile al suo tocco; negli occhi era calata la nebbia, uno strato di angosce impalpabili.

«Non devi preoccuparti per me. Adesso sto bene, la dottoressa Douglas ha risolto tutti i miei problemi due anni fa.»

Le mani di Penelope cominciarono a sudare. Di nuovo quel numero, ripetuto come un incubo

Il sospetto, il più terribile, si era insinuato nei suoi respiri.

«Sai chi fosse il donatore?» gli domandò. Le parole erano sfuggite al suo controllo, e tremavano in attesa di una risposta. Voleva un nome, uno qualsiasi tranne quello di Adam.

Tristan aggrottò la fronte, colpito da quella curiosità. Era grato al suo donatore, ma non gli piaceva ricordare chi gli aveva salvato la vita; per quanto nobile fosse, quel gesto lo faceva sentire un avvoltoio. «Credo si trattasse di un mio coetaneo. Un incidente stradale, mi hanno detto.»

«Nient'altro?» Era doloroso, lo era in un modo straziante, ma doveva sapere subito.

Tristan si passò la mano fra i capelli, il viso contratto nello sforzo. «So soltanto che tutto è avvenuto a Londra: dopo l'incidente è entrato in coma, e quando è sopraggiunta la morte celebrale la famiglia ha autorizzato l'espianto. I dottori non ti dicono granché in questi casi» continuò. «Mi hanno chiamato nel cuore della notte dicendomi che c'era un donatore, così sono corso in ospedale. Da lì controlli su controlli, poi mi hanno portato in sala operatoria e al risveglio ero in una stanza con un'enorme fascia sul petto» disse alludendo alla cicatrice. Fine della storia. Non aveva aggiunto una sola parola in più, ma Penelope non aveva bisogno di sapere altro.

Era di Adam. Il cuore di Adam batteva nel suo petto, non aveva dubbi.

Lei sentiva che c'era il cuore di Adam rinchiuso nel suo torace, e forse lo aveva saputo fin da subito, dalla prima volta che aveva incontrato Tristan.

Tutto, in quel modo, tornava. Finalmente riusciva a spiegarsi la certezza che si stava facendo largo in lei di poter vivere senza Adam, una certezza assurda, dato che era ancora una volta il suo, il cuore di cui era innamorata. Era stato solo trasferito, pompava il sangue di un altro, ma il nucleo era intatto, e quello apparteneva a lei. Era stato Adam a donarglielo, era lei la sola ricevente di quel trapianto.

Adam non l'aveva abbandonata.

Penelope invece lo aveva fatto. Lei lo aveva insultato quel cuore, adorato e odiato per due anni; aveva fatto di tutto per dimenticarlo, convinta di essere stata ingannata, mentre lui era sempre stato lì, accanto a lei che non riusciva a vederlo.

Si accasciò sull'erba con le mani sul viso rovente. Tutto, in lei, sembrava bruciare. Sarebbe rimasta incatenata a quell'amore per sempre, perché quando guardava Tristan era Adam che lei vedeva.

Adam le era ancora dentro, incastrato fra pelle e anima.

«Penelope.»

La voce di Tristan, una musica dolcissima eppure straziante, la avvolse.

Lontano, in giardino, le voci dei bambini riuniti intorno al festeggiato cantavano la canzone che accompagnava la torta con cinque candeline.

Penelope si voltò verso Tristan. Lo fissò a lungo, intensamente; cercò di fissare nella memoria il colore dei suoi occhi gentili, quelle labbra che le avevano regalato una scintilla di vita vera dopo anni di gelo.

«Tristan, ascoltami...» Fece una pausa per raccogliere idee e coraggio, ma quando tese la mano a cercare la sua, la voce fu zittita da un suono pieno, uno squarcio nella pace della sera.

Tristan si girò verso il giardino acceso di luci.

All'improvviso era calato il silenzio.

Un brusio sommesso, un rincorrersi di passi.

Poi delle urla, acute e disperate.

«Oh mio Dio» sussurrò.

22

Le sirene delle volanti dipinsero riflessi bluastri sul viso pallido di Addison.

Un agente la accompagnò fuori dalla villa, le braccia sulle sue spalle a trattenere la coperta della polizia.

Addison tremava, e aveva le mani sporche di sangue. Le guance erano macchiate, il trucco sfatto.

Una vicina portò via Leonard, mentre gli invitati fuggivano da quella che la stampa locale avrebbe battezzato "la villa dell'orrore". Via dalle mani di sua madre, dall'orrore di una festa insanguinata.

Ryan si era suicidato. Un colpo alla testa. Aveva utilizzato un revolver regolarmente denunciato di cui Addison ignorava l'esistenza. Un acquisto di appena una settimana prima, la prova inconfutabile di una fine programmata.

Penelope e Tristan rimasero in giardino, accanto all'ambulanza intervenuta sul posto. I paramedici erano ancora in casa, in attesa che il medico legale autorizzasse lo spostamento del cadavere. Non sembrava esserci molto su cui indagare, per l'ispettore incaricato del caso era tutto piuttosto chiaro. Si trattava di suicidio, e preferiva chiudere in fretta la questione; non voleva fare troppa pubblicità alla faccenda, i giornali erano già pronti a fantasticare su quella storia.

«Non può essere vero» ripeté Penelope mentre il lampeggiante dipingeva di blu le mura della villa. Ripeteva quella frase di continuo, come un disco rotto.

Lei conosceva Ryan; forse era la sola con cui lui si fosse aperto negli ultimi tempi, ma da quando erano stati insieme erano a disagio ovunque, di fronte a Addison, seduti a tavola. Quella notte era stata un terribile errore.

Ci aveva riflettuto per giorni, ininterrottamente, eppure non capiva ancora cosa l'avesse spinta nel suo studio, dato che fra loro non c'era altro che simpatia, ma ormai era tardi. Troppo tardi per qualsiasi cosa.

«Non si può tornare indietro» sussurrò, e lo pensava davvero. Non poteva cancellare quella notte, il tremolio delle sue dita quando Ryan entrava in una stanza. «Non si può tornare indietro» ripeté, fissando imbambolata due agenti parlare con Addison. Le avevano portato del caffè, invitandola a sedersi sul sofà della veranda, ma Addison stava scuotendo la testa, decisa. Sembrava in difficoltà, così decise di avvicinarsi. Chiese a Tristan di aspettarla lì, non voleva che la seguisse; quella era una cosa che doveva fare da sola.

«Posso aiutarti?» chiese alla sorella una volta raggiunta la veranda. I due poliziotti si girarono verso di lei, ma l'espressione sollevata di Addison non appena le fu accanto sembrò confermarle di aver preso la decisione giusta, per una volta.

Sua sorella stava seduta con una lettera fra le mani, la coperta sulle spalle; era stravolta, il trucco ridotto a una macchia di colori impastati, e tremava. Batteva i denti, un brusio che colpì Penelope come un pugno. Non aveva mai visto Addison in quello stato.

«Ti spiace se mi siedo accanto a te?» le domandò, ma l'altra non rispose. Batté le palpebre, spostandosi di lato. Non era semplice per lei, tuttavia si sforzò di consolarla; Addison ne aveva bisogno, aveva bisogno che qualcuno le dicesse qualcosa. Qualsiasi cosa. «Non è colpa tua» azzardò Penelope scrutando il viso della sorella in cerca di una reazione, dopo che i poliziotti erano tornati alle loro auto.

«Lo so» rispose Addison, continuando a guardare nel vuoto.

Altri poliziotti stavano discutendo con i paramedici in salotto, la porta aperta; parlavano del trasferimento del corpo, di autopsie da eseguire per fugare ogni dubbio.

Dubbi però non ce n'erano, per nessuno: Ryan si era suicidato e Addison ne aveva le prove.

«Ho trovato questa nel suo studio, prima che arrivasse la polizia» confessò mostrandole la lettera. A prima vista sembrava un fazzoletto, ma tra le macchie di sangue, il sangue di Ryan, Penelope lesse parole che si aspettava.

Parole che toglievano il fiato.

Mia amata Addison,
perdonami.
Perdonami per non essere stato l'uomo che meritavi, per non essere stato il marito che ti avevo promesso di essere. Perdona le mie tante debolezze, se puoi.
So di aver sbagliato tutto con te, ma andare avanti con l'illusione che le cose sarebbero cambiate sarebbe stato un inutile tormento per tutti noi.
Ho provato a essere forte, ad affrontare gli ostacoli a viso aperto come mi hai insegnato tu, ma la vita mi ha piegato sino a quando l'anima non ha retto e si è scheggiata, un tronco ormai senza più linfa ad alimentarlo.
La faccio finita perché non riesco più a vivere in questo mondo, perché so di averti deluso in un modo che non potresti mai

perdonarmi, ma sappi che tutto quello che ho fatto l'ho fatto per amore.

Ti amo Addison. Ti ho sempre amata, non dimenticarlo mai, qualunque cosa accada, qualsiasi cosa ti dicano di me. Io ti amo, nient'altro conta.

È stato l'amore che provo per te a spingermi a uscire dalla tua vita; ero diventato un peso insostenibile, ma me ne sono reso conto troppo tardi.

Ti ho osservato a lungo in queste ultime settimane, e ho visto con i miei occhi quanta forza tu abbia dovuto sviluppare per riuscire a starmi accanto.

Sei diventata una roccia, amore mio, e proprio per questo io non ti merito. Non merito la tua compassione, i tuoi sforzi, ma soprattutto non merito te e la famiglia meravigliosa che abbiamo insieme.

Non hai bisogno di me, e forse non ne hai mai avuto. C'è stato un tempo in cui mi sono illuso di poterti proteggere dalle brutture del mondo, ma la vita mi ha smentito, rovesciando tutte le mie fragili convinzioni.

Fra noi due sei sempre stata tu quella che si è presa sulle spalle il peso maggiore, ma non posso sopportarlo, non più. Non posso tollerare anche questa umiliazione, non dopo la sedia a rotelle, non dopo quello che abbiamo passato.

La disabilità è stata lo specchio impietoso della mia anima; mi ha sbattuto in faccia tutta la mia meschinità, le mie mancanze. La sedia che ho tanto odiato è servita a mostrarmi il vero Ryan: un uomo piccolo, talmente assorbito dai propri problemi da non accorgersi che stava uccidendo un amore, il più grande che abbia mai provato.

Non sono il marito perfetto, anche se nel cuore e nei pensieri ho desiderato esserlo ogni giorno, per te. Ma non è andata così.

Ho provato a cambiare, a tornare a essere l'uomo di cui ti eri innamorata, uno che potessi stimare, amare, ma ho ottenuto solo cumuli di parole non dette e risentimento.
E frustrazione, l'anticamera della fine di un amore che volevo scongiurare in ogni modo. Leggevo con terrore il malcontento crescere giorno dopo giorno nei tuoi occhi luminosi, occhi in cui un tempo sapevo perdermi, la cui luce non riusciva più a scaldarmi.
Ti ho fatto soffrire molto in questi anni, troppo, e non c'è modo per me di rimediare.
La mia unica consolazione è che ora dovrai continuare da sola.
Finalmente camminerai più spedita nella vita, senza di me a rallentarti il passo, ma se mi vorrai accanto io non ti abbandonerò. Sarò per sempre al tuo fianco, amore mio, vegliando su di te da un luogo in cui non potrò più farti del male.
Non tormentarti cercando altre spiegazioni al mio gesto, ti prego. Sappi solo che ho fatto ciò che ho fatto per stanchezza, per vigliaccheria, e perché in questo corpo a metà, in una vita mutilata, io non volevo più starci. Non potevo vivere sapendo di aver ucciso ciò che ci legava; ti amo troppo per ferirti ancora.
E ti amerò per sempre, non dimenticarlo. Non dubitarne mai.
Tuo,
Ryan

La lettera scivolò fra le dita ghiacciate di Penelope, che la restituì alla sorella.

Dunque era quella la verità di Ryan, la voce limpida della sua anima. Si era ucciso per il troppo amore, per non far più soffrire sua moglie. La donna che amava più di se stesso, e che pure aveva tradito.

I paramedici attraversarono la porta con una barella grigia e un lenzuolo a coprire il volto sfigurato di Ryan.

Penelope ne seguì il tragitto sino alla macchina con il cuore sospeso.

Uno di loro invitò Addison a seguirlo in ospedale, ma lei si rifiutò, così anche l'ultima ambulanza lasciò il giardino. Sul prato rimasero soltanto stelle filanti e palloncini colorati, e una torta intatta sul tavolo. Ombre di una felicità interrotta di colpo.

Penelope lasciò la veranda e tornò da Tristan, rimasto ad aspettarla in giardino. Se ne stava appoggiato al camioncino, lo sguardo rivolto al fiume; la nebbia rendeva il paesaggio spettrale.

Gli sfiorò la spalla e si appoggiò a lui, lasciandosi andare a un lungo sospiro.

«Come va?»

«Non vuole parlare.»

«Veramente mi riferivo a te» precisò lui, ma Penelope scosse la testa, la mano a cercare la sua. Non era importante; la sola cosa di cui aveva bisogno era ritrovare un po' del suo calore. Solo un po'.

Quando Addison le aveva mostrato la lettera di Ryan le era mancato il fiato, e ombre confuse le avevano annebbiato la vista. Era ancora troppo fragile per resistere a quella notizia, a una confessione di cui solo lei e Ryan conoscevano il significato più autentico.

Ryan si era ucciso per la vergogna, per la frustrazione, per la depressione che nessuno aveva voluto vedere. Era stato più comodo nascondere tutto sotto il tappeto e andare avanti, imparando a misurare le parole. Indietro non si torna, le conseguenze di una notte non potevano essere cancellate con uno sforzo di volontà. Non poteva bastare, ma non era quello il momento di pensarci, non se Tristan continuava a tenerle la mano, se il cuore di Adam batteva così vicino al suo.

Prese fiato, cercando la forza di dire quello che doveva. Non avrebbe mai voluto, ma non poteva lasciare Addison da sola.

«È meglio che tu vada» sussurrò.

Tristan annuì, quasi se lo aspettasse, ma non sembrava convinto della sua decisione. «Sicura? Potrei dormire sul divano.»

«Meglio di no» insisté lei, scostandosi. Era il distacco più difficile, ma non il più doloroso che avesse affrontato. Indietreggiò sull'erba con le mani in tasca, a ribadire le distanze.

«Ci sentiamo presto, ok?» disse lui tendendo inutilmente la mano verso di lei, già lontana, prima di scomparire nella luce fioca del giardino. Voltò le spalle a Tristan e raggiunse la veranda correndo, appena in tempo per la messa in funzione degli irrigatori.

Getti d'acqua gelida infierirono sui resti di una festa abbandonata; le decorazioni fradice crollarono a terra, mentre la torta di panna vegetale si era allargata sul tavolo in un'enorme poltiglia gialla.

Penelope non si voltò a guardare, non aveva la forza di affrontare anche quel disastro. Ci avrebbe pensato il giorno dopo, con la luce del sole. Sentì il furgoncino del vivaio arrancare lungo il vialetto, lasciandosi alle spalle una scia di fumo bianco. Il motore doveva essere gelido come le pareti di una villa che le metteva i brividi.

«Che ne dici di rientrare? Qui fuori si gela» propose a Addison sfregandosi le braccia. La temperatura era scesa in picchiata, uno sbalzo termico di quasi venti gradi rispetto al tepore che aveva animato il giardino sino al momento atroce dello sparo.

Addison la guardò, impassibile, poi si alzò e oltrepassò la porta.

«Ti preparo una tisana?» si offrì Penelope seguendola in cucina.

Non sarebbe stato facile per Addison dormire nel letto che aveva condiviso con Ryan, passare indenne davanti alla porta dello studio sigillata con i nastri gialli della polizia.

Penelope rimase dietro il tavolo in attesa di un cenno della sorella, ma Addison non mosse un muscolo; continuò a guardare il vuoto, le braccia lungo i fianchi e i vestiti sporchi di sangue, perciò uscì dalla cucina e salì a prepararle un bagno caldo. Era quello che ci voleva per ristabilire un primo contatto con la realtà; quello era stato il consiglio che le aveva dato la sua psicologa quando aveva dovuto affrontare la prima notte senza Adam, forse l'unico che avesse mai seguito.

«Inizia con un bagno caldo; prenditi tutto il tempo, io ti aspetto qui fuori» le disse dopo lunghe insistenze. Convincere Addison a togliersi i vestiti, gli unici oggetti ancora intrisi di Ryan, fu doloroso e duro. Separarsene per sua sorella significava prendere coscienza del fatto che lui non sarebbe tornato, mai più.

E gettarli via significava accettare che Ryan si era suicidato. Suo cognato non aveva sopportato la vergogna del tradimento, del senso di colpa, di un bisogno d'amore che Addison non saziava.

Spesso lui le aveva chiesto un'altra notte, ma ogni volta che Penelope trovava uno dei suoi biglietti sotto la porta della stanza li gettava via, lontano.

Non voleva un'altra notte con lui, non era sicura nemmeno di aver voluto la prima.

Anche lei aveva tradito, ma non era stata Addison il suo unico bersaglio; con quella follia aveva ferito sua sorella e Ryan, ma soprattutto Tristan e Adam, il custode della sua parte più sacra, quello che aveva ingannato più di ogni altro.

Rimase in ascolto dello scrosciare dell'acqua, le ginocchia

strette nella morsa delle braccia. Lasciò andare indietro la testa, e prese fra le mani la tisana alla valeriana che aveva preparato per Addison. Osservò i dettagli della boiserie bianca a contrasto con la parete ocra del corridoio, e si fece del male con le foto di famiglia che riempivano i muri. C'erano Addison e Leonard su una spiaggia, e Ryan con lo zaino in spalla e le scarpe da trekking sulla vetta di un monte sconosciuto. In quella foto sorrideva. Sorrideva come non gli sarebbe più stato possibile. In quel momento Penelope capì.

A ore dal disastro, seduta dietro una porta chiusa, realizzò che Ryan non sarebbe più uscito dallo studio, che non avrebbe più visto la sua sedia a rotelle in giro per casa. Lui era morto, proprio come Adam. Un singhiozzo, allora, le mozzò il respiro.

23

La ripresa fu rapida, molto più di quanto Penelope non si aspettasse. Da una settimana all'altra Addison ritrovò l'energia di sempre, senza una spiegazione apparente.

Il solo dato stonato in quella nuova normalità erano i giorni di ferie dal lavoro, presi ufficialmente per occuparsi di suo figlio. Il mutismo di Leonard rendeva i suoi pensieri ermetici, ma anche con la maestra, la sola cui lui rivolgesse la parola, fu avaro di sentimentalismi. Le riferì che il patrigno era volato in cielo, ma che era sicuro che lassù sarebbe stato felice. Lì poteva correre, non gli serviva più la sedia a rotelle.

«Probabilmente ha sentito quelle parole da qualche vicina» disse Addison di fronte a una tazza di caffè. La notizia del suicidio di Ryan era corsa veloce, tanto che il giorno dopo la festa di Leonard era cominciata una sorta di processione alla villa dei Walker. In attesa dei funerali, che si sarebbero svolti concluse le indagini, un via vai di teglie e vassoi di dolci si erano accampati presso la cucina di Addison.

Penelope trovava sfiancante l'invasione dei vicini, ma sua sorella sembrava non poterne fare a meno; trascorreva interi pomeriggi sul divano a tessere le lodi di Ryan, sorridendo riconoscente ogni volta che l'ospite di turno si sporgeva ad abbracciarla.

«Sei una donna forte, e Leonard ha bisogno della sua mamma», «devi pensare al tuo piccolino» le ripetevano afflitti, prima di lanciarsi in lodi sperticate al defunto mentre Penelope impilava le tazze sporche di tè, marciando verso la cucina. Non poteva restare impassibile ad ascoltare la celebrazione di Ryan da parte di Addison.

La vita era un susseguirsi di tornanti di decisioni giuste e sbagliate, ma cancellarne le curve per rendere la strada dritta era scorretto. Ci era già passata con Violet e Philip, ma non lo avrebbe tollerato anche con Ryan, perché suo cognato non era affatto il marito esemplare che dipingeva il reverendo Williams, né il padre innamorato di Leonard. A Ryan il figliastro non era mai piaciuto molto, e aveva sempre trovato estremamente difficile stabilire un vero legame con lui.

Addison, poi; definire il loro rapporto era persino più complicato. Ryan l'aveva pregata tante volte di essere la sua compagna prima che la madre di Leonard, e quando lei gli aveva voltato le spalle lui era andato a cercare altrove il calore che gli veniva negato.

Lo aveva trovato in una notte disperata con Penelope, una notte che aveva incrinato irrimediabilmente le fondamenta fragili del loro matrimonio.

Per questo lei si defilava ogni volta che sentiva lodare il cognato; preferiva chiudersi in camera a cucire la trapunta che aveva iniziato per Tristan o nascondersi in giardino a rivoltare la terra gelata. La resistenza del suolo era il solo antidoto alla rigidità dell'anima; solo laggiù, circondata dai suoi fiori, Penelope riusciva a dare un senso a giornate che inevitabilmente si esaurivano in un tramonto venato di ghiaccio.

L'inverno, quello vero, alla fine era arrivato. La neve si era affacciata una notte, stendendo un velo bianco sull'abete che il vivaio aveva consegnato qualche giorno dopo la festa di Leonard.

Era un albero enorme, ma non appena Penelope lo vide spuntare dal camion si pentì dell'acquisto. Tristan si offrì di aiutarla a piantarlo, in cerca di una scusa per rivederla; dal giorno della festa non si erano più incontrati. Solo sporadicamente si sentivano al telefono.

Penelope detestava stare ore alla cornetta, ma sapeva che se glielo avesse chiesto, lui si sarebbe precipitato da lei, e per il momento le bastava quella certezza: Tristan ci sarebbe stato.

Anche volendo, poi, non avrebbe avuto il tempo di incontrarlo; Addison e la casa la assorbivano completamente.

Da quando Ryan era morto Penelope trascorreva le giornate con la sorella, ma era la sola a preoccuparsi di rifornire la dispensa, e a causa delle continue visite che impegnavano Addison era l'unica che riportasse a casa Leonard dai suoi impegni pomeridiani. Quando arrivava a sera, perciò, crollava sul letto, addormentandosi con i ferri da uncinetto fra le dita o la testa fra le pagine di un libro. Cercava di fare il massimo per Addison e ricucire lo strappo fra loro, ma per quanto lottasse non riusciva a scacciare il senso di colpa.

Per un momento aveva sperato che la morte di Ryan riuscisse ad ammorbidire le spigolosità della sorella, ma dopo un breve periodo di apatia Addison aveva ritrovato il suo mordente.

Penelope da parte sua si tratteneva, ricordava a se stessa decine di volte al giorno che sua sorella aveva subito un grave lutto, ma non avrebbe resistito a lungo, e sempre più spesso prima di addormentarsi tirava fuori dalla valigia la proposta del negozio di York che le aveva procurato Tristan. L'aveva dovuta nascondere, altrimenti Addison avrebbe dato in escandescenze. Dalla morte di Ryan aveva sviluppato una fortissima dipendenza da lei, ma nonostante i continui battibecchi era sempre la prima a proporre una tregua, un atteggiamento impensabile solo fino a un paio di settimane prima.

«Credo che per quest'anno gli addobbi natalizi non ti servano» notò Penelope accennando allo scatolone straripante di palline colorate e luminarie. Il Natale era dietro l'angolo, ma dopo quanto accaduto immaginò che Addison non intendesse festeggiare, e invece sua sorella era stata irremovibile, e aveva spinto in avanti lo scatolone.

«Non toglierò a Leonard la gioia del Natale» rispose categorica e cominciò a tirare fuori le decorazioni, ma quando vide Penelope immobile davanti a lei sollevò lo sguardo, indispettita. «Speravo che mi dessi una mano» protestò sbattendo la stella di metallo sul pavimento.

«Spero che tu sia sicura di quello che fai.»

«Perché non dovrei?» ribatté Addison.

«È successo tutto in fretta, non trovi?»

Addison ripose una pallina colorata nella scatola, ma la durezza dei gesti rivelava una calma sempre più instabile. «Se avessi un figlio non parleresti così.»

"Peccato che ultimamente tu non te ne stia occupando granché" avrebbe voluto ribattere Penelope, ma si morse la lingua, facendo leva sulle ginocchia per rimettersi in piedi. Le facevano male, doveva rallentare con i lavori in giardino, ma avrebbe preferito una settimana di preparazione del terreno a una giornata con Addison e l'albero di Natale.

Da una scatola prese un serpente di cavi di plastica con decine di piccole lampadine e se lo gettò sulle spalle. «Come vuoi; vado fuori a sistemare le luminarie.»

«È meglio che non lo faccia tu, è pericoloso. Chiama Mike o Sam, piuttosto.»

Penelope si inchiodò sulla porta, la fronte contratta. «Posso cavarmela da sola, ma se proprio devo chiedere aiuto preferisco chiamare Tristan.»

Addison richiuse con un tonfo una scatola di palline decorate. «No, lui è meglio di no.»

«Perché?»

Un respiro profondo. «Non è il caso che venga» tagliò corto, ma Penelope non voleva arrendersi. C'era qualcosa che non le tornava, un'ostilità maturata senza una ragione.

«Questa non è una risposta» insisté.

«Ma è la mia.»

Fece una smorfia; Addison aveva riacquistato tutta la sua grinta. «Non posso nemmeno chiedere una mano a un amico?» ribatté. «Mi sembrava che fino a poco tempo fa lui ti andasse a genio. Lo hai persino invitato a cena.»

«Già, e guarda com'è finita» rispose Addison accennando al soggiorno vuoto. Tirò fuori un festone dorato, che si sparpagliò sul pavimento chiaro. «Senti, lascia stare Tristan. Chiama Mike o Sam, da' retta a me.»

«Va bene, però non mi hai risposto.»

Addison sbuffò. «Che altro vuoi?» replicò. Il tono si andava alzando, presto avrebbe sconfinato nell'ostilità.

Penelope inclinò la testa, cercando una risposta a un rancore immotivato; c'era una ragione profonda, ci doveva essere, e voleva che Addison la tirasse fuori. «Dimmi perché non vuoi che veda Tristan» insisté, ma a quel punto l'altra sbatté il festone sul pavimento.

«Ma insomma, in questa casa devo fare tutto io?» disse trascinandosi un'estremità del festone all'altro lato della stanza. «Tra qualche ora verranno le mie amiche, e se non ti spiace vorrei far trovare loro la casa in ordine.»

Penelope era senza parole; i capricci di Addison erano insostenibili. Si piantò le mani sui fianchi, pronta alla battaglia. «Vuoi spiegarmi perché ti preme tanto questa messinscena? A chi credi che importi se ci sono le luci di Natale alle finestre?»

Addison le diede le spalle, sistemando la scala. «Non voglio che gli altri pensino che mi sia lasciata andare.»

«Perché, che ci sarebbe di male?» insisté. Le sembrava l'ennesimo puntiglio di Addison; inutile, stancante. Era stanca di farsi in quattro per una sorella che non l'apprezzava, stanca di non avere nemmeno la forza di prendere il telefono e sfogarsi con Tristan. Stanca di ritrovarsi ogni sera a parlare con una trapunta. «Hai appena perso tuo marito e pensi a quello che diranno i vicini? Ti rendi conto delle assurdità che dici?» Non era sua intenzione aggredire Addison, ma dopo giorni trascorsi a sgranare le ore di un dolore che non voleva passare si sentiva a pezzi.

«Tu invece non riesci proprio a capire che è importante per me, non ci arrivi» ribatté l'altra con voce stridula. «È così difficile rendersi conto che ho bisogno di sapere che la mia vita sta andando avanti, che posso festeggiare il Natale anche se mio marito si è sparato?» urlò, fuori di sé.

Era arrivato. Il momento in cui Addison tirava fuori quello che le toglieva il sonno, che la spingeva a dormire nel letto di Leonard con la scusa di consolarlo per qualche brutto sogno, era arrivato.

La rabbia per l'impotenza, per un gesto che non aveva previsto e a cui non avrebbe potuto rimediare le era esplosa fra le mani.

E allo stesso modo era accaduto a Penelope, sfinita da una sorella che giudicava egoista, devastata per sentirsi un'egoista a sua volta, incapace di guardare oltre la sua solitudine.

«Di me, invece?» continuò battendo il pugno chiuso contro

il petto. «Di quello che provo o penso io non ti interessa, vero? Del resto hai voluto che venissi qui soltanto perché potessi pavoneggiarti con i tuoi vicini ipocriti!»

L'eco di quell'accusa risuonò nella stanza, saturando le pareti di vecchi rancori.

Addison si sporse verso Penelope.

«Ma come fai a essere così?» le domandò con la voce impregnata di odio. «Come fai a essere tanto egoista?» insisté, mentre Penelope serrava i pugni.

«Non recitare la parte della vedova inconsolabile con me, Addison, perché sappiamo entrambe come stavano le cose tra te e Ryan» l'avvertì con il tono di chi non vorrebbe parlare, ma che in fondo non aspetta altro. «Io vi sentivo litigare ogni giorno, e vi sentiva anche Leonard» aggiunse. «Perché credi che tuo figlio si rifiutasse di parlare con voi?» le domandò, un passo avanti all'altro per sfidare Addison sul terreno dove la sapeva più fragile. «Ti sei mai chiesta quanto sia doloroso per un bambino della sua età sentire ogni sera le urla dei genitori? Credi che sia stato facile per lui ascoltare le vostre sfuriate e fingere che andasse tutto bene?»

Addison barcollò sino a sfiorare il viso di Penelope, con gli occhi lucidi. Era ferita, ma non sconfitta. «No» rispose; «io non lo so come ci si sente. Dimmelo tu, piuttosto; sei tu l'esperta in materia».

Penelope sorrise di fronte al volto tirato di Addison, ma c'era solo amarezza sul suo viso. Sua sorella aveva tentato l'affondo, e ancora una volta aveva avuto la meglio su di lei.

«Di nuovo Violet, eh?» disse con un sorriso aspro. «Per quanto ancora mi rinfaccerai i torti di mia madre? Per quanto ancora ti servirai di lei per punirmi?» sbottò, ma non attese risposta. Aveva sentito abbastanza, era stata ferita abbastanza.

Indietreggiò, afferrò la giacca e uscì in veranda, risalendo a passi furiosi il vialetto.

Addison la guardò andare via, impotente.

Rimase da sola nella grande sala vuota, appagata dal suo trionfo, ma appena prese coscienza delle mura vuote, spoglie di vita, seguì Penelope in giardino per implorarla di tornare indietro.

Addison gridò le sue scuse con tutto il fiato che aveva in gola, ma le parole svanirono, perse nella voce triste della pioggia che cadeva impalpabile dal cielo.

«Non sapevo dove altro andare.»

Beth fissò Penelope senza proferire parola; aveva le labbra schiuse a mimare la sorpresa di trovarla sulla porta con i capelli che le gocciolavano sulla giacca e gli occhi arrossati di disperazione.

Sollevò la testa per osservare la pioggia che s'incanalava nella grondaia. Era stato un temporale improvviso, ma prima che facesse notte tutta quell'acqua si sarebbe trasformata in uno spesso strato di ghiaccio, l'aria già pizzicava le narici. Fece un passo indietro.

«Vieni dentro, sei bagnata come un pulcino» disse facendole segno di seguirla. Le fece strada in bagno, dove le offrì asciugamani, il tepore di una stufa e un vestito pulito. «Era di Kate, spero che non ti dispiaccia» si scusò quando la vide uscire dalla stanza, con gli occhi lucidi.

Penelope si guardò allo specchio, un esame che superò senza troppi pensieri; il vestito era di fattura semplice, ma le rifiniture erano curate. Kate aveva buon gusto.

«Vieni in cucina, ti preparo una cioccolata calda» disse mentre Penelope la seguiva in punta di piedi.

«Spero tu non debba prepararla solo per me. Preferisco prendere il tè in compagnia, piuttosto che una cioccolata da sola.»

Beth la ammutolì con un'occhiata. «Scherzi? Lascia il tè a quello svitato di mio nipote e dammi la cioccolata. Con questo freddo ci vogliono calorie, l'acqua calda non ti scalda nemmeno le budella» ribatté tirando fuori dalla dispensa il barattolo dello zucchero e un paio di tavolette di fondente. «Non vedo l'ora che arrivi stasera per bere una bella tazza di vino caldo con le mie amiche del bridge, altro che tè» continuò. Beth iniziò a spezzettare la prima tavoletta, e in quel momento Penelope ripensò a tutto il cibo che aveva invaso la casa di Addison; si ripromise di portare qualcosa alla sua amica, la prossima volta che fosse andata a trovarla, ma l'allusione al nipote la riportò subito con i piedi per terra.

«Tristan non c'è?» domandò.

Era passata un paio di volte, al vivaio, ma si era sempre scontrata con il cartello «chiuso» appeso all'ingresso.

«È andato a sbrigare un lavoro per gli Hodge» la informò Beth. «Ogni anno comprano l'albero più grande che abbiamo e chiedono a Tristan di sistemarglielo in giardino, e quando finiscono le feste lui deve andare a ripiantarlo nel parco del paese. Le foreste qui intorno si sono ripopolate con tutti gli abeti che hanno comprato. Gli Hodge pagano bene, per carità, però è uno strazio che non hai idea» continuò rimestando il latte e la cioccolata nel pentolino. Sollevò il cucchiaio e spense il fuoco, tirando fuori dal frigorifero una scodella di panna montata.

«Ecco fatto» disse aprendo una scatola di biscotti.

Lei e Penelope bevvero la cioccolata in silenzio, ognuna immersa nei propri pensieri, ma quando Beth appoggiò sul piattino la tazza vuota la sua lingua ritrovò la solita parlantina. «Come stai?»

Penelope mandò giù un sorso di cioccolata. «Perché me lo domandi?»

«Be', mi sembra ovvio» ribatté Beth maliziosa. «Non è tanto normale presentarsi completamente fradicia alla porta di un'amica nel bel mezzo di un temporale, e praticamente di notte.»

Penelope prese un biscotto, sbriciolandolo fra i polpastrelli. Beth aveva ragione, ma la sua vita aveva perso da tempo la strada della normalità. «Avevo bisogno di parlare con qualcuno.»

«Non mentire» la rimproverò Beth minacciandola affettuosamente con il cucchiaino. «Non era "qualcuno" che stavi cercando. Tu volevi Tristan.»

Penelope abbassò lo sguardo, le dita intrecciate sulla stoffa a buon mercato del suo vestito. Era vero, cercava Tristan, e per quanto piacevole sua nonna era un ripiego.

«Che cosa c'è esattamente fra voi due?» insisté Beth.

«Come?»

«Da quando sei arrivata qui lui è cambiato.»

«Mi auguro in meglio» cercò di svicolare Penelope bevendo un altro sorso di cioccolata; era vellutata e densa come piaceva a lei, ma Beth non sembrava voler stare al suo gioco.

«Non lo so, dimmelo tu. È tua la colpa.»

«Io non ho fatto niente» si difese, ma l'altra le rispose con una risata stretta fra le labbra. Quando Beth sorrideva in quel modo la bocca si riempiva di decine di piccole rughe, ma erano gli occhi a tradirla, luminosi e vispi.

«Fischietta tutto il giorno come un ragazzino alla prima cotta, e se non lo conoscessi bene oserei dire che è quasi felice. Persino lavorare al vivaio non gli pesa più.»

«Non immaginavo che fosse un peso.»

«Tristan non è nato per piantare alberi e caricarsi sulle spalle sacchi di concime» rispose laconica Beth. Il tono era cambiato, all'improvviso si era fatto ruvido. «Studiava informatica a Edimburgo, ma ha lasciato l'università dopo la morte del nonno, per occuparsi del vivaio insieme a me. Una scelta che non ho mai condiviso» disse, contrariata.

Penelope scansò con la punta del cucchiaino la patina scura sulla cioccolata, versando una dose extra di panna. «Credi che si sia pentito della sua scelta?» le domandò.

«Non lo so. Mio nipote non è mai stato un tipo espansivo» rispose, dubbiosa. «Si è impegnato molto, ma non credo sia contento di come vive. Prima che arrivassi tu se ne stava sempre per conto suo; non che vivesse come un monaco, intendiamoci» precisò con la sua consueta schiettezza. «Ha avuto anche lui delle ragazze, ma niente di serio.»

«Perciò vorresti farmi credere che è cambiato a causa mia?» rilanciò Penelope, scettica.

Beth la rimproverò puntandole il dito contro, seppure con il sorriso sulle labbra. «Adesso non darti troppe arie, ragazzina» le disse. «Lo hai solo reso più allegro.»

«Chi è allegro?» le fece eco Tristan, sulla porta della cucina. Aveva il viso e i vestiti macchiati di terra, le scarpe sporche. Tirò fuori dalla sacca il thermos del tè vuoto, stupito di trovare Penelope nella sua cucina. «Non credevo di trovarti qui.»

«Voleva parlare con te, ma ci siamo fatte compagnia» l'anticipò Beth alzandosi in piedi. Guardò l'orologio e si tirò su le maniche del maglione. «Adesso se non vi dispiace vado alla mia partita di bridge. Le ragazze mi staranno aspettando» continuò raccogliendo le tazze sporche in un vassoio. «Ci pensi tu?» chiese al nipote, ma Penelope si intromise fra loro, prendendo il vassoio dalle mani di Beth.

«Tu goditi il bridge, qui me ne occupo io» le disse.

Pochi minuti più tardi Beth si chiuse dietro la porta, restituendo la casa al silenzio, ma l'atmosfera leggera che Penelope aveva respirato con lei svanì nella scia del suo profumo. La lite con Addison, la corsa al vivaio, il silenzio che li aveva separati per settimane; era tutto di nuovo lì, un muro invisibile nella stanza.

Penelope e Tristan rimasero in cucina, seduti alle due estremità del tavolo senza dirsi una parola.

«Il vestito è di mia madre, vero?» le domandò indicando l'abito.

Penelope si sollevò sulle punte, lo sguardo sulla stoffa colorata. «Beth me lo ha prestato quando sono arrivata, i miei vestiti erano fradici. Deve averli messi ad asciugare in bagno, ma appena sono asciutti mi cambio.»

«Non devi. Non per forza» precisò lui. «Il vestito ti sta bene; se vuoi tenerlo fa' pure» continuò, a disagio. Non si aspettava di trovare Penelope in casa sua, non dopo la morte di Ryan e quello che ne era seguito. Si erano visti a malapena per l'albero di Natale, e solo perché era stato lui a insistere. «Se non ti dispiace vado a farmi una doccia» disse accennando alla maglia sporca di terra.

Le voltò le spalle, diretto verso il bagno, ma una volta fuori dalla cucina si girò di nuovo. La guardò, scorrendo la sua figura asciutta con indosso l'abito di sua madre, ma solo per un secondo. «Ti trovo qui, dopo?»

Aveva il tono di una domanda, ma Penelope sperò in un invito. Voleva parlare con lui, aveva parecchie cose da dirgli. «Certo. Ti preparo il tè, se vuoi» rispose.

Rimase in cucina in ascolto di ogni rumore proveniente dal bagno; il rubinetto che si apriva, lo scorrere della porta a vetri della doccia. Sentì Tristan aprire la porta che non aveva chiuso a chiave e scomparire nella sua stanza, dietro un'altra porta chiusa, e finalmente tornare da lei.

«Va meglio?» gli chiese versandogli una tazza del tè che nel frattempo aveva preparato.

Tristan si infilò una vecchia maglia, la pelle ancora arrossata dal calore rovente della doccia. «Molto meglio, grazie.»

«Bene.» Gli passò il barattolo del miele. Niente zucchero nel tè di Tristan, ormai lo aveva imparato.

Si sedettero.

Lui si ancorò al suo tè in attesa di un cenno di Penelope.

Era difficile per lei spiegarsi, raccontargli di Addison e la sua nuova vita, le liti furibonde e le serate trascorse sedute sul divano con il plaid e il vassoio di pasticcini sulle gambe. Cercò a lungo le parole, ma non le venne niente di meglio da dire che la verità. «Mi sei mancato» ammise nonostante odiasse il sapore della resa.

«Hai avuto parecchio da fare» la scusò lui, ma lei storse la bocca; non voleva un'assoluzione, indietro non voleva più tornare.

«Ok» disse seria. «A quanto pare non mi sono spiegata.»

Raccolse le forze, e iniziò a parlare. Raccontò a Tristan della sua nuova vita, e delle serate trascorse a guardare la sua stanza vuota. Gli confessò che Ryan la stava trascinando a fondo e con lui il suo ricordo, l'autopsia, e le indagini che avevano finito per confermare ciò che il buonsenso ripeteva da giorni. Viveva nella follia da più tempo di quanto non potesse sopportare, un tempo che solo il pensiero di Tristan rendeva accettabile.

«Te. Io ho bisogno di te» concluse con lo sguardo appannato.

Solo gli occhi spalancati di Tristan sembravano ancora in grado di parlare, perché le labbra rimasero inchiodate da un silenzio sconcertato.

Penelope si era aspettata una reazione, ma non era pronta al suo immobilismo. Cercò di capire che cosa gli passasse per la testa, perché se ne stava muto a guardarla, ma quando fece per alzarsi vide lui farlo a sua volta, e la sua mano afferrarle il braccio. Si scambiarono una lunga occhiata, di quelle in cui Penelope cercava di farci stare tutto, ma lo sguardo di Tristan era il riflesso di un vuoto indecifrabile.

«Vado a cambiarmi. I miei vestiti si saranno asciugati» mormorò, mentre la stretta sul braccio scemava poco a poco.

«Ok» annuì lui.

Accadeva di nuovo, ogni volta. Anche Adam l'aveva lasciata andare, e ora Tristan seguiva le sue stesse orme.

Dopotutto il cuore, pensò Penelope, era lo stesso.

Lei però era esausta. E sola.

Sola. Quella parola sembrava essere il *leitmotiv* della sua esistenza.

Si tolse il vestito di Kate, ritornando nei suoi abiti. La vecchia Penelope era di nuovo nello specchio incastonato nella parete di legno, l'ovale di una donna di cui avrebbe voluto disfarsi. Era sempre lei, con quell'espressione patita a spegnerle il viso.

Tentò di cancellarla aprendo la porta, ma l'incontro con lo sguardo malinconico di Tristan fu il colpo che la fece vacillare.

«Resta qui, stanotte. Non te ne andare» sussurrò lui prendendole le mani; erano morbide, una piuma che danzava sulla superficie ruvida di quelle di Tristan, graffiate dal ghiaccio contro cui aveva dovuto combattere per la mancia consistente degli Hodge.

Le mani di Tristan però erano calde, e la stringevano. Nel petto batteva il cuore di Adam, ma non aveva importanza, non se quelle dita continuavano a stringere le sue, se lui non la lasciava andare.

Una promessa, Penelope non chiedeva altro.

Si sollevò sulla punta dei piedi, le labbra protese nella richiesta di un bacio. Ancora il loro calore, l'attrito naturale dei corpi tenuti insieme da un abbraccio che nessuno dei due voleva più sciogliere. Era tutto naturale, come se la familiarità tra loro non fosse mai stata interrotta.

Tristan la sollevò per la vita e la portò nella sua stanza, sordo al telefono che trillava nel soggiorno.

Si chiuse la porta alle spalle, facendosi strada nel buio. La notte era scura, in lontananza si udivano gli echi del temporale. Era difficile stabilire se stesse tornando o andandosene; l'aria che trapelava dagli infissi non aveva profumo, perché era Penelope con il suo odore a riempirla.

Penelope, i suoi respiri corti, accaldati, gli avevano svuotato la testa di ogni pensiero.

Le sue dita sottili scivolarono leggere sotto la stoffa, mentre le labbra reclamavano le sue attenzioni. Erano baci che Tristan aveva voluto ogni notte, un calore cercato a lungo e con cui finalmente poteva bruciarsi. La sua vita si era riempita per troppo tempo di niente, ma ora la sentiva, sentiva Penelope fra le dita, muoversi fra le sue braccia e lasciarsi sfiorare da lui, correre dalle labbra all'inguine in un solo respiro. Stringere le mani nelle sue e sentire salda la presa sui suoi fianchi.

Tristan aveva immaginato quel momento a lungo, una vita intera.

Tristan respirava, finalmente.

«La sveglia ha suonato di buonora, stamattina» notò Beth a voce alta non appena vide Penelope fare capolino nella cucina, con indosso i vestiti del giorno prima e l'aria spettinata di chi ha appena aperto gli occhi. Le rispose con un cenno del mento, e una mano sollevata a metà. «Ti fermi a colazione?» continuò, gli occhi fissi sulle gambe snelle della sua ospite.

«Solo per un caffè.»

«Bene.» Beth prese una tazza dallo scolapiatti, ma una volta aperto Penelope non poté fare a meno di notare quella di Tristan. Non ne parlava spesso, eppure accusava duramente l'assenza di Kate.

Almeno quanto lei soffriva per quella di Adam. Ancora. Nonostante la notte appena passata.

«Non posso restare» sussurrò di fronte alle nuvole di vapore profumato.

Beth fece cadere il cucchiaino nel caffè di Penelope. Un tonfo metallico, un sasso lanciato nello stagno delle sue paure. «Qui non c'è nessuno che ti trattiene» disse dura.

L'aveva ferita, Penelope glielo lesse nello sguardo improvvisamente chiuso, scostante. Quasi non sembrava la donna che il giorno prima le aveva preparato la cioccolata calda con panna e biscotti.

Zuccherò il suo caffè, portandosi la tazza alle labbra senza nemmeno girarlo.

«Lo so, Tristan...» balbettò, ma Beth alzò subito la mano.

«Tristan non è più un bambino» tagliò corto passando lo strofinaccio sul tavolo.

Penelope tirò indietro la sedia, le mani strette a elemosinare un po' di calore. Il temporale alla fine era tornato, lasciandosi alle spalle una scia di rami spezzati e tetti divelti.

«Lui ha fatto molto per me» continuò mesta, cosciente che non era riconoscenza quella che si aspettava. Tristan pretendeva molto di più, per questo era sgattaiolata via dalla sua stanza senza svegliarlo, perché una volta aperti gli occhi non avrebbe avuto risposte da dargli. Tutto quello che si sentiva di dirgli era che avevano fatto l'amore ed era stato meraviglioso, sì, ma lui non poteva sapere quanto fosse stato doloroso per lei sentire il respiro di un altro accarezzarle la pelle.

E anche se glielo avesse raccontato, anche se si fosse chiusa in una stanza con lui per giorni, a spiegargli perché era così difficile pensare al futuro, c'era il rischio che non capisse, o peggio, che si rifiutasse di farlo.

Un'occhiata al paesaggio desolante ai rami spogli che gocciolavano di malinconia.

«Ci vediamo» le disse Beth con un tono asettico.

Penelope accusò il colpo, quelle spalle girate e il rumore sordo di un guscio rotto. Una frattura, un'incrinatura all'apparenza insignificante che si trasformava in una voragine. Rimase per un secondo di più in cucina con Beth, in ascolto dello sfrigolio delle uova nel burro, sperando in qualcosa che non avvenne. Poi prese la borsa e uscì, alzando lo sguardo verso il cielo.

24

Addison le stette addosso per tutto il giorno, bersagliandola di domande. Voleva sapere dove aveva trascorso la notte, con chi e perché non avesse chiamato, ma Penelope non aveva voglia di risponderle. Si limitò a guardarla dall'altro lato del tavolo, in piedi nella luce beige della cucina.

«Sono tornata in tempo per accompagnare Leonard a scuola. È abbastanza, no?» replicò, impaziente. Al contrario di Addison, lei non aveva dimenticato la discussione della sera precedente. Sua sorella dimenticava troppo in fretta, tanto che non appena l'aveva vista nel vialetto le era corsa incontro sorridente, come se tra loro non ci fossero più nuvole.

«Ok, ma non puoi sparire e ricomparire quando ti pare. Leonard e io abbiamo bisogno di stabilità in questo momento, dovresti capirlo.»

«Non ricominciare» mise subito in chiaro Penelope.

Addison annuì con le braccia tese. Detestava i modi improvvisamente sicuri di Penelope, ma non poteva fare a meno di lei. Senza sua sorella accanto si sentiva persa, sola come non le capitava dal divorzio disastroso con il padre di Leonard.

«Rimarrai qui, oggi? Almeno questo posso chiedertelo oppure è pretendere troppo?»

Penelope si passò la mano fra i capelli, facendo appello a tutta la sua pazienza; gliene sarebbe servita una dose extra. «Non lo so. Ho delle cose da sbrigare in giardino.»

«Capisco. Posso fare qualcosa per te? Prepararti il pranzo, magari.»

Penelope sbuffò, le mani che già fremevano per tornare dalla terra, lontano da quelle pareti. «Grazie, ma non è necessario. Mi arrangio da sola» tagliò corto, sfuggendo dalle nevrosi della sorella.

Trascorse l'intera mattinata in giardino, a rimettere in ordine quello che il temporale aveva distrutto, e una volta finito si chiuse in camera con la sua coperta patchwork. Cucire era la sola attività in grado di sciogliere tutte le tensioni accumulate; quando Penelope stringeva i suoi ferri da uncinetto aveva la certezza che il mondo ritrovasse il suo centro. Tutto tornava naturale, persino respirare in quella casa diventava più semplice.

Riprese a cucire, indifferente al tempo che si rincorreva sul quadrante dell'orologio, e poi, d'un tratto, si bloccò. La mente era lucida, le mani ferme.

«Non posso rimanere qui» sussurrò.

Furono parole che la raggiunsero all'improvviso, ma autentiche, dal profondo; Addison era appena diventata vedova e lei pianificava la fuga dal solo rifugio che le era stato offerto quando aveva avuto l'acqua alla gola. Poteva sembrare crudele, ma doveva salvarsi.

Aprì il cassetto in cerca di un'aspirina, e invece s'imbatté nei fogli che Tristan le aveva consegnato dopo la cena da Addison. La proposta di collaborazione del negozio di York.

In quel caos le era capitata sottomano proprio la via d'uscita di cui aveva così disperatamente bisogno.

Senza pensarci prese il cellulare e compose il numero.

«"Home sweet home" sono Rosalie, in cosa posso esserle

utile?» Penelope si aggrappò al telefono con gli occhi chiusi, per prolungare quel momento. «Pronto? C'è qualcuno?» ripeté la ragazza. «Pronto?»

«Sì, mi scusi» balbettò. Si schiarì la voce, cercando di racimolare qualcosa di sensato con cui iniziare la conversazione. «Sono Penelope Dickinson, la ragazza del sito web. Quella della collaborazione» disse tentennante.

Sua madre le ripeteva sempre che la cosa più difficile era il primo passo, ma che una volta superato l'inizio la strada era tutta in discesa.

Penelope sorrise. Accadeva raramente, ma quella volta Violet ci aveva preso in pieno.

Rimase al telefono con Rosalie per più di mezz'ora, e quando riattaccò la sua esistenza le sembrò trasparente come non mai.

Rimise il cellulare nel cassetto, di nuovo spento, mentre le luci aranciate del tramonto scaldavano gli infissi.

Si domandò che cosa avrebbero fatto le sue due madri, se mai avesse chiesto loro un consiglio; era quasi certa che Claire le avrebbe consigliato di prendersi del tempo e rifletterci con calma, mentre Violet le avrebbe detto di lasciarsi guidare dall'istinto, sicura che le avrebbe indicato la strada migliore.

Scosse la testa, soffocando una risata; era tipico di Violet lasciare agli altri il peso delle decisioni, eppure, se rovistava in fondo alle cose non dette, ai pensieri lasciati a metà, Penelope sentiva una voce suggerirle di fidarsi di lei, per una volta.

Appoggiò il mento sulle ginocchia, lo sguardo sull'orologio che aveva di fronte; erano quasi le cinque. Il tempo delle riflessioni era finito, doveva riportare Leonard a casa.

25

Di nuovo il profumo dei fiori, intenso e nauseante.

Penelope aveva fatto di tutto per stare lontano da loro, ma quando aveva visto entrare in casa un'altra vicina stringendo fra le mani l'ennesimo mazzo di fiori si era dovuta arrendere; non poteva vincere quella battaglia. Non se dalla finestra vedeva decine di corone listate a lutto.

Era piovuto ininterrottamente per tutta la notte, la terra non era riuscita ad assorbire l'acqua che il cielo aveva riversato sul giardino; le signore che si incontravano in veranda non facevano che strofinare le loro scarpe a buon mercato con fazzoletti bagnati.

"Uno spettacolo avvilente" pensò Penelope osservandole dalla finestra della cucina.

Non era stato così per lei, quando era morta Violet. Allora nessun vicino aveva bussato alla sua porta. Di quei giorni Penelope ricordava solo suo padre seduto in poltrona con la cravatta allentata e le serrande a metà, una penombra che si era portata addosso per tutta la vita.

Prese un paio di biscotti per tirarsi su il morale.

Si affacciò in salotto, ma di Addison non c'era traccia. La cercò nel chiacchiericcio che riempiva la stanza, ma niente.

Penelope andò a cercarla nello studio di Ryan, ma tutto

quello che trovò fu una scrivania tirata a lucido e scaffali pieni di libri.

E ricordi, decine di immagini di cui avrebbe desiderato disfarsi. Richiuse la porta e continuò a cercare.

Trovò Addison nella camera di Leonard con gli occhi cerchiati di stanchezza fissi nello specchio. Erano stati giorni terribili per lei, Penelope se ne rese conto solo in quel momento. Si pentì della sua durezza, delle discussioni che sfibravano un rapporto già ai minimi termini.

Spinse con il palmo la porta semiaperta e andò a inginocchiarsi accanto a lei, a guardare quello stesso rettangolo di vetro. Le appoggiò la mano sulla spalla, senza dire niente. Era tutto nel tubino nero che le fasciava il fisico asciutto, nelle perle che impreziosivano il suo sguardo spento. Qualcuno una volta le aveva detto che le perle sono lacrime, ma non le sembrò mai così vero come allora. Ryan e Adam si perdevano nei contorni incerti dello specchio.

E Addison, con l'aria afflitta, il vestito e quelle perle così simili a quelle della madre di Adam, era il colpo basso del passato che Penelope non si aspettava.

Scese in salotto, ma la sua presenza al ricevimento fu impalpabile. Preferì eclissarsi in giardino, incurante del vento glaciale che sferzava l'aria. Non chiedeva altro che un po' di tranquillità e una tazza del vino speziato che aveva portato Rosemary.

Avrebbe voluto avere Tristan accanto, lui avrebbe saputo come farle superare la giornata, ma era dovuto partire all'improvviso insieme a Beth qualche giorno prima, per assistere una cugina della nonna. Poteva contare solo su se stessa per arrivare al tramonto.

E sui fiori, i suoi fiori adorati sbocciati nel cuore dell'inverno senza che avesse il tempo di occuparsi di loro.

I narcisi si erano offerti a lei in tutta la loro sobria eleganza, mentre le azalee tendevano i piccoli rami come un neonato fa con la madre, per regalarle quel conforto di cui gli umani erano diventati così avari. Il calicanto, infine, il primo che Penelope aveva piantato, era esploso in una parete colorata di sole come i ciclamini, che con le sfumature sgargianti dei petali di velluto cercavano di portare un po' d'allegria in uno degli inverni che si annunciavano fra i più rigidi della storia.

I suoi fiori, le vite che lei aveva curato come fossero estensioni della sua, la ripagavano nel momento più buio di tutto l'amore che aveva dato loro. Il giardino a sua volta l'abbracciava, tenendola stretta con i suoi profumi intensi. Fra quelle aiuole era rinata. La nuova Penelope era ancora una creatura fragile come lo erano stati i bulbi e i piccoli semi che dimoravano protetti dalla terra, ma che in primavera sarebbero esplosi in tutta la loro travolgente vitalità.

Anche per lei, un giorno, sarebbe tornata la primavera, ne era certa.

Abbracciò commossa il suo giardino, il piccolo angolo di pace in cui era tornata alla vita, ma anche lì, fra il calicanto e le camelie, Penelope sentì forte la presenza di Adam.

«Grazie per essere venuto.»

Nonostante detestasse persino il suono di quelle parole Penelope ripeté spesso quella frase, mentre sulla porta stringeva le mani di amici e colleghi di Ryan.

Ogni volta si sentiva schiacciare da quei sorrisi di circostanza, senza fiato di fronte a lacrime che non sapeva gestire. L'unica prospettiva consolatoria di quella giornata era la certezza di un commiato che alla fine le avrebbe restituito la libertà. E la pace.

Ovunque volgesse lo sguardo non vedeva che macerie; i pavimenti erano imbrattati di avanzi di cibo, piatti e bicchieri ancora pieni erano stati abbandonati in ogni angolo della casa, e decine di tovaglioli nascondevano macchie che nessun detersivo avrebbe cancellato.

«Lascia stare, ci penseremo domani» disse Addison sfiorandole la spalla. Aveva da poco messo a letto Leonard, e una volta in cucina, aveva trovato Penelope con indosso i guanti, alle prese con mestoli e vassoi che ingombravano il lavello.

«Vai a dormire, io metto un po' in ordine.»

«Lascia perdere, dai. Andiamo a letto, piuttosto; siamo esauste entrambe» insisté Addison.

«Non ho sonno. Se andassi a letto ora starei a guardare il soffitto sino a domani» spiegò Penelope piegata a raccogliere uno strofinaccio. Un carnevale di macchie, da buttare anche quello.

Addison si appoggiò allo stipite. Non voleva lasciarla da sola. Non voleva lasciarsi sola.

«Oggi non ti si è vista molto al funerale.»

Aveva il tono di un'osservazione superficiale, ma la nota di sottofondo, sempre mezzo tono più alta del dovuto, disegnò una saetta sulla fronte di Penelope. Si sfiorò la pancia ancora dolorante, mettendosi sulla difensiva. «Non sono stata bene.»

«Davvero?» le chiese Addison, gli occhi spalancati nonostante la fatica di tenerli aperti. «Non me ne sono accorta, quando è successo?»

Penelope fece il giro del tavolo e continuò a impilare le teglie vuote nella spazzatura, mettendo da parte quelle da restituire. «Avevo lo stomaco sottosopra. Ho lo stomaco sottosopra» si corresse.

Le bastò pronunciare quella parola per mettere la sorella in allarme. Addison attraversò la cucina, diretta alla dispensa di prodotti naturali. Spalancò le ante con lo sguardo che scandagliava vasetti e confezioni. «Dovrei avere qualcosa per il mal di stomaco» rifletté.

«Non è niente, davvero. Passerà, ci vuole solo una bella dormita.»

«Il mal di stomaco non è un'emicrania. Non basta dormirci su» ribatté Addison. Appoggiò sul tavolo un barattolo con l'etichetta «tisana digestiva» e immediatamente si rabbuiò.

«Era di Ryan» mugolò, scoppiando in lacrime.

«Lo so» disse Penelope, cauta; sua sorella rischiava di andare in pezzi da un momento all'altro. «So che non è facile, ma forse è il caso che tu metta via le sue cose. Non ti fa bene averle sempre sotto il naso. Non ora» continuò alla cieca vista l'imprevedibilità di Addison, che invece accolse con un sorriso il suo consiglio.

«Hai ragione, devo sbarazzarmene» concordò, picchiettando il fazzoletto sugli occhi perfettamente truccati. «Avere intorno le sue cose non fa bene nemmeno a Leonard, soprattutto ora che il Natale è vicino. Mio figlio ha diritto a un po' di serenità.»

«Anche tu» sussurrò Penelope, avvicinandosi. «Anche tu» ripeté, cercando con la sorella un contatto rifuggito per anni. Bastò quel piccolo gesto, quasi insignificante nel vasto panorama delle loro incomprensioni, per cancellare ogni rancore dal viso di Addison e trasformarla nella vedova Walker. L'avvocato sicuro di sé era svanito, lasciando al suo posto una donna che Penelope non conosceva, di cui tuttavia non riusciva a fidarsi. Era difficile, per lei, credere a una donna che piangeva la morte di un uomo che aveva ignorato per anni.

Doveri, obblighi, relazioni dettagliate per ogni singolo respiro; troppe volte quel matrimonio le era sembrato più una corrispondenza dal fronte, che un'unione felice, ma una volta finito, Addison piangeva Ryan come fosse il più perfetto dei mariti.

Ryan però non era perfetto, lei lo sapeva bene.

«Lo amavo così tanto» mugolò Addison. «Ci amavamo così tanto» ripeté, ma a quel punto Penelope sentì un prurito insopportabile correrle dalla pelle alle labbra. Era stufa di sentire quella storia, sempre la stessa.

«Questa è una bugia, lasciatelo dire» sbottò. «Io non sono una delle tue vicine, Addison. Non ti porto vassoi di biscotti, e non ho bisogno che mi racconti una storia che sai perfettamente non corrispondere alla realtà» aggiunse. «Per il tuo bene e quello di Leonard smettila di raccontarti queste fandonie. Conosciamo entrambe la realtà» rilanciò, ma questa volta Addison non si fece trovare impreparata. Sbatté il barattolo sul tavolo e le rivolse un'occhiata truce, mentre le guance rigate di mascara avvampavano di rabbia.

«Come ti permetti di giudicare il mio matrimonio?» sibilò.

«Potrebbe farlo chiunque abbia vissuto almeno un'ora in questa casa» rispose Penelope, meravigliata dalla reazione della sorella. «Fra te e Ryan l'amore era svanito da tempo, e non è possibile che tu non te ne sia accorta» continuò con la voce spuntata da ricordi amari. Addison avrebbe potuto avere tutto, e invece di tenerselo stretto lo aveva buttato via. Un errore che lei non poteva perdonarle.

«Chi ti dà il potere di esprimere giudizi sui matrimoni altrui, dato che non ti sei nemmeno sposata?»

Penelope raddrizzò le spalle, ogni fibra del corpo tesa a contenere la ferita. Addison a volte sapeva essere un carro armato.

«Quello che c'era tra me e Adam non era molto diverso da un matrimonio» ribatté. Ripescò la spugna dal lavandino e prese a strofinare i piatti sporchi. Bolle di sapone si sollevarono nella vaschetta, ricordi che Addison fece scoppiare con l'ago appuntito della sua voce.

«Giusto» assentì sarcastica. «Come non parlare di Adam Spencer, l'amore della tua vita. L'uomo perfetto che amava in modo perfetto.»

«Adam non era perfetto» ringhiò Penelope.

«Oh sì che lo era. Adam era bello, con un futuro promettente e un conto in banca di parecchi zeri. Avevi fatto centro, sorellina.» Fece una breve pausa, il tempo necessario per lasciar decantare il veleno e ripartire all'attacco. «Peccato che il destino abbia mandato in frantumi il tuo bel sogno, svelando a tutti il tuo vero volto. Quello di una ragazza piena di rancore, invidiosa e meschina.»

«Tu non sai quello che dici.»

«Perché, non è la verità?» Le bastava solo un altro affondo e Penelope, la sorella di cui aveva bisogno e che odiava, sarebbe andata al tappeto. Finalmente avrebbe avuto ragione di lei, della ragazzina con il coniglio di pezza che aveva distrutto la sua famiglia. «Non è per invidia che dispensi la tua presunta saggezza sulla vita matrimoniale? Non è per un sentimento di rivalsa verso di me, che mi sono sposata ben due volte, che stai tentando di rovinare il mio ricordo di Ryan?» continuò in un crescendo.

Penelope piantò le mani sul bordo del lavandino, lo sguardo fisso sulle stoviglie insaponate. «Tu non hai capito proprio niente» disse. Non c'era altro che potesse aggiungere, non se Addison si rifiutava di ascoltare.

«Illuminami» la sfidò Addison, rimuovendo dalla coscienza della sorella anche l'ultimo strato di affetto.

«Lo hai voluto tu» l'accontentò Penelope. Si liberò dei guanti e si girò verso di lei, che teneva lo sguardo piantato nelle sue spalle. Ormai non era più la ragazzina che Addison riusciva a sottomettere con un paio di frasi articolate, era una donna.

«Non c'era rispetto né comprensione tra di voi, perché parole come amore e calore per te erano e sono bestemmie. A te bastava una casa in ordine e il lavoro in tribunale, ma non ti sei mai fermata a chiederti che cosa volesse tuo marito, di cosa avesse bisogno lui, l'uomo che davanti a Dio hai giurato di amare» disse torva. «Ti sarebbe bastato chiedere per avere una risposta, ma no, tu sei così piena di te da non volerti abbassare a tanto. Addison Dickinson è un avvocato di successo, non la mogliettina che sta a casa a scaldare il letto al marito.»

«Ryan sapeva perfettamente che non ero quel tipo di donna, quando mi ha sposato. Non lo sono mai stata» si difese Addison, ma Penelope storse la bocca in un sorriso amaro.

«No che non lo sei, ma nemmeno Ryan era su una sedia a rotelle quando eravate all'altare. È stata la vita a cambiare le carte in tavola, ma tu non sei stata capace di stare al passo. Non hai capito che in quel momento lui aveva bisogno di sentirti più vicina, di saperti dolce e amorevole. Ryan desiderava solo un briciolo di attenzione e affetto in più, e voleva che a dargli tutto questo fossi tu, la donna che amava, e invece tu non facevi altro che aggredirlo. Non perdevi occasione per sminuirlo, e quando la notte ti cercava nel letto tu gli voltavi le spalle. Non ti importava che lui volesse una moglie, una compagna e un'amante con cui ridere, con cui fare l'amore, perché non era una tua priorità» disse piano, mentre la voce si spezzava nel ricordo di un temporale. «Lui ti ha cercato con tutte le sue forze, Addison. Ryan ti ha amata e desiderata fino all'ultimo giorno, ma la donna che voleva accanto non eri più tu, così è andato a cercarla altrove.»

Un nodo di rabbia strinse lo stomaco di Addison, testimone di un presentimento che aveva tentato a lungo di scacciare.

«Per caso quella donna eri tu?» bisbigliò, incapace di sostenere lo sguardo della sorella.

Penelope lanciò un'occhiata alla notte sferzata dal vento; non poteva più fuggire dai suoi fantasmi, non più. «Lo sono stata per una sera, solo una» ammise. Prese fiato, tutto quello che le serviva per una bugia. «Ma non era me che Ryan voleva, così come io non volevo lui. Amavamo entrambe due persone diverse; io Adam, e lui sua moglie. Te.»

Uno schiaffo, il contatto rovente con la mano di Addison, le infuocò la guancia.

Addison era in piedi davanti a lei, ansimante, la mano che ancora vibrava per il colpo.

«Mi fai schifo» bisbigliò. «Mi fai schifo come mi faceva schifo tua madre» sibilò con il fiato corto, avvelenato dall'odio verso la sorellastra, il seme sbocciato di un tradimento che continuava a consumarsi alle sue spalle.

«Ho sempre saputo che era uno sbaglio, Ryan mi aveva avvertito. Mi aveva detto che non eravamo pronte, che c'erano ancora troppe cose in sospeso fra di noi, e aveva ragione. Lui aveva maledettamente ragione a non volerti qui, perché tu sei come il cancro che si è portato via mia madre.»

Prese fiato e si passò la mano fra i capelli, sviando dallo sguardo di Penelope che la fissava senza reagire. Non poteva guardarla, non riusciva a sopportare nemmeno il suo odore. Si diresse verso la finestra a guardare gli alberi piegati dal vento; arrivava in folate improvvise, violente come lo schiaffo che bruciava sulla guancia della sorella.

Sorellastra, si corresse Addison mentalmente. La stortura della parola rendeva più accettabile il compromesso.

«Non esistono parole per dire quanto mi dispiaccia» farfugliò Penelope, ma Addison la zittì con un gesto, il palmo aperto a fermare scuse che non voleva sentire.

«Avevo capito da tempo che le cose non andavano» ammise

e si sedette. «All'inizio era solo un presentimento; mi dicevo che ero paranoica a pensare a un avvicinamento fra te e Ryan che andasse oltre la semplice amicizia, ma poi avete tirato fuori la storia del giardino. Avete iniziato a trascorrere le giornate insieme e a uscire con Leonard, comportandovi come la famiglia che noi tre non eravamo più. Tu e mio marito stavate sempre appiccicati, e spesso a cena sorprendevo Ryan a guardarti. Lui ti cercava continuamente» raccontò, la voce avvelenata da una gelosia tardiva

Inclinò la testa.

«Mentre tra voi due le cose andavano a gonfie vele il mio matrimonio con lui non faceva che peggiorare. Litigavamo di continuo, a volte solo per abitudine. Ryan non capiva quanto il lavoro mi sfinisse, quanto fossi stanca. E non parlo del lavoro allo studio, mi riferisco alla mia vita qui» precisò picchiando l'indice sul tavolo. «Dopo l'incidente lui si era lasciato andare, completamente, abbandonando anche me e Leonard. Fu intrattabile per mesi, ma non mi arresi. Lottai per tenere insieme la famiglia, per essere quel collante che mia madre era stata per me, e quando le sue condizioni migliorarono feci lo stupido errore di credere di poter tirare il fiato. Mi dissi che forse mi sarei potuta togliere qualche peso dalle spalle, ma i giorni passavano e non cambiava niente. Ero sempre io quella responsabile, che pensava a ogni cosa, dalle lavatrici ai compiti di Leonard pur stando tutto il giorno fuori casa. Ero io quella che lo portava dal dottore e gli comprava i giocattoli. Ryan non c'era mai, e quando gli chiedevo di fare qualcosa per me e Leonard si infuriava.» Sorrise al riflesso nel vetro, al volto pallido di sua sorella sullo sfondo. «Tu dici che era lui quello che si sentiva solo, ma io non me la passavo tanto meglio.»

Si voltò appena.

«Poi sei arrivata tu, e Ryan è come ringiovanito. È bastata la tua presenza per riavere la persona che avevo sposato, ma non ero io il motore di quel cambiamento. Non ero io la donna che cercava quando si sedeva a tavola, e tu non immagini quanto sia stato frustrante per me dover assistere in diretta a questo spettacolo. Sapevo che sarebbe andata come con Violet, che avrebbe finito per tradirmi, eppure non ho fatto niente, preferendo consumarmi nella gelosia.»

Penelope la ascoltò muta, senza la forza di reagire. Il racconto di Addison l'aveva spiazzata, aprendole gli occhi su scenari che non aveva voluto vedere, accecata com'era dal risentimento.

«La notte in cui presi con me Leonard e uscii da quella porta sapevo che sarebbe stata cruciale» riprese Addison. «Ryan e io eravamo al limite. Ero cosciente di rischiare tutto, ma non potevo rimanere; non riuscivo più a parlare con lui, e con te era sempre più complicato anche solo guardarsi in faccia. Come se non bastasse poi mi ritrovavo costretta a osservare impotente la vostra intesa crescere di giorno in giorno. Era una tortura, così cercai un pretesto qualsiasi e andai via, ma quando il giorno dopo tornai lessi negli occhi di mio marito quello che nessuna moglie vorrebbe mai vedere. Allora capii che cosa era successo, e che non potevo farci niente.»

«Se lo sapevi perché sei stata in silenzio?» le domandò Penelope, incapace di controllarsi. Se ne pentì all'istante, ma era già troppo tardi; Addison la guardava con una smorfia sul volto.

«Perché una moglie sopporta» rispose. «Una moglie sa ogni cosa, capisce ogni cosa, ma la tiene per sé. Ho visto per anni mia madre agire così, e alla fine il destino l'ha ripagata restituendole suo marito.» Sorrise. «Immagino che possa sembrare stupido, ma ho creduto che se avessi fatto come lei, Ryan sarebbe tornato da me. Ero sicura che comportarsi come mia madre fosse la cosa giusta, e invece lui si è sparato. Mi ha scritto in una lettera che mi amava, ma non riesco a crederci visto come sono andate le cose. La mattina mi giro verso il suo lato del letto e mi ripeto che mi amava, ma funziona davvero solo quando le mie amiche vengono a trovarmi e mi parlano di lui. Loro hanno conosciuto il Ryan migliore, il medico di successo, il marito devoto. Ai loro occhi lui era l'uomo perfetto, e io voglio ricordarlo così. Come se tu non fossi mai entrata nella nostra vita. Come se Violet fosse solo lo spettro di una brutta favola, non un passato tornato a tormentarmi.»

Penelope indietreggiò impercettibilmente, il necessario ad assorbire il colpo. Era vero, tutto quello che Addison le aveva detto.

Poi avanzò, ma quando tese il braccio verso la sorella, Addison la raggelò.

«Vattene» sussurrò. Un comando, una preghiera; era impossibile stabilirlo.

La sola cosa che Penelope sentiva di poter fare era accontentarla, perciò abbassò lo sguardo e indietreggiò sino a scomparire nella penombra oltre la cucina. Telefonò a Tristan, ma le rispose la segreteria telefonica. «Maledizione» disse a denti stretti.

Si sedette sui gradini, le ginocchia strette fra le braccia mentre il vento le scompigliava i capelli. Appoggiò la fronte sulle ginocchia con gli occhi chiusi per non costringersi a guardarsi; non sopportava nemmeno la vista del pallore lunare delle gambe asciutte. Nemmeno il fiato che disegnava coni di fumo bianco nell'aria affilata di dicembre.

«Sono venuto appena ho potuto.»

Tristan. Penelope avrebbe riconosciuto le sue scarpe macchiate di vernice ovunque andasse. Su di lui avrebbe sempre potuto contare. Alzò la testa, cercando nel buio il suo sguardo buono. Aveva perso la cognizione del tempo, lì in giardino, ma le era bastato pensare a lui per averlo accanto.

«Come sta Beth?» gli domandò distratta.

«Abbattuta» rispose. «Era molto legata alla cugina, erano cresciute insieme.»

«Immagino.»

Le sedette accanto, cercando un contatto con i suoi occhi nascosti dai capelli scuri. Fece per sistemarle una ciocca dietro l'orecchio, ma lei si ritrasse. Non voleva farsi vedere da lui in quello stato, non avrebbe potuto sopportare anche le sue domande.

«Mi dispiace, non sono proprio potuto venire al funerale» si scusò, ma lei dissolse le sue scuse con un gesto.

«Non eri tenuto. Beth aveva e ha bisogno di te.»

«Anche tu.»

«Ma lei ha perso una persona che amava. Ha visto morire la cugina cui era tanto legata. In confronto a lei io non ho perso niente» rispose, le spalle sollevate a proteggere quel poco di sé che voleva conservare, ma non mentiva.

Tristan sentiva la sua malinconia, la vedeva.

Si girò a guardarla e le passò il braccio intorno alle spalle; la tenne stretta sino a quando non sentì il suo respiro stabilizzarsi, sino al momento in cui lei, finalmente libera, smise di singhiozzare.

Era accaduto all'improvviso.

Prima un sottile cerchio scuro sulla trama dei jeans, poi le spalle di Penelope sempre più strette e le mani a nascondere i singhiozzi. Il suo corpo che sbatteva violento contro quello di Tristan che allora la stringeva più forte, spaventato.

Il vento aveva acquistato nuovo vigore, a est si scorgeva già il profilo tagliente dei primi fulmini.

Lui si girò a guardare la casa, le sue luci spente, e sfiorò con una carezza la fronte di Penelope.

«Portami via» sussurrò lei, come risvegliata da quel contatto. «Portami lontano da me e da tutto quello che rappresento» continuò nascondendo il viso nella sua giacca. Il maglione di lana li separava, eppure lei lo sentiva distintamente; il cuore di Adam batteva forte dentro di lui, correva verso paesaggi nuovi, albe migliori.

«D'accordo» acconsentì Tristan prendendole la mano.

Vagarono per le strade del paese deserto con la radio sintonizzata su una stazione di musica folk, senza dirsi una parola. Passarono davanti ai cancelli chiusi del cimitero, lì dove Penelope sapeva di non poter tornare, e rimasero a guardare il cielo incupirsi dallo spiazzo davanti al fiume appena fuori le mura, seduti vicini sul cofano del camioncino. Le stelle erano nascoste da nuvole scure, l'orizzonte un confine indistinto fra due mondi.

Adam era nel mezzo, ma Penelope non riusciva a vederlo, non più.

Cercò le punte delle dita di Tristan, stringendole in una scommessa che non era certa di poter mantenere, e appoggiò la testa sulla sua spalla, esausta. Aveva le gambe pesanti, e la testa un insieme di pensieri confusi che rabbrividivano al vento.

«Andiamo a casa» sussurrò.

Risalirono in macchina, ma quando lui inserì la freccia per svoltare nel vialetto dei Walker Penelope tirò il freno a mano. I suoi occhi dissero tutto quello che le labbra incollate si ostinavano a tacere.

Raggiunsero in pochi minuti la casa dei Faulkner, immersa in un buio spettrale. Beth dormiva da un pezzo, i sonniferi prescritti dal medico per stemperare la tristezza svolgevano puntuali il loro dovere.

Le prime grosse gocce d'acqua rimbalzarono sul parabrezza, costringendo Penelope e Tristan a correre verso la porta al riparo sotto la giacca a vento di lui. La pioggia scivolava gelida lungo le braccia e il viso, ma Penelope non la sentiva. Nei suoi polmoni c'era solo la scia del respiro di Tristan che camminava davanti a lei, con la mano tesa a cercarla.

Lui non l'avrebbe abbandonata, mai.

Entrarono in casa e chiusero il mondo oltre la porta della camera.

Si liberarono delle ferite del passato, del tempo, dei ricordi; li abbandonarono nel cumulo di abiti ai piedi del letto, in cerca di una soluzione a un'angoscia che non lasciava respiro.

Penelope si lasciò alle spalle il fantasma di Adam, e per il breve intervallo di una notte si concesse di essere semplicemente Penelope; nella sua pelle chiara c'erano solamente Tristan e le infinite possibilità di un'alba al suo fianco.

Una vita insieme, una casa, dei bambini; magari persino un cane. La tazza sbeccata di Kate sulla mensola, a ricordo della donna che li aveva fatti incontrare dall'aldilà. Le domeniche da trascorrere al fiume, a pescare, e il giardino innevato da gustarsi seduti davanti al fuoco del camino, sulle gambe la coperta patchwork che aveva finito di cucire il giorno prima.

Per la prima volta dopo Adam aveva sentito il bisogno di mettere radici. Tristan aveva atteso che fosse lei a decidere quando e come raccontarsi, ma gli era bastato lasciare la porta dell'anima appena socchiusa per vederla entrare e non andarsene più.

E ora lei era nel suo letto.

Tristan sentiva il corpo di Penelope muoversi sotto di lui, sciogliersi fra le sue dita. «Ti amo» sussurrò prendendole il viso tra le mani, buttando fuori le parole con l'urgenza disperata di chi non sa se avrà una seconda possibilità. Con Penelope la vita era sempre troppo breve per fermarsi a pensare. Glielo ripeté guardandola dritto negli occhi, calandosi dentro di lei fino a sentire il calore vivo del sangue. Adam non si era preso tutto, nemmeno lui aveva potuto tanto.

«Non dirmelo» rispose lei con gli occhi pieni di rimpianti. «Non dirmelo» ripeté prima di lasciarsi andare alla deriva, lontano dal porto sicuro che era stato il suo passato.

Le lancette del tempo si sfaldarono nei sospiri, e le mani si intrecciarono in una promessa nuova, unite nell'abbraccio di due isole lontane. Lo scontro fra i loro corpi liberò nell'aria un calore inaspettato, ma non appena il magma rovente del loro amplesso si acquietò non rimase che il silenzio a separarli.

La luce azzurrina dell'alba disegnò uno squarcio sulla guancia di Penelope.

Lei aprì gli occhi, riemergendo senza fiato da un sogno finito di colpo.

Tristan era accanto a lei; con il braccio che la cercava nel sonno.

Penelope rimase immobile, le lenzuola tirate fin sulle spalle per nascondere un corpo che aveva tradito. Non pioveva più, ma le gocce irregolari della grondaia lasciavano intendere una giornata umida e fredda. Scivolò via dalle lenzuola, e scostò le tende.

Neve. C'era neve ovunque.

Una coperta soffice aveva ricoperto ogni sbavatura del paesaggio, ogni ciottolo e ramo, eppure il melograno vicino alla casa, l'albero di Kate, vedeva i suoi frutti tardivi divorati dal ghiaccio.

Un merlo planò accanto al frutto in cerca di cibo. Penelope lo vide rovistare con il becco giallo nella cavità del frutto, senza successo, e riprendere il volo in cerca di miglior fortuna.

Sorrise. Anche lei aveva sorvolato il mondo in cerca di posti più caldi, e dopo due anni di peregrinazioni era approdata fra le braccia di un uomo che aveva addosso l'impronta indelebile del passato.

Lasciò la tenda, che tornò a schermare la luce del giorno, e si sedette sul bordo del letto accanto a Tristan. Non avrebbe mai potuto dimenticare quella notte, mai. Portava impresso sulla pelle il ricordo della sua schiena nuda, delle cicatrici sul suo corpo. Avrebbe potuto ricostruire a occhi chiusi la mappatura di tutti i suoi nei, se avesse voluto, e ricordare il numero esatto delle pieghe intorno agli occhi quando sorrideva.

Lei e Tristan non erano stati insieme a lungo, forse troppo poco per la sua sete di vita, eppure tutti quei dettagli erano incisi nella sua mente, e non avrebbe potuto cancellarli nemmeno volendo; erano tutti archiviati nella sua memoria, registrati nelle linee discontinue dei polpastrelli. Ogni increspatura sul petto di Tristan era un battito, un ricordo di Adam che se ne andava.

Sorrise ancora, sfiorando con una carezza i suoi capelli corti. C'era stato un tempo in cui aveva pregato con tutte le sue forze di togliersi Adam dalla testa, e un altro in cui aveva cercato di rivivere la vita con lui girando per casa con i suoi vestiti addosso.

Penelope aveva lottato con il ricordo di Adam per due anni. Lui non se ne sarebbe mai andato, nella sua anima sarebbe rimasto immortale.

Avrebbe dovuto imparare a conviverci, ma aveva bisogno di distanza per farlo.

Allontanarsi dai sentieri conosciuti, esplorare una nuova Penelope e chiudere i conti con il passato. Se si guardava indietro vedeva ancora troppe porte aperte alle sue spalle, stanze che doveva visitare per volare via.

Violet e Claire dovevano smetterla di aggirarsi come fantasmi fra i suoi ricordi, e il rapporto con Addison aveva bisogno di altre risposte rispetto a quelle che si erano gridate addosso negli ultimi mesi, ma quelle che stava cercando non erano nella terra umida che aveva lavorato con tanto impegno, e tantomeno nei crocus che sarebbero fioriti a primavera.

Si era presa cura di loro con un amore che credeva di non saper più provare, ma era giunto il momento di lasciare che la vita andasse avanti. Tutto quello che poteva donare di sé lo aveva dato, perciò no, non poteva restare.

Aveva bisogno di respirare lontano da lì, di ricominciare altrove.

Riacciuffò i vestiti da terra, ma quando prese quelli di Tristan per sistemarli, un biglietto scivolò dalle tasche dei jeans; il numero del negozio di York, di nuovo.

Penelope lo raccolse dal pavimento, giocando a bassa voce con le lettere che ne componevano il nome. «Home sweet home», una promessa tanto profonda raccolta in tre semplici parole.

Ripiegò il biglietto e si voltò verso Tristan, che si rigirava nel letto mugolando.

Poi un respiro, l'ultimo, profondo.

Profondissimo.

26

La corsia della corriera per York era deserta.

Nel caos della stazione le uniche corsie sgombre erano quelle con destinazione York e Edimburgo, e a detta degli autisti la sua corriera avrebbe fatto capolino in meno di un quarto d'ora.

Il piazzale di quell'ultima domenica d'Avvento era un carnevale di valigie e passeggeri stipati in cappotti di lana, sovrastati dal denso strato di vapore bianco dei loro respiri.

Si contavano le ore al Natale, e a causa dello shopping e delle partenze di turisti e pendolari il traffico sonnolento della provincia era triplicato di colpo. I telegiornali fornivano bollettini regolari circa la situazione su strade e autostrade, ma le nevicate eccezionali nel nord del paese e le strade ghiacciate rendevano impossibile stimare il tempo che Penelope avrebbe impiegato per raggiungere la sua nuova meta.

York era a più di quattro ore di viaggio, nel cuore della perturbazione siberiana che aveva coperto di bianco mezza Europa.

Si girò verso Tristan, che le camminava accanto con le mani in tasca. Non era stato facile fargli capire che quella era la cosa giusta da fare.

Era innamorata di lui, aveva imparato a fare i conti con quella nuova realtà, ma non vedeva un futuro per loro due, almeno non in quel momento. D'altra parte non sapeva se sarebbe mai esistito un «dopo», e non sarebbe mai stata tanto egoista proprio con lui. Legarlo con una promessa che avrebbe potuto disattendere era una cosa di cui non avrebbe mai avuto il coraggio.

Il loro cammino insieme perciò sarebbe finito su quel marciapiede pieno di visi arrossati dal vento, prima che facesse troppo male a entrambi.

Se si soffermava sul profilo spiovente delle spalle di Tristan, però, si accorgeva che quella era una bugia; faceva già male, ma era il prezzo da pagare per riaversi indietro.

Non avrebbe visto il frutto del suo lavoro in giardino sorridere al primo sole di marzo, né avrebbe assaporato il profumo del polline ubriacare le api. In quell'angolo di paradiso la natura si sarebbe risvegliata senza di lei, ma un minuscolo frammento di quel miracolo Penelope se lo sarebbe portato con sé; una camelia, nascosta fra le pagine del romanzo che le avrebbe tenuto compagnia durante il viaggio.

Tirò un calcio a un sasso, che rotolò nel canale di scolo ai margini della strada.

Ebbe appena il tempo di vederlo scomparire nelle fenditure nere di un tombino, che un grosso cerchione d'acciaio le sbarrò la vista. La corriera per York era arrivata.

Il suo futuro aveva appena schiuso le porte davanti a lei.

Tristan lanciò un'occhiataccia all'autista che scese dalla vettura stiracchiandosi, la giacca dell'uniforme lisa e la faccia spiegazzata da una nottata in bianco. Diede le spalle al gruppetto di autisti, contrariato, concentrato su di lei; ne avevano discusso per ore, ma separarsi da Penelope era una battaglia dalla quale sarebbe uscito con le ossa rotte.

Lei avrebbe potuto trovare quello che cercava anche rimanendo lì, ne era convinto; se con Addison le cose non andavano avrebbe potuto trasferirsi da lui, ma quando glielo aveva proposto lei gli aveva risposto che non era una pausa da sua sorella di cui aveva bisogno, ma di ritrovare se stessa.

Lui avrebbe voluto dirle che la sola cosa che desiderava era far parte della sua vita, ma poi era arrivata l'alba, e qualche ora dopo erano finiti lì, sotto la colonnina che indicava le soste previste sino a York. Fino a quel momento niente degli ultimi due giorni gli era sembrato reale, ma la presenza dell'autista rendeva tutto dolorosamente concreto.

«Non c'è proprio nessuna possibilità che ci ripensi? Potresti sempre rinviare la partenza, magari dopo Natale.» azzardò sfregandosi le mani arrossate dal gelo.

Penelope lo squadrò dal berretto di lana e gli sorrise, anche se a malincuore; continuare a farsi del male non aveva senso.

E poi Addison era un capitolo chiuso, almeno per il momento. Si era congedata da lei con una lettera che aveva chiesto a Beth di spedire dopo la sua partenza, quando i chilometri fra loro sarebbero stati sufficienti a dissuaderla dall'inseguirla.

Nella lettera non aveva inserito indirizzi o numeri attraverso cui sua sorella avrebbe potuto rintracciarla; per un po' avrebbero dovuto cavarsela da sole, tutte e due.

Si erano adagiate troppo a lungo su vecchi rancori, era arrivato il momento di crescere.

Abbassò lo sguardo sulle dita gelate di Tristan.

«Mi auguro che il mio regalo di Natale ti piaccia» gli disse tirando su col naso. La temperatura era crollata, il termometro della stazione segnava cinque gradi sottozero; con quel clima Penelope sperava almeno che la trapunta che aveva cucito per lui rendesse il freddo più sopportabile. Ci avrebbe pensato Beth a sistemarla sotto l'albero, la mattina di Natale, a lei bastava immaginarla stretta intorno alle spalle di Tristan per essere felice.

«Quale regalo? Io non ti ho preso niente!» protestò lui, arrabbiato con se stesso per quel passo falso; quegli ultimi giorni erano stati così movimentati che aveva perso la nozione del tempo.

Penelope gli sfiorò il braccio, dolcemente. «Non ho bisogno di regali» sussurrò.

Si mise in fila per sistemare le valigie nel vano bagagli dietro un gruppo di studenti scozzesi, un pellegrinaggio che effettuò spalla a spalla con Tristan, in silenzio. Aveva milioni di parole da dirgli, ma erano tutte attorcigliate in gomitoli sparsi.

Passò il suo bagaglio all'autista che lo stipò insieme agli altri, e proseguì con la mano appoggiata alla fiancata. La porta della corriera era a una spanna dalle sue gambe, che si inchiodarono sul marciapiede.

Voci, centinaia di voci si rincorrevano nei suoi pensieri, portando scompiglio in quelle che solo qualche minuto prima le erano sembrate decisioni assennate.

Era tutto stabilito, ogni cosa, eppure era bastato vedere i volti sorridenti dei passeggeri a bordo per accendere il dubbio nella sua testa.

Penelope non partiva con il cuore leggero; non era a casa che stava tornando, né era in procinto di iniziare una vacanza. Lei quelle cose le aveva perse, e ora doveva cercare di riguadagnarsele un giorno dopo l'altro, un mattone alla volta.

A York aveva un lavoro ad aspettarla e la voce gentile di una donna, forse una futura amica, che si era offerta di ospitarla sino a quando non avrebbe trovato un appartamento.

Stava iniziando con il piede giusto, ne era sicura, ma la presenza di Tristan rendeva tutto più complicato.

Salì i gradini ricoperti di moquette senza voltarsi, le mani ancorate alla barra metallica davanti al primo sedile.

«Non ti ho mai avuta davvero, vero?» le aveva chiesto prima di vederla avvicinarsi alla porta aperta, ma sbagliava. Stava sbagliando tutto.

Con gli occhi fissi davanti a lei, oltre il viso del passeggero della prima fila, Penelope si girò a guardare Tristan rimasto ai piedi della scala. Lui aveva sperato nel miracolo, nel progetto di una vita insieme che avevano sognato in una notte scura, tra lenzuola umide di pioggia.

La stava supplicando di tornare indietro, di tornare da lui, che poteva offrirle la vita che un tempo aveva sognato con un altro, un passato che dopo due anni lei aveva ritrovato nei suoi occhi malinconici.

Occhi innamorati, che lei amava a sua volta.

Occhi bagnati di pioggia, dei mille inverni che sarebbero venuti e che avrebbero potuto vivere insieme.

Occhi di Adam, gli stessi che le avevano tolto il respiro quando era solo una ragazza, e che in quel mattino di dicembre si specchiavano in quelli della donna che era diventata.

Occhi di Tristan, così ferocemente simili a quelli di un cuore che Penelope aveva cercato nel tempo, e un dubbio che non smetteva di tormentarla.

Adam e Tristan, sempre loro due.

Restare o partire; le parole suonavano prive di significato, se la linea del tempo era un orizzonte sfocato.

Il suono pieno del motore e un soffio d'aria calda le fecero correre un brivido lungo la schiena, mentre la porta si chiudeva lenta.

Penelope guardò l'autista con le mani sul volante e poi giù, verso Tristan.

Un lungo battito, un passo avanti, e il rumore di ruote che sfidavano l'asfalto ghiacciato.

Epilogo

Cara Penelope,
ci ho pensato a lungo prima di scriverti, ma proprio ieri, mentre rimettevo in ordine la tua stanza, il destino ha bussato alla mia porta spronandomi a fare ciò che rimandavo da giorni.
Ho trovato uno dei ferri da uncinetto di Claire, uno di quelli che avevi preso in prestito tempo fa, per cui ho strepitato tanto.
Era finito sotto il letto, nascosto tra il tappeto e il pavimento; sulle prime mi sono infastidita, ma quando ho stretto fra le dita quel lungo bastoncino di metallo non ho potuto fare a meno di sorridere, e pensare a te.
A noi, a come eravamo un tempo. A com'era la nostra vita da sorelle, insieme a Claire.
Non ci ho pensato due volte, sono corsa a cercare i vecchi album di foto. Li ho tirati tutti fuori dalle scatole, mi sono seduta sul pavimento e ho iniziato a sfogliarli. Le ore sono volate, senza che me ne accorgessi si era già fatta sera.
Ci sono tantissime foto di noi due, immagini che per troppo tempo ho finto di non vedere, ma quei giorni, quei sorrisi veri, puri come solo quelli di due ragazzine possono essere, non potrò mai dimenticarli. Non più.
È stato divertente ripercorrere la nostra infanzia, sai?
Nella tasca interna di un album a fiori ho ritrovato una vecchia

foto, ormai ingiallita, di noi due insieme a Claire distese in giardino a ridere come matte. Dietro di noi la tinozza, quella grande con i manici sporgenti che nostra madre sistemava sul retro ogni estate, per regalarci l'illusione della vacanza che non potevamo permetterci.
Te la ricordi quella tinozza, Penelope?
Puzzava di vino, si vedeva che il vecchietto che l'aveva regalata a Claire la utilizzava per scopi totalmente diversi dai nostri, e se chiudo gli occhi mi sembra di sentirne ancora l'odore, quel profumo intenso di mosto che ci impregnava la pelle.
Le bolle di sapone, le risate… ricordi anche quelle, Penelope?
Io sì. Ricordo ancora Claire, con il vestito celeste a fiori e i capelli bagnati, che ci sgridava e rideva allo stesso tempo mentre noi ci sbracciavamo in acqua, inzuppando tutto quello che ci stava intorno.
Eravamo due scalmanate, dobbiamo ammetterlo. Però nessuno sapeva divertirsi come noi due.
Eravamo due bambine felici, in quelle fotografie.
Felice come spero che tu sia ora, dovunque tu sia. Quando te ne sei andata mi hai chiesto di non cercarti e ho rispettato la tua decisione, ma sappi che se un giorno vorrai tornare qui, anche solo per un saluto, io sarò sulla porta ad aspettarti.
E con me il giardino di cui ti sei presa tanta cura, quel pezzetto di te in cui mi immergo ogni volta che ho bisogno di un abbraccio. L'abbraccio di una sorella.
Sii felice, Penelope, te lo sei meritato.
E quando ti sentirai malinconica, la sera quando piove e sei da sola a letto, pensa a quei pomeriggi, alla tinozza e al sorriso radioso di Claire. Pensa a quelle estati, e se vuoi, pensa un po' anche a me, tua sorella.
Quella Addison che ti ama, e che ti augura una vita lunga e felice.

Ringraziamenti

La pagina dei ringraziamenti è quella più difficile da scrivere.

Vorresti metterci dentro tutta la riconoscenza, la felicità per il traguardo raggiunto, e trovare parole speciali che traducano efficacemente il groviglio di emozioni che ti corrono sottopelle, ma forse la scelta migliore è quella che non comporta tanti giri di parole e va dritta al punto, perciò sarò rapida.

Tutte le persone qui citate le porto nel cuore, le classifiche non mi sono mai piaciute, dunque non seguirò un ordine preciso.

Grazie alla mia famiglia e ai miei amici, che mi hanno sopportato e supportato nei lunghi periodi bui che vive ogni scrittore; il vostro affetto è un dono che spesso sento di non meritare.

Grazie a Chiara, donna di una sensibilità rara, per le chiacchierate e il Kent magico che abbiamo scoperto insieme.

Grazie all'intera Giunti, dalla redazione alla receptionist che mi ha accolto la prima volta che ho messo piede in casa editrice; mi avete fatto sentire la benvenuta sin dal primo istante.

Grazie ad Annalisa e Alida, a Federico e Adria e soprattutto a Donatella.

Infine grazie a te, che hai scelto proprio la storia di Penelope fra centinaia di altre. Lei e io te ne saremo eternamente grate.

FSC
www.fsc.org

MISTO
Carta da fonti gestite
in maniera responsabile
FSC® C023532

Stampato presso Giunti Industrie Grafiche S.p.A.
Stabilimento di Prato